橘子洲头

士不可不弘毅

天山天池

张掖丹霞

书生意气

耶路撒冷哭墙

隐居家

西域短章

马赛马拉大草原

无问西东

心仪兰亭

我行我述

孤竹墨 著

当代世界出版社

图书在版编目（CIP）数据

我行我述 / 孤竹墨著. -- 北京：当代世界出版社，2020.11（2023.2重印）
ISBN 978-7-5090-1267-3

Ⅰ. ①我… Ⅱ. ①孤… Ⅲ. ①读后感－作品集－中国－当代②游记－作品集－中国－当代③企业管理－经验－中国－文集 Ⅳ. ① I267 ② F279.23-53

中国版本图书馆CIP数据核字（2020）第 216015 号

书　　名：	我行我述
作　　者：	孤竹墨
出版发行：	当代世界出版社
地　　址：	北京市东城区地安门东大街70-9号
网　　址：	http://www.worldpress.org.cn
编务电话：	（010）83907528
发行电话：	（010）83908410（传真）
	13601274970
	18611107149
	13521909533
经　　销：	全国新华书店
印　　刷：	北京一鑫印务有限责任公司
开　　本：	710毫米×1000毫米　1/16
印　　张：	18.5
字　　数：	250千字
版　　次：	2020年11月第1版
印　　次：	2023年2月第4次
书　　号：	ISBN 978-7-5090-1267-3
定　　价：	58.00元

如发现印装质量问题，请与承印厂联系调换。
版权所有，翻版必究，未经许可，不得转载！

推荐序一

庶民也有三不朽

捧读孤竹墨先生所著《我行我述》，让我惊讶。如此才俊，才能写出天南地北、古今善恶、帝王圣贤、诗词歌赋、做人管事的怀素抱朴的文章。这是我从1987年进入祖国大陆以来读过的难得一见的好作品，读来令人心旷神怡。

我自1985年由台湾大学的教职，辗转赴美国旧金山、新泽西、纽约，于1987年经香港进入祖国大陆的深圳、广州、岳阳、北京、上海等地，直到1998年由香港再回到台湾，重拾教鞭，并担任企业董事职务，在11年内总共往返祖国大陆和台湾三百多次。我曾在著名华侨企业集团经管150多项生产事业之企划、培训及制度化管理工作。约在25年前，我在上海替该集团创立主营业务所需要之机械制造公司，那时孤竹墨先生年方而立，从大型国有企业离职，加入该机械制造公司的业务部门，我们得以相识，成为同仁，关系密切。如今我已年逾八十，他才五十出头，便已接掌该机械制造公司的董事长职位，并兼管该华侨企业集团全中国生产部门近百家工厂的技术业务。我当年创建工厂，他现在发展工厂，冥冥之中自有安排，我高兴并欣慰万分。

孤竹墨先生是现代儒商传人，一年到头奔走于该华侨企业集团在

1

我行我述

全中国各地的工厂，巡查、指导、控管工厂设备及生产；同时手不释卷，遍读中外书籍，学以致用，以士大夫精神自期，所谓"士不可不弘毅，任重而道远"；又以天下为己任，崇敬北宋横渠先生张载（1020—1077）"为天地立心，为生民立命，为往圣继绝学，为万世开太平"之宏愿。这是目前一些极度自私化、个人化、金钱化的商人所缺乏的清新志气。

孤竹墨先生累积三十多年的经验，认为管理是"科学"，也是"哲学"，更是"艺术"，诚然如此！第一，有效管理讲求成本效益、顾客满意、利润合理、社会责任、保护环境、爱护地球等利人、利公司、利社会的"三利"道理，是天地合一的"哲学"。第二，有效管理一个大集团公司的众多标准作业规则、计算公式、统计及数学资料运算，是标准的"科学"。第三，有效管理的因时、因地、因人、因事、因物的"五因情境"之决策运作，就是变动不居的"艺术"。所以，从事有效管理的人，要有"上知天文，下知地理，中知人鬼神"的广博知识。

孤竹墨先生说，古今中外的仁人志士都追求立功、立德、立言之"三不朽"成就，并认为政治人物有政治人物的"三不朽"，圣贤名师有圣贤名师的"三不朽"，而更多的一般庶民百姓也有自己的"三不朽"，真是发人所未发之创见。中华文化的"三不朽"不是大人物的"专利品"，小人物也可以创造"三不朽"：敬业乐群，家庭和睦，就是大事"功"；心口如一，自立立人，就是大道"德"；把"生路"及"心路"上所知、所见、所思，真诚写出来，就是大立"言"。所以这本《我行我述》的著作就是他"三不朽"之证明。妙极了！

在中华文化里，儒家讲求立功、立德、立言之"三不朽"，释（佛）家讲求大智文殊菩萨、大行普贤菩萨、大慈观音菩萨、大愿地藏菩萨之知、行、爱、恒四大修行。我个人基于60年职业生涯观察也曾提倡培养良知、良能及良心之"三良"专业经理人,"三良"也成为中华企业研究院之标志。因为一个国家的社会经济发展及人民长久福祉,不能靠极度个人化、自私化及金钱化的资本主义,而是要靠与时俱进的良好知识(良知),身体力行的不懈能力(良能),以及有成果,优先分享给员工、顾客、股东、政府、社区及大社会的本心(良心)。当"三良"俱足,才能管理庞大宝贵的人力、财力、物力、机械力、技术力、时间力、信息力及土地力之八大资源,达到利人、利公司、利社会之"三利"和谐世界、大同社会。

孤竹墨先生虽年五十许,已怀有千古忧之壮志,令人佩服又赞许。

陈定国

著名企业管理学家

中国台湾中华企业研究院学术教育基金会董事长

华人社会第一位企业管理博士

2019年10月10日

推荐序二

纵情扬逸气　怀惠济高华

孤竹墨，生于燕赵大地，挟慷慨悲壮之雄风。其人天资聪颖，慧根壮硕，尊亲厚友；业精于勤学，品观四海，得意处纵笔笑谈，扬名诸多领域。其笔端佳作磊磊，著述宏富，无不得益于其纯正家风之塑立，殷实史哲底蕴之反哺。

孤竹墨敬仰乡贤伯夷和叔齐，怀惠而纵情，气节高华，不与俗伎相事；德行磊落光明，长袖宽怀，出入从容。诗人多豪情，敬游侠，仗义独行。览读墨公诸多文章，相喻甚深。

孤竹墨揽学之广可谓骇人。通古今，达中外，可见其攻读于勤，作息不息。其学生时期，广泛涉足诗经、楚辞、汉赋、唐诗、宋词、元曲等古文典集，中意于两司马、李太白、陆放翁。纵情放达，逸气凌云，内敛而沉稳，动静相宜，重情重义。探寻儒释道之精微，尊孔孟；读俄罗斯、法兰西名著，以陀思妥耶夫斯基为最爱。积他山之石，垒砌邦国中兴。

孤竹墨自步入商贾之域，能由浅入深，供养雅俗，且华彩各异，饮誉八方，实属不易，与其缜密之思绪、分明之条理、帷幄之应用息息相关。孤竹墨授业解惑力主"三功"精髓，感性洞察知性，逐渐至深理性。

我行我述

其仰慕弗雷德里克·泰勒、彼得·德鲁克、吉姆·柯林斯、拉姆·查兰、杰克·韦尔奇、大前研一、稻盛和夫、任正非、陈定国、陈春花诸君，挺身自研，践行贤者理论。自古以来，文人士大夫皆有气节，铭心立志，自许忧国忧民，兼济天下，立心、立命、为往圣继绝学。多少世人仅有追求"三不朽"之虚行，多自寄高台，摇首枉悟，狂言悖论，自娱自乐罢了。品读孤竹墨之文章，哲思充盈，落诗如雨，能由浅至深，细雨旋花，过目者皆能体悟，津津乐道。览千古之事，举万邦芳华，感桑田变迁，其家国情怀落入纸牍，沁人心脾，教化后世。

近日，得知墨公将有六大系列诗文成集——

1. "彳亍而行"系列：行万里路，在时空变幻中体会历史和人生。
2. "常读常新"系列：读万卷书，在经典解读中力求经世和致用。
3. "尚友千古"系列：结交万友，在历史烟尘中领略责任和崇高。
4. "事不过三"系列：三生万物，在交叉对比中揭示人情和事理。
5. "管事理人"系列：知行合一，在管理实践中提炼法则和经验。
6. "诗词歌赋"系列：抒情言志，在长短韵律中留存即时的景趣、情趣、意趣和志趣。

此系列文章浓颜面世，必然馨香四海，饮誉天下。着素语羌音，略敬景仰。浅言无绪，不及墨公睿颖光华点滴，望其海涵。

张文宝

江苏省作家协会副主席

2019年10月12日

自 序

"风声雨声读书声，声声入耳；家事国事天下事，事事关心。"明代顾宪成这副对联，既有诗意，又有哲理，曾经指引着千百万读书人铭心立志。笔者年轻时也颇受这副对联的激励，养成了不避风雨、终身学习、家国情怀的人生态度。

20世纪80年代初，受"科学的春天"指引，我成为"三更灯火五更鸡"的理工男；参加工作后，没有"学而优则仕"，便"工而优则管"，逐渐走上企业管理的岗位。趴图板、走车间、蹲工地，做基层工程师时的三项修炼，使我树立了求真务实的工作作风；开会、总结、培训，做管理工作时的三个功夫，使我养成了缜密思考的习惯。弗雷德里克·泰勒、彼得·德鲁克、吉姆·柯林斯、拉姆·查兰、杰克·韦尔奇、大前研一、稻盛和夫、任正非、陈定国、陈春花，这些企业管理方面的理论家和实践家，将我对企业管理规律的认识从感性提升到知性，再上升到理性。

管理不仅是科学，也是哲学，更是艺术。企业管理不仅需要理性思维，也需要感性思维、类比思维、系统思维。文学、历史、哲学，是我工作之余的最爱。学生时期，徜徉在诗经、楚辞、汉赋、唐诗、宋词、元曲、古文观止等的优美意境之中，钟情于李白、陆游、李清照、毛泽东、郭小川的诗风。基层工作时期，探寻儒释道中国文化之精微，尊孔孟；读俄罗斯、法兰西名著，陀思妥耶夫斯基为最爱。管理企业时期，倾心中国历史典籍，最佩服"两司马"（司马迁、司马光）；涉猎西方学术历史，最欣赏"三大德"（亚里士多德、欧几里德、阿基米德）。

古今中外，仁人志士都追求"三不朽"——立功、立德、立言；社会对一个人的评价，也是从事功、道德、文章三个角度进行评判。但在我看来，所谓的"三不朽"，伟人自有伟人的标准，庶民也有庶民的标准，伟人有伟人的傲岸，庶民有庶民的平实。大人物立大功，帝王将相如唐宗宋祖、张良诸葛；大人物立大德，圣贤师表如孔丘孟轲、伯夷叔齐；大人物立大言，如韩柳文章、李杜诗篇。庶民亦可有自己的事功道德文章。其实，敬业乐群、家庭和睦就是事功；心口如一、自立立人就是道德；能够把生路和心路这两条路上的所见、所闻、所思，真诚地写出来，就是立言。

我辈庶民，如果纠结于难以修成伟人一样的道德，难以做成伟人一样的事功，不敢立下片言只语，那样的人生岂不愁苦？世界岂不单调？

雁过留惊声，鸿爪踏雪泥，我辈庶民亦可立言，贻笑大方又如何！感谢出版社众朋友的交流与合作，感谢杨婷女士和童雪梅女士把纷乱散落的文章集成了几个系列。

商务，英文即 business。商务人士，英文即 businessman。细究起来，都脱不开"忙"（busy）这个核心意思。商旅匆匆，风声、雨声满耳，读书声渐少；年过半百，家事、商务分心，天下事无暇走心，又岂能专心？书无法多读，心无暇多想，致使文思迟钝、文笔生疏。

庄子叹曰："天地有大美而不言，四时有明法而不议，万物有成理而不说。"圣贤得大道尚且怀素抱朴，我辈窥一斑而摇唇鼓舌，虽不免浅薄，却也是真情实感。我行我述，无问西东。

孤竹墨

2019 年 9 月于北京

Contents 目录

第一辑 彳亍而行
彳亍而行 2

河西，河西 5

新疆并不新 11

燕京五记 18

天意无私草木秋 32

湖湘英雄耀中华 36

说不尽的以色列 43

与禽兽为伍 47

君子豹变 50

第二辑 事不过三
事不过三 54

三个梦 57

水三篇 62

三首诗 67

三个人 70

三场戏　74

第三辑　常读常新
《孙子兵法》实用解析　82
上下同欲者胜　92
"四书"管窥　96
"天人合一"观念的流弊　110
观范曾大师书画展有感　116
观李可染大师画展有感　118

第四辑　尚友千古
尚友千古　122
乐天刘郎　124
千年毁誉王荆公　133
文韬武略杜武库　143
五百年来第一人　146
经史合参渡迷津　150

第五辑　管事理人
永远的德鲁克　158
跟陈春花读管理经典　167
有效经营之双重五指山　172
企业管理的道、法、术、器　178

领导力三论　189

领导者六大素质能力　197

凤凰涅槃五年路　203

士不可以不弘毅　219

传与习　230

第六辑　诗词歌赋

你是这样的人　234

总会有一阵风　239

同窗赋　240

格律诗词（15首）　242

八十年代作品选（13首）　247

孤竹诗话　259

第一辑 彳亍而行

人的一生，沿着心路和生路两个轨道行进，心路的尽头是阳关道，生路的尽头是奈何桥。人生的意义其实就是这个彳亍而行的过程，经风雨，见世面，持续精进，不断觉悟，实现自我，奉献社会，最终使自己通明透彻，光彩照人。

我行我述

彳亍而行

记得年轻时看过朋友的一句诗——"心路和道路划着十字路口，我边跑边喊，错了，错了！"表达的是青春期时徘徊于理想和现实之间的矛盾情绪，灵魂在飞，却带不动肉体。

每个人的一生其实都在走着两条路。一条是日日踏足的生活之路，或是日复一日公司与家庭之间的两点一线，或如天马行空般异地穿梭，姑且叫它"生路"。还有一条是心智成长之路，或日日渐修终至大彻大悟，或虽百转千回仍保赤子之心，姑且叫它"心路"。

生路是显性的，凡是走过，必留痕迹；而心路是隐性的，只有有心人才会不时反顾。大文学家、大思想家苏东坡有诗云："人生到处知何似，应似飞鸿踏雪泥。泥上偶然留指爪，鸿飞那复计东西。"不管你走过什么样的人生，两条路上都会留下深浅不一的痕迹。

彳（chì）亍（chù），这两个字最能诠释人的一生中在两条路上的状态。彳亍的意思为慢步行走或时走时停，比喻心有所属而又犹疑不定的样子，如唐朝柳宗元的"彳亍而无所趋"、明朝袁宏道的"欲归心彳亍"等。

我们彳亍而行。蹒跚学步的孩童，在父母关爱的视线中彳亍而行；英姿勃发的少年，对世界充满好奇，在目不暇给的"山阴道上"彳亍而行；学海行舟的青年，在知识的海洋中彳亍而行；而立之年，人们徘徊在理想和现实之间，彳亍而行；不惑之年，人们在生活与工作赋予的各种角色中穿梭，彳亍而行；知天命之年，人们在天人交战之中心游万仞，彳亍而行；耳顺之年，人们挣脱名利的牢笼，闲庭信步，彳亍而行；耄耋之年，人们不再东奔西跑，在画地为牢中仍彳亍而行，直到生路和心路戛然而止。

我们彳亍而行，是因为前方的路况不甚明朗。有的路看似平坦，人们反而因大意而失足，唐代杜荀鹤的《泾溪》就有总结："泾溪石险人兢慎，终岁不闻倾覆人。却是平流无石处，时时闻说有沉沦。"有的路看似很难，但下定决心总会走得通，你要想办法钻进去，所谓"头过身就过"。有的地方看似没有路，但你必须闯出一条路，鲁迅先生说："其实世上本没有路，走的人多了，也便成了路。"

我们彳亍而行，也因为生路和心路在方向上看似不一致，就像上面提到的那位朋友的那句诗。只有等我们活到一定年纪，这个矛盾才可能解决，至少不会再纠结于这个矛盾。京剧大师盖叫天晚年明白了"慢就是快"的道理，也是应了中国文化中"欲速则不达"的古训。著名作家毕淑敏给大学生的回答是"人生本来就没有意义"，但她又补充道："但每个人都要为自己的人生确立一个意义。"我对毕淑敏前后两句话的解读是：人生的意义就是生命的过程。

我最敬仰的宋代爱国诗人陆游，号放翁，梁启超赞他是"集中十九从军乐，亘古男儿一放翁"。放翁叫我最心疼的两句诗是"慷慨心犹壮，蹉跎鬓已秋"。相比之下，日本人松尾芭蕉的俳句"路远人已老，茫茫四野皆枯草，新梦仍缭绕"更达观一些。弘一大师临终之言"君子之交，其淡如水。执象而求，咫尺千里。问余何适，廓尔忘言。华枝春满，天心月圆",读罢使我对生死之义释然。生路的尽头是奈何桥、叹息桥,想起来昏暗;心路的尽头却是阳关道、天心月圆,给人慰藉,让人神往。生路上的奈何桥想起来昏暗,心路上的阳关道则能给人慰藉,那就在彳亍而行中让心路奔向阳关道吧!

前人讲"求知有三万"——读万卷书、行万里路、结交万友。据说古代每卷书有 2000~3000 字,那么万卷书就相当于 100~200 本现代印刷书籍,按照现今的阅读水平,算上纸质书、电子书,喜欢读书的人是可以做到的。至于行万里路,如果步行、骑行、车行、飞行都算作行的话,对于绝大部分人来说也都不在话下。而结交万友,在信息技术时代,如果把有过互动的人都算作"朋友"的话,也不算夸张。

"别人的火,照不亮你自己前行的路。"不知这是哪位禅师的偈语。从识文断字算起,我自己走过了半个世纪的生路和心路,足迹遍及神州各地,五大洲也都去过,广见博识的同时,心路也不断拓宽。接下来的后半生,我倒是期望自己,让心路为生路指引,共同指向那个给人慰藉的阳关道。

河西，河西

每上河西，都感动一次；正如每下江南，都兴奋一回。江南的美景珍馐，激励人们更加珍惜人生的美好；而河西的山、河西的水、河西的戈壁和风沙、河西人的艰苦卓绝的生命状态，则会教人沉心去思考人生与历史的厚度。

黄河由兰州北上，经过宁夏的银川、内蒙古的五原和包头，形成以鄂尔多斯为中心的河套地区，再沿陕晋边界南下，形成一个"几"字形。河西，也就是地理上的河西走廊，特指黄河"几"字形之西部地区。从甘肃省会兰州向西，沿祁连山一直到阳关和玉门关，这一狭长地带是中国古代从首都长安出发去西域的必经之路，属于古代丝绸之路的起始段，它是古代中国打开与中亚乃至欧洲交往通道的咽喉。河西走廊，对于古代中国的重要性，胜过今天的京广铁路大动脉。

早在2000多年前的西汉，中央政权就设置了河西四郡——武威、张掖、酒泉、敦煌。这些地名我们有的熟悉，有的陌生，我们从卫星发射报道中熟悉了酒泉这个名字，从莫高窟和月牙泉的旅游热，熟悉了敦煌这个名字，但对于武威和张掖，估计大多数人都不甚了了。相对于这些正规的"学名"，我更喜欢它们的"乳名"，一个个铁骨铮铮——凉州、甘州、肃州、沙州，一字排开。甘肃省的名字也是从这些名字中选编出来的。

说它们铁骨铮铮，不单是对于凉、甘、肃、沙这几个字的表面感受，更是因为与这些名字相关联的历史、地理和文化。

先说凉州。"黄河远上白云间，一片孤城万仞山。羌笛何须怨杨柳，春风不度玉门关。"只要是上过初中的人都知道这几句诗——唐朝王之涣的《凉州词》！《凉州词》就相当于我们20世纪90年代歌坛流行的"西北风"，所以写《凉州词》的不止王之涣一人。另一首流传甚广的《凉州词》，作者叫王翰，也是唐朝人："葡萄美酒夜光杯，欲饮琵琶马上催。醉卧沙场君莫笑，古来征战几人回？"凉州词大概是凉州一带的地方曲调，我猜测是因其曲调刚健，契合了河西地区的苍凉，所以唐朝诗人愿意把最瑰丽的辞藻、最坦荡的情怀，融入一首首《凉州词》中。从凉州的汉代古墓中出土的珍贵文物——马踏飞燕，其卓绝的造型也成了中国旅游的标志。

次说甘州，也从文学说起。与甘州密切关联的是词牌名《八声甘州》，大概《八声甘州》这种慢调长拍的曲调更适合宋人的多愁善感，所以《八声甘州》的优秀作品都集中在宋代，大词人柳永、苏东坡、吴文英、辛弃疾都有佳作。柳永是宋词婉约派的宗师，在此把他的《八声甘州》拿来请大家赏鉴：

对潇潇暮雨洒江天，一番洗清秋。渐霜风凄紧，关河冷落，残照当楼。是处红衰翠减，苒苒物华休。惟有长江水，无语东流。

不忍登高临远，望故乡渺邈，归思难收。叹年来踪迹，何事苦淹留？想佳人，妆楼颙望，误几回，天际识归舟。争知我，倚栏杆处，正恁凝愁！

还有七彩丹霞，也是甘州的另一张名片，其气势之磅礴、色彩之斑斓，令人叹为观止。

再说肃州，也就是酒泉。民间传说，西汉骠骑将军霍去病征匈奴获胜，驻扎在河西，汉武帝赏其御酒一坛，霍去病认为战功应归于全体将士，为了让全体将士都能喝上御酒，于是将御酒倾进一口泉中，全体将士共饮，此泉被赞为"酒泉"，并被后人借用成地名。虽然没有传下来以肃州或酒泉为标题的曲牌，但唐代边塞诗人们绝不会忽略对这个边塞重镇的咏叹。请看边塞诗的代表人物岑参所作的《酒泉太守席上醉后作》："酒泉太守能剑舞，高堂置酒夜击鼓。胡笳一曲断人肠，座上相看泪如雨。"太守的剑术和舞技虽然高超，但"独在异乡为异客"的中原汉人，在异乡胡笳的伴奏声中，不免思乡心切。

最后说沙州。敦煌位于我国最大沙漠塔克拉玛干大沙漠的边缘，四周都是沙丘和戈壁滩，所以也被称为沙州。如今敦煌城内的沙州夜市，也是游敦煌的必去之处。举世闻名的莫高窟静静地坐落在三危山的对面，几百个洞窟内蕴藏着大量壁画和雕像，是世界文化特别是佛教文化的绝世瑰宝。鸣沙山中一弯净水状如弯月，因地下有泉涌而在万顷黄沙中长年保持着风姿绰约。一曲《月牙泉》低沉内敛，只有田震的唱功才能传神和达韵。沙州，毕竟距离中土太过遥远，所以流传下来的诗词不多，相对有些名气的当属边塞诗人岑参的《敦煌太守后庭歌》："敦煌太守才且贤，郡中无事高枕眠。"

苏东坡那首著名的《卜算子·黄州定慧院寓居作》中的"沙洲"，往往被误解为这个"沙州"："缺月挂疏桐，漏断人初静。谁见幽人独往来，缥缈孤鸿影。惊起却回头，有恨无人省。拣尽寒枝不肯栖，寂寞沙洲冷。"其实诗人的写作地点在长江之畔的黄州，距沙州有几千里之遥。寂寞沙洲冷，冷的是诗人遭贬时的心情，心灰意冷。

沙州之西，是著名的阳关和玉门关，它们分别是古代丝绸之路"南北二道"上的关口，出了阳关和玉门关，就真的是人烟稀少、更加干旱少雨的西域了。唐代王维的《阳关三叠》说得直白："渭城朝雨浥轻尘，客舍青青柳色新。劝君更尽一杯酒，西出阳关无故人。"

河西，是马背民族纵横驰骋的乐园，匈奴、突厥、月氏、乌孙、回鹘等民族与汉民族共同演绎的历史风云，至今令人荡气回肠；河西，是唐诗宋词取之不尽用之不竭的题材，大漠、黄沙、龙城、无定河、焉支山、居延海等与书剑齐身的文人相撞，幻化出流芳百世的雄文丽句，今人咀之口齿留香。

看！"大漠孤烟直，长河落日圆。"

听！"黄沙百战穿金甲，不破楼兰终不还。"

想！"誓扫匈奴不顾身，五千貂锦丧胡尘。可怜无定河边骨，犹是春闺梦里人。"

这些只是诗吗？不！其实这些都是历史与人生的写照！河西走廊的风云，演绎了多少朝代的兴衰更替，增添了多少家庭的离愁别绪。

河西缺水、少绿。在无边的荒漠和旷野中，河西的水、河西的树、河西的草地，都格外令人怜惜。这些水木花草也像穷人家要强的孩子一样，知道利用有限的资源去努力充实自己，因此让人感觉比江南的同类更具顽强的生命力。看那干瘦挺拔的白杨树，不枝不蔓，干练利落，像西北汉子的坚毅、硬朗。沙漠需要绿洲点缀，雄浑需要瑰丽衬托，鸣沙山和月牙泉是天作之合；高山需要色彩的点缀，七彩丹霞是天作之合。

黄河是中华民族的发祥地，而河西是中华文明的守护者。没有班超投笔从戎，没有李广屯田戍边，没有左公西征伊犁，没有王震建设边疆，没有这些先辈从河西的历史上走过，哪里还有所谓的苏杭天堂，哪里还有所谓的京华烟云？多少中原汉子，多少从戎书生，怀着家国情怀献身西北戍边，尝尽艰难困苦，自许"留取丹心照汗青"！今天的河西人，谁知道来自苏杭多少？中州多少？湖湘多少？生活富足安逸的内地人，每个人都欠河西人一个感谢，为我们移居到那里的祖先，为我们骨肉相连的兄弟。

如果你真的热爱中华文化，去河西走一趟吧！中华文化的灵感在西北，在河西！席慕蓉的《出塞曲》，由蔡琴用低沉宽厚的女中音演唱，也算是天作之合：

请为我唱一首出塞曲
用那遗忘了的古老言语
请用美丽的颤音轻轻呼唤
我心中的大好河山
那只有长城外才有的景象
谁说出塞歌的调子太悲凉
如果你不爱听
那是因为
歌中没有你的渴望
……

如果你已丰衣足食，如果你还精力充沛，去河西走一趟吧！那里还有很多人喝不上自来水，还在接雨水生活；那里还有赤贫的同胞，还在为孩子的学费而忧愁。

我行我述

　　请为河西做点儿什么，因为多少年来，河西是中华文明的守护者，守住了我们中华大一统。

天光、云影

大漠、驼铃

新疆并不新

新疆是我国34个省级行政区中面积最大的省区，占全国国土总面积的六分之一。新疆的地形地貌特点可以概括为"三山夹两盆"，从北到南依次为阿尔泰山、准噶尔盆地、天山、塔里木盆地、昆仑山。因为南北两端的阿尔泰山和昆仑山是新疆的边界，新疆的腹地主要是天山山脉及其南北的塔里木盆地和准噶尔盆地，所以有时也把新疆概括为"天山南北"。新疆是我国九个边疆省区之一，简称"新"。

新疆与中央政权的分分合合

站在吐鲁番的高昌故城极目四望，2000多年的新疆历史烟尘，仿佛奔腾着向眼前涌来。

其实，新疆并不新。

新疆地区在我国古代称西域，正式被纳入我国中央政权版图是在公元前60年的汉朝，距今已有2000多年，早于吉林、黑龙江、内蒙古、西藏、青海，也早于海南岛、台湾。汉朝之前的秦朝以及更早的时期，新疆地区只是散居着一些城邦和游牧部落，没有统一的政权。所谓秦始皇统一中国，统一的只是当时中原及南部毗邻地区，只相当于现在中国版图的三分之一左右。秦朝时，西部和北部分布着许多游牧民族，其中匈奴的势力最强大，控制了新疆地区，是中央政权的最大威胁。

汉武帝派遣张骞联络西域部落的目的，就是为了联手抵抗北方的匈奴。西汉中央政权于公元前60年在现在新疆的轮台设置了西域都护府，西域36个游牧部落和城邦全部归属汉朝中央政权管辖。这个局面持续了近3个世纪。

自三国争雄到两晋，再到南北朝分治时期，由于战火频仍、政权更迭，导致汉族中央政权失去了对新疆地区的统治。即便是隋朝统一南北，其疆域也仅仅恢复到秦朝时期的版图。而此时，新疆被另一个游牧民族突厥所统治，新疆各行国与汉族中央政权的联系失去了严肃性和持续性。直到公元7世纪的唐朝，中央政府驱逐突厥，在新疆设立安西都护府，下设龟兹、于阗、疏勒、碎叶四镇，比汉朝的统治更加稳固，并持续了3个世纪。

唐朝末期，中原地区又出现藩镇割据、朝代频更的局面，直到宋朝统一中原。但在与西夏和契丹的三足鼎立局面之下，宋朝也无力西顾，新疆又脱离中央政权统治300多年。到成吉思汗的蒙古帝国统治欧亚大陆时，元朝中央政府通过察合台汗国统治了新疆一个世纪。

朱元璋推翻元朝，在明朝的300多年中，西域并没有归入中央政府管辖。直到清朝1636年在新疆设省，新疆才又回归中国大家庭，延续到今天已近4个世纪。清朝为了巩固统一的多民族国家，把因地方割据而重新收归的地区，一律称为"新疆"，重新收回的西域被称为"西域新疆"，后来"新疆"就逐渐成为西域新疆的专称。

纵观新疆的历史演进，其大致脉络为原始部落、匈奴控制、汉朝统治、突厥占领、臣服大唐、吐蕃与回鹘分占、三国鼎立（西州回鹘、于阗、喀喇汗国）、西辽统治、蒙古帝国、叶尔羌汗国、清朝大一统、沙俄侵蚀、阿古柏匪帮、左公收复伊犁、王震兵团屯边。自汉朝开始统治新疆之后，新疆与中央政府分分合合，累计起来，分合时间几乎各半。在分的时期，新疆统治者先后有匈奴、突厥、回鹘、契丹、蒙古等游牧民族，也叫行国。可见，即使在分的时期，新疆也从来没有属于过另外某个固定的政治中心，从来没有其他哪个国家像中国一样，对于新疆有着持续、长久的向心力。对于中央政权来说，新疆并不新。

新疆并不新。美国西部只有近200年的历史，中国的西域已有2000多年的历史。

维吾尔族与汉族的关系

新疆并不新。维吾尔族与汉族中央政权有着长期的友好关系。

维吾尔族的先民是游牧于匈奴更北方的丁零人，到了唐朝始称回纥或回鹘。唐朝时他们的南面已经不是匈奴人，而是另一个游牧民族突厥，回纥人长期受突厥人的剥削。公元7世纪，在唐朝赶跑突厥后，回纥人主动朝见唐太宗，请求唐朝管辖并派遣唐朝官吏，唐朝中央政权册封了回纥首领。由于唐朝中央政权的支持，回纥人逐渐壮大起来，并在北方建立了回纥汗国，与唐朝中央政权保持隶属关系。8世纪唐朝发生安史之乱时，著名回纥将领仆固怀恩帮助唐朝元帅郭子仪收复了长安。

回纥人是公元9世纪末才进入西域的。北方强大的回纥汗国在内讧和其他游牧部落的攻击之下瓦解，从而开始西迁。第一支迁往河西走廊，成为现在生活在河西走廊的裕固族，信仰佛教。第二支越过葱岭（帕米尔高原）迁入中亚草原，史称葱岭西回鹘，之后联合突厥等其他部落，成为后来的喀喇汗王朝，他们最先接受了伊斯兰教，并扩张到新疆西南部。第三支回鹘翻过阿尔泰山进入新疆东北部，他们打败吐蕃，占领北庭（今吉木萨尔），后来建立了以今天的吐鲁番为都城的西州回鹘政权。在西州回鹘与吐蕃王朝、黠嘎斯人的冲突中，唐朝中央政权继续站在西州回鹘一边。西州回鹘和葱岭西回鹘，这两支西迁的回鹘，就是当代维吾尔民族的前身，他们逐渐成为天山南北的主体民族，开始了维吾尔族在新疆发展壮大的历史进程。

维吾尔族坎坷的发展史，显示出他们与汉族中央政权的联系未曾中断过，在与突厥、黠嘎斯、吐蕃的冲突中，汉族中央政权都给予维吾尔族坚定的支持。即使是"出口转内销"的葱岭西回鹘建立的喀喇汗王朝，也将王朝统治的地方称为"下秦"，自认是中国领土，可见维吾尔族是中华民族大家庭的重要成员，是汉族的亲密兄弟。维吾尔人在天山南北逐渐定居后，产生了文字，并涌现出以著名的《阿凡提的故事》《艾里甫与赛乃姆》为代表的民间文学。

宗教与文化

新疆并不新。新疆是世界四大文化体系唯一汇流的地方，中华文化、印度文化、伊斯兰文化、欧美文化在这里交相辉映，新疆更是多种宗教传播与征占的焦点。

在汉朝与匈奴争夺新疆土地和游牧部落控制权的过程中，汉朝文武兼备，匈奴单凭武力；汉朝施教化，匈奴重掠夺。在新疆的历史上，汉朝是西域各游牧部落的第一个共主，可惜汉朝中央政权统治者没有像秦始皇一样，在西域统一文字和语言，汉文化没有在西域扎根，这为后来各种文化和宗教的侵蚀埋下了隐患。

在伊斯兰教传入并最终占据主导地位之前，祆教、景教、萨满教、摩尼教、佛教都曾在新疆地区盛极一时，其中佛教在伊斯兰教传入之前，率先占据了主导地位。汉初从西域再向西迁移的大月氏，后来在中亚立足，建立起强大的贵霜王朝。贵霜王朝南到恒河，西接葱岭，发端于印度恒河流域的佛教，就这样自然地被贵霜王朝接纳并传播到新疆地区的。佛教进入新疆早于进入中原，应该在公元1世纪。

到了公元10世纪，葱岭西回鹘建立的喀喇汗王国皈依伊斯兰教，随后在新疆地区开始了伊斯兰教与佛教之间的圣战。信奉佛教的于阗国在11世纪被喀喇汗国征服，从而改信伊斯兰教。西州回鹘建立的高昌国抵挡住了同宗喀喇汗国的进攻，坚守住了佛教圣地，直到14世纪，西州回鹘在被蒙古人统治后，才最终皈依了伊斯兰教。两支西迁的回鹘人先后皈依伊斯兰教，对新疆历史具有划时代的意义，深刻影响了当今维吾尔民族的精神生活。

丝绸之路与新疆

汉武帝凿空西域，派张骞出使的目的是联合大月氏共同对付匈奴，虽未达成目的却开创了中西方交流的丝绸之路。张骞曾两次出使西域，1500年后郑和七下西洋，他们分别开创了陆上丝绸之路和海上丝绸之路。

陆上丝绸之路经过新疆分为三道。最初有"南北二道"，都是由长安出发，经过河西走廊，出玉门关，然后分南北二道，绕过塔克拉玛干沙漠，到达葱岭。新疆境内的北道，是经哈密、吐鲁番、库车、喀什，到达葱岭。南道则是经由若羌、且末、和田，到达葱岭。经南北二道出了新疆，由葱岭再出发，经过波斯到君士坦丁堡，然后抵达罗马等欧洲城市，这是出新疆后的主线；经葱岭后偏南行，到达印度；经葱岭偏北行再向西，可到达里海沿岸。后来新疆境内又开辟了第三条道路——新北道，在新疆境内由哈密、吉木萨尔到伊犁，沿天山北侧出境，然后到达中亚各国。

帕米尔高原，古代习惯叫葱岭，是昆仑山和天山两条山脉的连接处，是丝绸之路北线和南线的必经之路。

谈起丝绸之路与宗教，不能不提到伟大的玄奘法师。为了求取当时还不是显学的大乘佛法教义，玄奘不避险恶，去印度取经，用了19个寒暑，往返新疆时分别走的北道和南道。他不朽的成就，除了在印度钻研佛法并将其带回中国之外，还完成了一部千古奇书《大唐西域记》，书中对古代印度和我国新疆各地的政治、经济、语言、地理、民俗，做了大量独到周详的描述，是研究古代印度和古代新疆的珍贵典籍。

璀璨星辰

新疆并不新。新疆的历史天空中闪烁着无数璀璨的星辰。那些曾经驰骋在新疆大地的彪悍部落——大月氏、乌孙（哈萨克）、匈奴、突厥、鲜卑、柔然、回鹘（维吾尔）、黠嘎斯（柯尔克孜）、契丹、蒙古、女真等，如今有些还能找到当年散落后的分支，而有些却只能在历史教科书中去凝视。但无论它们中的哪一个，都曾留下叱咤风云的英雄气概。

那些曾经辉煌过的城邦或城堡——龟兹（库车）、于阗（和田）、高昌（吐鲁番）、疏勒（喀什）、尼雅（民丰）、鄯善、楼兰、伊吾（哈密）、北庭（吉木萨尔）等，如今有些还有人类繁衍生息，而有些却只能通过考古学的发现去怀想。但无论它们中的哪一个，都有过车水马龙的喧嚣。

那些曾经足迹遍布天山南北的仁人志士——张骞、郑吉、陈汤、班超、鸠摩罗什、唐三藏、耶律大石、成吉思汗、林则徐、左宗棠、王震，他们波澜壮阔的人生，至今仍然涤荡着后来者的胸怀，开疆辟土、执着坚毅。

新疆会更新。"一带一路"的擘画，将使新疆这片曾经的热土再次吸引世界的眼球，新疆各族人民必将创造新的辉煌。

我行我述

燕京五记

　　走遍了南北西东，也到过了许多名城，
　　静静地想一想，我还是最爱我的北京。
　　不说那天坛的明月，北海的风，
　　卢沟桥的狮子，潭柘寺的松。
　　唱不够那红墙碧瓦太和殿，
　　道不尽那十里长街卧彩虹。
　　只看那紫藤、古槐、四合院，
　　便觉得甜丝丝，脆生生，
　　京腔京韵自多情
　　……

　　闫肃先生写的这首《故乡是北京》，道出了北京人无尽的自豪和浓浓的乡情。本人先后在北京求学、工作、生活近20年，游走过北京城大部分著名景点，钻过北京城许多尚存的胡同，去过二十几处各类博物馆，看过北京电视台系列电视栏目《这里是北京》，但真要将对北京城的感受形成文字，却始终不敢下笔。"这里是北京"，言外之意——"这里与众不同！"北京历史的源远流长、北京山水的独特奇绝、北京文化的博大精深、北京城市的多姿多彩，真是说不尽、道不完。今不揣浅陋，聊成燕京五记。

北京城大历史

要想知道人是怎么没的，先要知道人是怎么来的。白云牵手，山花引路，来到周口店，谁还敢说自己是老北京？北京西南郊房山周口店，是人类重要的发祥地，生活在周口店的"北京猿人"，距今约有70多万年的历史，他们才是真正的"老北京"。

同属于房山区的董家林西周古城遗址，是北京范围内所建设的最早的城市，距今已有3000多年，是西周初期燕国国都所在地。周武王灭商，北京周边的小国都臣服于周朝，从此，北京纳入中原文化的辐射范围，

周口店遗址入口处雕塑

我行我述

北京猿人

成为多民族共居的北方重镇。北京地区从此简称"燕",北京城也就成为"燕京"。

随着中原王朝与北方各民族的交流增多,燕国的中心逐渐向现在北京城的中心转移。到春秋战国时期,燕国在如今广安门一带建成蓟城,大致范围是东至法源寺、西至莲花池、南至白纸坊、北至白云观。雄才大略的燕昭王、刺秦壮士荆轲、稷下策士邹衍等,都曾生活在这里。秦汉、魏晋直到初唐,在郡县制的布局下,北京地区有过多种称谓,如渔阳、涿郡、广阳郡、范阳等,治所都在蓟城。今天我们在西土城路北京电影学院大门对面看到的那块石碑——"蓟门烟树",是曾经的"燕京八景"之一的遗存。

唐玄宗时期,将现北京地区分割为幽州和蓟州(幽州本为中国古九州之一,但在唐朝之前基本上属于地理概念,没有突出行政区划)。后世蓟的名称逐渐用来专称天津蓟州区,原来的蓟城反而被称为幽州城。

蓟门烟树

　　北京真正成为一个朝代的首都，要从辽代算起，距今已有1000多年的历史。辽南京、金中都、元大都、明北京、清京师，北京因此被称为"五朝帝都"。这五个王朝中有四个是少数民族政权，因此使北京的文化兼收并蓄，气度更恢宏，格局更宏大。

　　19世纪末到20世纪上半叶的晚清和民国时期，北京虽然逐渐失去了首都的名分，却仍然"大戏连台"。戊戌变法、八国联军、清帝退位、新文化运动、五四运动、军阀混战、七七事变、和平解放，使这座古城仍然吸引着全中国、全世界的目光。

　　1949年，中华人民共和国成立，北京真正成为全国的政治、文化、经济中心。

　　从大历史视角来看，西周封燕、燕昭中兴、辽设南京、元建大都、明移北京、新中国定都，都是北京历史发展的转折点，是成就北京这个3000年古城辉煌的关键点。西周封燕是北京3000年文明史的起点，多民族文化共融；燕昭王中兴极大地扩充了燕国的版图，并使燕国跻身"战国七雄"之列；契丹人建设辽代南京，是北京千年首都的起点，进一步推动了北京多元文化的发展；忽必烈建设元大都，使北京成为世界城市，帝国旨意由北京传递到整个欧亚大陆；朱棣将中原王朝的首都移到北京，使北京真正成为全中国的中心；新中国再次定都北京，经过70年凝心聚力的建设，使北京成为耀眼的世界级城市。

北京湾

现代的北京城高楼林立，周围的旖旎风光反而被人们忽略。其实，北京属于山城，可以说是三面环山一面平原，俯瞰很像一个绿色海洋中的港湾，有地理学家称其为"北京湾"。

在远古时代，北京地区曾是一片汪洋大海，后来遭遇剧烈的造山运动，强烈的地壳运动和火山喷发使燕山和太行山逐渐隆起，北京地区便形成了西北高、东南低的地貌格局。永定河携带着大量泥沙，穿山切谷奔流而下，在漫长的岁月里，泥沙填平了太行山与燕山之间的古海湾，形成了如今的北京小平原——北京湾。

北京城的西部是太行山余脉，俗称西山，外与山西高原相接；东北部和北部是燕山山脉，外与内蒙古高原相接；正东经山海关与松辽平原贯通；东南隔天津地区面向渤海；正南是广阔的华北大平原，遥望黄河流域。北京作为交通枢纽，战略位置如此重要，早有人描述："幽州之地，左环沧海，右拥太行，北枕居庸，南襟河济，诚天府之国。"

说到居庸，便会想到长城。长城被很多人誉为世界第八大奇迹，也成为北京最热门的旅游景点之一，居庸关长城便是其中一处。长城的著名景点包括居庸关长城、八达岭长城、水关长城、慕田峪长城、司马台长城等。遥想当年骑马射箭、金戈铁马的冷兵器时代，中原农耕民族抵挡北方游牧民族的最现实办法，就是筑高墙，挡住进攻者的铁蹄。

1987 年，我 24 岁，看到歌颂长城的文章，逆反心理使然，便写文章挞伐耗费民脂民膏修筑长城的行为，今摘录一段——

人家说，宇航员在太空中看地球，能看到的人工杰作只有埃及的金字塔和中国的长城。于是乎我们就伟大啦，我们就陶醉在祖宗留下的杰作之中。假如我们的老祖宗秦始皇帝把修长城中死去的民夫的尸体，不是埋在长城底下，而是筑起另一条长城——尸体的长城（恐怕也不会低于现在我们看到的长城），那在宇宙飞船上用天文望远镜观摩，是不是更相映成趣呢？幸亏老祖宗把尸体都埋了起来，要不我们不知荣耀成什么样了，我们会不会仍然认为我们生活在世界的中央呢？

长城是我们中华民族的骄傲还是耻辱？这个问题莫衷一是，仁者见仁，智者见智，但长城对中国历史的不利影响则至少可以道出以下几点：

秦始皇修长城，横征暴敛，动用大量人力物力，致使民不聊生，妻离子散，极大地破坏了社会生产力，加剧了秦王朝的社会矛盾。一道长城，使我们作茧自缚，断绝了与北方少数民族的主动交流，看不到长城以外其他民族的发展，一味地在自我的小天地里苟且偷生。

历代统治者形成这样一种传统心理：一道长城，挡住了北方少数民族的铁蹄，从此可以高枕无忧。放松边境戒备的结果，是北方的铁蹄无数次踏破中原美梦，使国势几起几落。

这，就是我们引以为傲的长城！

万里长城

年轻时这段热血文字，今天看来过于肤浅，按国学大师南怀瑾的说法，属于以今人之视角看历史，是主观的历史。年轻时还不懂得以历史的视角看历史，不懂得客观地看历史。

北京城的水系

"一方水土养一方人"。历史上，北京并不缺水，因为河流众多，才能孕育出北京这个有3000多年历史的文明都市。北京地区境内有大小河流两百多条，分属于海河流域的五大水系，分别为永定河水系、潮白河水系、温榆河水系、拒马河水系、沟（jū）河水系。这些河流都源于西北山地，乃至蒙古高原。它们在穿过崇山峻岭之后，便流向东南，蜿蜒于平原之上。

永定河的上游是山西境内的桑干河，汇聚北京北部延庆境内的妫水河之后，始称永定河，其下游汇入天津境内的海河，注入渤海。由于地质构造运动与河流从上游夹带的泥沙淤积河床，永定河水出山后，河道不断迁徙摆动，形成肥沃的北京冲积扇平原，同时留下几十条水道，水道的余脉变为山泉、湖泊和地下水，为北京先民提供了水源，可以说，永定河是北京的"母亲河"。

　　今天的北京城就建在永定河冲积扇的脊背部，而今天的永定河干流斜贯北京西南部，是最大的过境河流。历史上被称为"无定河"的永定河，在清代康熙朝疏浚河道后，被赐名"永定河"，希望它固定河床，安定下来。但直至20世纪50年代在上游修筑了官厅水库之后，才彻底改变了永定河的水文特征，使其不再为害北京城。

　　潮白河是北京地区的第二条大河，其上游分为潮河、白河两条支流，均源自河北北部山区。两河在北京密云区河槽村汇合以后，始称潮白河。潮白河上游山区谷深河窄，进入平原后河道开阔，易泛滥成灾。20世纪50年代，潮白河上游兴建密云水库和怀柔水库，下游开挖潮白新河，控制了洪水泛滥。潮白河水由密云水库流出，一股沿京冀边界流向天津境内，供天津生活用水并注入渤海；一股经京密引水渠、怀柔水库流入北京城，是今天北京城的重要水源之一。

　　通过永定河引水渠，永定河形成一条支流，这条支流依次进入玉渊潭、南护城河、通惠河、北运河，为北京城提供饮水、灌溉及城市景观用水。通过京密引水渠，潮白河形成两条支流，北支依次进入昆明湖、紫竹院、动物园、北护城河、什刹海、北海、中南海、东护城河、通惠河、北运河；南支依次进入昆明湖、玉渊潭、西护城河、南护城河、陶然亭、龙潭湖、东护城河、通惠河、北运河。潮白河水通过南北二路，为北京城提供饮水、灌溉及城市景观用水。通过两条引水渠，永定河与潮白河两个水系的支流都服务于北京城，并归入海河。

关于北京的水系及水利工程，在积水潭地铁站附近的郭守敬纪念馆里，都有图文并茂的介绍。元初水利专家郭守敬，是北京城水利系统的总设计师，他主持兴建通惠河，解决了南粮经运河进京的难题；修建暗沟和明渠，解决了北京城雨水和污水排放的难题；开挖六海（西海、后海、前海、北海、中海、南海）作为紧急排水场所，解决了城市内涝的难题。郭守敬这套水利系统，已经造福北京城700多年，至今大部分仍在使用。郭守敬这位伟大的水利专家，可以称为北京城的"水神"。

近年来，作为特大型城市的北京城，依靠当地自然水资源已经远远不够了，幸而国家南水北调中线工程已经见效，今天北京城区一大半生活用水是"南水"，是千里之外丹江口水库的二类标准水。

北京的城门

在北京乘坐地铁二号线，会经过多个"门"，建国门、朝阳门、东直门、西直门、前门等，我数了一下，总共12个"门"。虽然都叫门，但来历和年代并不同。要了解详情，还需要从北京城的布局与结构说起。北京作为"六大古都"之一，与西安、洛阳、开封、杭州、南京不同的是，它建城的年代比较晚，更因它是中国最后一个封建王朝清朝的首都，所以城市结构保护得较为完整。清朝时，北京城的核心部分，由中心向外延伸，分别是宫城、皇城、内城、外城。这些"城"，当年都有围墙，因而也有供车马人等进出的门。北京城门的布局，历来有"内九外七皇城四"的说法。

内城在清朝是旗人的居住地，内城有九个门。南面三个：前门、崇文门、宣武门；北面两个：安定门、德胜门；东面两个：朝阳门、东直门；西面两个：阜成门、西直门。今天的地铁二号线，是沿着内城围墙的轨迹在运行，除了内城九门设站，还有和平门、建国门、复兴门三个带"门"的站，光看这三个"门"的名字，大家就能猜出来，这多出来的三个"门"，是1949年之后为了交通方便而开的。内城九门，当今还能看到门的只有前门和德胜门。前门也叫正阳门，正阳门连同它的箭楼，耸立在天安门广场南端，依然巍峨雄壮。内城之中有什刹海公园。

外城是明朝嘉靖年间修建的，当时是为了在内城之外再增加一道防御。所谓城郭，内城是城，外城是郭。可惜在外城修建过程中，刚修了南面，资金就断了，于是北京就只有南面的外城。外城有七个门，由东到西依次为：东便门、广渠门、左安门、永定门、右安门、广安门、西便门。当今能看到的是东便门、西便门、永定门，翻修后的永定门城楼坐落在北京中轴线的最南端，在周围一片开阔地带的衬托下，显得蔚为壮观。外城之中有大观园、陶然亭、天坛、龙潭湖四大公园。

内城之内有皇城。皇城是清朝皇亲国戚的居住地，有四个门，南有天安门，北有地安门，东有东安门，西有西安门。当今的天安门城楼是中国政权的象征，是中国的心脏，这些自不必赘述。东皇城根遗址公园也是值得喜欢探究北京历史的人们去追怀的地方，通常说北京人生长在皇城根儿脚下，说的就是这里。繁华的王府井大街上，有个东安市场，就是东安门外的一处购物场所。皇城之中有北海、景山、中山、劳动人民文化宫四大公园。

皇城之内是宫城，也叫紫禁城，是皇帝一大家子的住处，也有四个门，南有午门，北有神武门，东有东华门，西有西华门。紫禁城的门和墙都保存得非常完整，现在叫故宫博物院，吸引着国内外海量游客来参观。紫禁城四个角上建有角楼，是北京城古代建筑的精华，每个角楼都多角、多檐、多脊，参差错落，雄壮瑰丽。紫禁城外围的护城河，因为笔直如竹筒而称为"筒子河"。丽日蓝天下，站在中山公园的垂柳下看过去，角楼的雄姿倒映在筒子河水中，是一番绝佳的风景。

北京的宣南文化

北京老话儿讲"富东城、贵西城、穷崇文、破宣武"，这是明清民国及改革开放之前的人口结构造成的。如今宣武区并入西城区，崇文区并入东城区，加上北京市政府开发南城的举措，这个状况正在发生实质性转变。其实，宣武区留下的物质财富虽然不如东城西城，但精神文化财富却是相当的丰富，这份文化遗产就是"宣南文化"。

历史上的宣南，大体上是指北京市宣武区的范围。这里是有着3000多年建城史、800多年建都史的老北京的源头之一。明清以来的宣南，以琉璃厂为代表的士人文化、以湖广会馆为代表的会馆文化、以大栅栏老字号店铺为代表的商业文化、以天桥为代表的老北京民俗文化，集通俗、儒雅、华丽于一身，构成了北京城一道亮丽的风景线。

琉璃厂是北京最著名的一条文化街。清朝时，汉族官员不能住内城，离紫禁城最近的住处也就是宣武门外琉璃厂这一带了。当时各地来京参加科举考试的举人也大多集中在这一带，因此这里出售书籍和笔墨纸砚的店铺较多，形成了较浓的文化氛围。于是，元明两朝烧制琉璃瓦的地方，到清朝渐渐成了汉族士大夫交流学问、交换书籍字画的场所。乾隆年间修《四库全书》时，总编纂纪晓岚等就以琉璃厂书肆为中心交换书

筒子河与角楼①

筒子河与角楼②

籍，一时全国书商云集。清代和民国时期，来京的文人学士都以到琉璃厂买书为乐事。如今，琉璃厂东西街经装修焕然一新，荣宝斋、汲古斋、戴月轩、中国书店等标志性店铺仍然人气旺盛、文气十足，当年的文脉并未因时间的流逝而消失。

因为清代汉族官员、文人集中住在宣南，所以各省各县的会馆也集中修建在这一带，小小的区域竟林立了300多座会馆。会馆为士人的集结、交往提供了理想的公共空间，也为学术的交流、文化的复兴准备了条件，近代以来影响中国历史进程的人物，莫不与宣南的会馆有着千丝万缕的联系。民族英雄林则徐就曾住在蒲阳会馆；安徽会馆是由洋务运动的领袖人物李鸿章发起建成的；中日甲午战争清政府战败后，维新志士康有为、梁启超、谭嗣同分别住在宣南的南海会馆、新会会馆和浏阳会馆，共同筹划了"百日维新"这一中国近代史上极为悲壮的运动。民国成立后，孙中山北上与袁世凯会谈，曾五次莅临湖广会馆，改组同盟会，建立了国民党；还有绍兴会馆，鲁迅在这里发表了中国新文学史上第一部白话小说《狂人日记》。这些今天大多已经荒芜的会馆，见证了中国近代历史的风云际会，是了解北京近代历史文化的重要窗口。

家住宣南，每当我路过菜市口街角，看到挂着"谭嗣同故居"的浏阳会馆的时候，便不由自主地忧伤，这位"我自横刀向天笑"的变法勇士，他的故居已被分割成多户百姓的住处，破败不堪。著名作家肖复兴曾经悲愤地形容它"像站街女似的裸露在喧嚣的大街上"。家住宣南，每当风和日丽的时候，我总会想起台湾著名作家林海音在《城南旧事》中描述的光景：英子、骆驼队、惠安馆、椿树胡同，将近一个世纪前的这些人和物，他们的影子似乎仍清晰如昨日，今夕何夕？

见惯了千年帝都的风云变幻，北京人遗传下来豁达、包容的DNA

第一辑 行而行

谭嗣同故居　　　　　　《城南旧事》

——不疾不徐、不卑不亢、不攀不比。你指点你的万里江山，我指点我的街头残局；你炫你的腰缠万贯，我炫我的笼中鸟儿叫声脆甜；你吃你的法式大餐，我嘬我的羊蝎子说笑连连。北京人讲礼数，北京人讲脸面，北京人讲局气，这些都是我这个少半拉子北京人所未能完全领会的。北京的胡同、北京的园林、北京的会馆、北京的桥，这些也是我未能充分了解的。道不完的北京城，说不尽的北京人。写北京的文字，无法多写，也不敢多写。无法，是因为写不完；不敢，是因为怕露怯。

燕京五记，用自己的视角，解读自己触摸到的北京城。

我行我述

天意无私草木秋

徘徊在团泊洼，只为一首诗、一个人、一段历史。徘徊在团泊洼，问起诗人郭小川，问起当年的文化部"五七干校"，不论是骑自行车匆匆赶路的中年汉子，还是树荫下闭目养神的大爷大娘，都会提起精神，如数家珍般地多说上几句。"人生到处知何似，应似飞鸿踏雪泥。"郭小川，有如飞鸿踏雪一样，在团泊洼这片平凡的土地上，留下人生浓墨重彩的一笔。

郭小川，生于1919年，卒于1976年，一生伴随着中国风起云涌的社会运动。他是新中国杰出的诗人，立志与人民大众同呼吸共命运，追随时代的浪潮，抒发大众的豪情。"文化大革命"期间，他受到打击被下放劳动，其中在天津静海的团泊洼文化部"五七干校"近一年，完成著名长诗《团泊洼的秋天》。优美的语言，真挚的情感，创作于那个特殊年代的作品，今天的人仍然愿意吟咏浅唱。

秋风像一把柔韧的梳子，梳理着静静的团泊洼；
秋光如同发亮的汗珠，飘飘扬扬地在平滩上挥洒。

高粱好似一队队的"红领巾"，悄悄地把周围的道路观察；

独流减河　　　　　　　　　　团泊湖

向日葵低头微笑着,望不尽太阳起处的红色天涯。
……

《全唐诗》收录近五万首佳作,张若虚仅以《春江花月夜》一篇取胜,被后人美誉为"孤篇压全唐"。以今天的眼光来检视"文化大革命"十年的文学作品,郭小川的《团泊洼的秋天》确有独特的风韵。

所谓"五七干校",是指1966年至1979年,国家为了让干部和知识分子接受贫下中农再教育,将党政机关干部、科技人员和大专院校教师等下放到农村,进行劳动的场所。当年的团泊洼"五七干校",可以说是文化名人的聚集地,著名的文艺活动家周扬、漫画家华君武、戏剧学家吴祖光、音乐家吕骥……随便拿出一个,名气、成就都在郭小川之上,但当地老百姓铭记的,却只有郭小川。钢铁烧热了,猝然丢进冷水里,方能增加硬度,这是淬火的原理;满腹经纶的学者,投入陌生而艰苦的环境中,才能激情四射,成就不朽的篇章。我想,郭小川除了把中国语言中最优美的词句奉献给团泊洼这块土地之外,他为那个时代鼓与呼的炽热的情怀,也是被后人理解和敬重的缘由之一。当然,人是环境的产物，因为时代的局限性，《团泊洼的秋天》中也夹杂着一些盲从的音符，但腹有诗书而散发出来的英气、对真理和正义孜孜以求的精神，足以淡化这一点点不协调。

如今的团泊洼，吸引人们前来的，是浩渺的团泊湖和华丽的温泉酒店。团泊湖宁静而开阔，在湖岸可以体验到郭小川诗中芦苇和垂柳的风韵。独流减河依旧静水深流，保持着50多年前内敛的野性。

感谢静海区文化部门的保护之举，我们千寻万觅、锲而不舍，终于找到当年文化部团泊洼"五七干校"的旧址。望着残垣断壁，我们不由怅然若失，假如没有郭小川这首诗，团泊洼这块土地恐怕无人问津，团泊洼"五七干校"这段历史将淡出历史的记忆。《团泊洼的秋天》，便成了延续历史的一个纽带。

1985年，20岁出头的我，狂热崇拜着李白、陆游、毛泽东、郭小川。

团泊洼五七干校旧址指示牌　　　　1985年版《郭小川诗选》

当时读过《郭小川诗选》上下两册之后，我在扉页上写下了陆游的两句诗"江声不尽英雄恨，天意无私草木秋"，表达对郭小川英年早逝的惋惜和诗作的敬意。今天徘徊在团泊洼，总感觉小川并没有走，他的魂灵仍然伴随着这块土地、这个民族。哪里都有秋风，哪里都有垂柳，哪里都有芦苇，你虽走了，却留下了整个的你。

同行的朋友把这次团泊洼之行称为"文化寻根之旅"，鼓励我写上几句，我掂量了一下自己的才学，终究不敢下笔，正所谓"眼前有景道不得，崔颢题诗在上头"。小川用细腻的笔触，把景物已经描写到极致，把比喻、对偶、拟人等修辞手法运用得浑然天成，可谓"增之一分则太长，减之一分则太短"。我的不敢下笔，当然还有另外的原因，时过境迁，当年经典的景象已经无法再现。

团泊洼的秋天只属于郭小川，而郭小川的魂灵也早已经渗入团泊洼的每一阵秋风、每一缕秋光、每一杆芦苇。我们还是吟咏小川的经典吧！

秋天的团泊洼啊，好象在香甜的梦中睡傻；
团泊洼的秋天啊，犹如少女一般羞羞答答。

团泊洼，团泊洼，你真是这样静静的吗？
全世界都在喧腾，哪里没有雷霆怒吼，风云变化！

是的，团泊洼的呼喊之声，也和别处一样洪大；
请听听人们的胸口吧，其中也和闹市一样嘈杂。

……

我行我述

湖湘英雄耀中华

冬日的橘子洲，虽然没有"万山红遍，层林尽染"的远景令人赏心悦目，也没有"到中流击水，浪遏飞舟"的近景使人热情激荡，但仍然是游人如织。巨幅毛主席半身雕塑前，人头攒动，人们或自拍或合影，争相留念。橘子洲，因了伟人的一首诗，因了后人对伟人的敬仰，而远近闻名，成为湖南一道靓丽的风景。

橘子洲，是湘江流经长沙的一个江心洲。湘江由南向北流经湖南省，注入洞庭湖，而湘江和洞庭湖便成了湖南的代言人，因此，湖南也往往被称为"湖湘"。围绕着"湖湘"，又有了"三湘四水"的称呼。所谓"三湘"，有多重解说，我更喜欢的解释是"湘阴、湘潭、湘乡"，因为这都是湖南人文荟萃的地方；所谓"四水"，便是汇入洞庭湖的四条主要河流——湘江、沅江、资江、澧水。

按大体地域划分，中国有三个地区的民间文化底蕴最深厚，一个是江浙，一个是中原，一个是湖湘。江浙人诗书传家，因生活富足而多闲情逸致；中原人诗书传家，因受官场文化熏染而多谋身防身的谋略；湖湘人诗书传家，因目睹周遭的艰难困苦，也未受官场劣习的浸淫，陡升救国救民之志。也许，这就是湖南在近现代英雄辈出的重要原因。

人们说湖湘人有四大特点——蛮、辣、勇、智。这四大特点，就与上面所说的环境艰苦而文化底蕴深厚有关。湖湘人质朴、务实、倔强、傲岸、吃苦耐劳、不妄言（言行一致）、勇于任事、敢想敢干，文能提笔安天下，武能上马定乾坤。总之一句话，讲气节而好功名。

湖湘人深厚的文化底蕴自有其渊源。先秦时代，居于中原地区南部的楚国，大启群蛮，把中原文化南推到湖湘地区。但这一带的文化既与中原文化密不可分，又有别于中原文化，这一特点的集中体现是《楚辞》中所表现的浪漫主义和理性主义。到了唐代，政治上失意的迁客骚人，或路过，或停留，使湖湘大地的文脉更加丰富、饱满，李白、孟浩然、王昌龄、杜甫、韩愈、柳宗元、李商隐等都在这里留下他们的足迹和不朽之作。

宋代大政治家范仲淹，虽然没有在湖南做过官，但他的一篇《岳阳楼记》，简直成了湖南人的"群体励志宣言"。"衔远山，吞长江，浩浩汤汤"代表湖南人的志向；"先天下之忧而忧，后天下之乐而乐"代表湖南人的襟怀；"不以物喜，不以己悲"代表湖南人的修为。两宋之际，私人办学鼎盛，当时著名的四大书院有两个在湖南，一为长沙的岳麓书院，一为衡阳的石鼓书院。大学问家周敦颐、朱熹等都在这些书院讲过学，进一步弘扬了以儒学为代表的传统文化。

明末清初的大思想家王夫之，在他的家乡衡阳著书立说，批判地继承了程朱理学和陆王心学，其朴素唯物思想和经世致用思想，是中国传统文化思想发展的一个巅峰。湖湘后辈如陶澍、曾国藩、左宗棠、谭嗣同、毛泽东等，都从王夫之的著作里，解读出了中国文化之时代精神——不在于知而在于行。自此，在中华民族面临的各种大变局中，立志救国救民的湖湘英雄便如群星闪耀，万众瞩目。

近现代湖湘的英雄有陶澍、魏源、曾国藩、左宗棠、胡林翼、郭嵩焘、谭嗣同、陈天华、杨度、黄兴、宋教仁、蔡锷等。

湖湘英雄每每在山河破碎之际，挽狂澜于既倒，扶大厦之将倾，于是就有了"若道中华国果亡，除非湖南人尽死"这样的赞许。

湘乡人曾国藩，本来走的是士大夫"学而优则仕"的传统道路，追求"内圣外王"的人生抱负。然而一介儒生的曾国藩，却偏偏生逢太平军席卷天下的危局，手无缚鸡之力，身无骑射之术，竟然统帅亦农亦兵的湘军子弟攻灭了太平军。曾国藩在战争谋划中，"扎硬寨，打死仗""屡战屡败，屡败屡战"，把湖湘人特有的蛮、辣、勇、智精神，发挥得淋漓尽致，他自己也获得了"中兴第一名臣"的美誉。内忧初平，外患又起，传承乡贤陶澍、魏源经世致用和开眼看世界精神的曾国藩，敏锐地警觉到千年世界大变局的脚步声，为了"师夷长技以制夷"，他推动成立译书馆，安排了第一批赴美留学生，江南制造局在他的督导下建造了中国第一艘轮船。在官场上获得巨大成功的同时，他修身律己，以忠谋政，位极人臣的他，把自己的书房命名为"求阙斋"，目的是时时反省自己的过失。虽然谨慎如此，但他还是因忠于清廷镇压太平军而饱受后人争议。近代梁启超赞之："立德、立功、立言三不朽，所成就震古烁今而莫与京者，其一生得力在立志，自拔于流俗，而困而知，而勉而行，历百千艰阻而不挫屈，不求近效，铢积寸累，受之以虚，将之以勤，植之以刚，贞之以恒，帅之以诚，勇猛精进，坚苦卓绝。"近代章太炎则叹之："曾国藩者，誉之则为圣贤，谳之则为元凶。"立功、立德之余，曾国藩也为后世立言，留下《冰鉴》《曾国藩家书》《挺经》等精神食粮。

湘阴人左宗棠，年轻时便立志"身无半亩，心忧天下"，钻研经世致用的学问，创办我国第一家机器造船厂——福州马尾造船厂。在沙俄侵占新疆，大清风雨飘摇之际，左公年近七旬主动请缨，率领湘军子弟一举收复新疆。亲赴新疆准备进取伊犁时，他让士兵抬着他的棺材走在队伍中，白发与黑棺相映，展现出他义无反顾、马革裹尸的英雄气概。虽然左宗棠参与剿灭太平天国的行为，被人诟病，但他"系天下安危者二十年，壮中华威名于九万里"，在群狼环伺的晚清危局中所展现出的雄才大略与高瞻远瞩，发挥了力挽狂澜的作用，是近代中国的民族英雄，可与虎门销烟的林则徐比肩。

浏阳人谭嗣同，出身官宦世家，年少时博览群书，好讲经世济民的学问，从湖南先贤王夫之的著作中汲取了民主精神和唯物论思想，同时广泛阅读西方科学、史地、政治等方面的书籍，开阔了自己的眼界。中日甲午战争失败后，谭嗣同强烈反对丧权辱国的《马关条约》，在湖南办学堂和报纸，抨击旧政，倡导变法，成为维新运动的激进派，被光绪皇帝召进京师参与变法。戊戌变法失败后，谭嗣同劝梁启超出逃，自己却谢绝了大刀王五的劝逃，凛然立言"不有行者，无以图将来；不有死者，无以召后起"，"我自横刀向天笑，去留肝胆两昆仑"，真真地把自己的肉体溶入救亡图存的时代洪流之中。这种高尚的意志和襟怀，已经超越了范仲淹"先天下之忧而忧，后天下之乐而乐"的境界。

看民国史，常扼腕叹息。孙中山的意外病故，袁世凯的篡夺革命果实，黎元洪的黄袍加身，东三省的沦陷，蒋介石的异军突起，使"中华民国"的历史波诡云谲，使救亡图存、天下为公的初衷面目全非。其中湖湘三杰的过早陨落，使民国历史缺少了一股辣道、一股正道。湖湘三杰：黄兴出生于1874年，宋教仁和蔡锷均出生于1882年；黄兴和蔡锷均病故于1916年，宋教仁被刺杀于1913年。真是天妒英才！

黄兴创立华兴会，组织长沙起义、广州起义、武昌起义，先是起义成果被旧军官黎元洪占有，后是把同盟会领袖的位置谦让给孙中山，"名不必自我成，功不必自我立"，他一心一意要推翻清朝腐朽统治，可惜42岁时病逝，章太炎先生称"无公则无民国，有史必有斯人"。

窃国大盗袁世凯的克星蔡锷将军，他在袁世凯复辟帝制后，自云南发动护国战争，迫使袁世凯取消帝制。在看到出卖老师谭嗣同的独夫民贼袁世凯死去几个月后，蔡锷英年早逝，时年34岁。蔡锷被袁世凯羁縻于北平期间，与风尘女子小凤仙演绎的传奇故事，流传至今。

如果说蔡锷是袁世凯的武克星，那宋教仁便是袁世凯的文克星。这位国民党的元老在民国初年力主责任内阁制，以限制袁世凯的总统权力，成为袁世凯的眼中钉，终被袁世凯密谋杀害，时年32岁。孙中山撰挽联："作公民保障，谁非后死者；为宪法流血，公真第一人。"

黄兴、蔡锷、宋教仁，民国初年的湖湘三杰，均英年早逝，国家失去栋梁，国体失去保障。纵有一人留世，何至于蒋介石、汪精卫之流误国误民？

数风流人物还看今朝。湖湘三杰缺席民国历史舞台的遗憾，终由湖湘后起之秀来弥补。毛泽东、刘少奇、彭德怀一干湖湘精锐，终于带领广大民众，闯出了一个新中国。

1910年，17岁的毛泽东异地求学，赠诗给父亲，表明自己的人生志向："孩儿立志出乡关，学不成名誓不还。埋骨何须桑梓地，人生无处不青山。"心有所属，对所从事的事业具备方向感、历史感、使命感，在无数艰难险阻面前，便不会退缩和徘徊，反而会越挫越勇，这就是后来所说的"革命乐观主义"吧。

1923年，30岁的毛泽东离别妻儿，踏上革命征程，填词《贺新郎·别友》寄情言志，离情别绪之中夹带着铁肩担道义的决绝，读来令人敬仰。

贺新郎·别友

挥手从兹去。更那堪凄然相向,苦情重诉。眼角眉梢都似恨,热泪欲零还住。知误会前番书语。过眼滔滔云共雾,算人间知己吾和汝。人有病,天知否?

今朝霜重东门路,照横塘半天残月,凄清如许。汽笛一声肠已断,从此天涯孤旅。凭割断愁丝恨缕。要似昆仑崩绝壁,又恰像台风扫寰宇。重比翼,和云翥。

1925年,32岁的毛泽东再次离开故乡,去广东从事农民运动,游橘子洲时留下一首《沁园春·长沙》,再次抒发了救国救民、扭转乾坤的豪情壮志。

沁园春·长沙

独立寒秋,湘江北去,橘子洲头。看万山红遍,层林尽染;漫江碧透,百舸争流。鹰击长空,鱼翔浅底,万类霜天竞自由。怅寥廓,问苍茫大地,谁主沉浮?

携来百侣曾游。忆往昔峥嵘岁月稠。恰同学少年,风华正茂;书生意气,挥斥方遒。指点江山,激扬文字,粪土当年万户侯。曾记否,到中流击水,浪遏飞舟?

生而知之是天才,学而知之是英才,困而知之是雄才。谭嗣同深感中国社会为各种腐朽思想所桎梏、所网罗,立志冲决这些网罗:"网罗

我行我述

重重，与虚空而无极。初当冲决利禄之网罗，次冲决俗学若考据、若词章之网罗，次冲决全球群学之网罗，次冲决君主之网罗，次冲决伦常之网罗，次冲决天之网罗，次冲决全球群教之网罗，终将冲决佛法之网罗。"毛泽东同样有冲决一切桎梏的决心："河出潼关，因有太华抵抗，而水力益增其奔猛；风回三峡，因有巫山为隔，而风力益增其怒号。"与李鸿章、梁启超、孙中山、陈独秀这些一等一的英才相比，湖湘人物能够在近现代中国历史舞台上纵横捭阖，独领风骚，其根源就在于雄，在于困而知之，在于讲气节而好功名。

孤竹墨赞曰——

唐宋留火种，船山集大成；
曾左挽狂澜，三杰叹平生。
润之凌云志，尽染层林红；
青史两百年，湖湘遍英雄。

说不尽的以色列

如果要盘点半个多世纪以来持续不断的热点新闻，"巴以冲突"绝对排头号。以色列、犹太复国主义、巴勒斯坦、约旦河西岸、加沙地带、戈兰高地、耶路撒冷、沙龙、阿拉法特，这些名词既为人熟知又透着神秘。

去趟以色列，工作之余，我最大的收获是搞清楚了一堆概念。要知道，"概念"是思维的基本单元，搞清楚一个概念的内涵和外延，是做任何分析、任何判断的基础。

所谓"巴勒斯坦地区"，古称"迦南地"，包括现今的以色列国、巴勒斯坦国的加沙地带和约旦河西岸地区（当然，传统的巴勒斯坦地区，还包括今天的约旦国土）。

所谓"巴勒斯坦人"，属于阿拉伯民族，是公元7世纪外来的阿拉伯人与巴勒斯坦地区土著的同化。

所谓"巴勒斯坦国"，目前是联合国的观察员国，还没有得到正式承认，名义上包括加沙地带和约旦河西岸地区，加沙地带面积365平方公里，约旦河西岸各居住点面积合计约5800平方公里。约旦河西岸与以色列的协议是有限自治，没有军队，只有警察部队，但加沙地带完全由巴勒斯坦控制。巴勒斯坦国宣称首都为耶路撒冷，但现实是政府机构都在约旦河西岸的拉马拉，也叫拉姆安拉。所谓"约旦河西岸"，并不是在约旦河的西岸连成一片的土地，而是散落在以色列境内的巴勒斯坦人居住区，边界模糊。这是没有亲身到过那里的人所意想不到的，难怪新闻中经常提到"加沙地带"，而不说"约旦河西岸"是"地带"。

所谓"以色列人"，主体是犹太人，少数民族是阿拉伯人；以色列人口800多万（2016年数据），其中犹太人600多万，阿拉伯人200多万。

所谓"以色列国"，犹太人认为是整个巴勒斯坦地区（也包括加沙地带和约旦河西岸），而巴勒斯坦人和整个阿拉伯世界，并不承认犹太人在巴勒斯坦地区的居住权，直到当今，也只承认联合国1947年为犹太国和阿拉伯国划定的界限。以色列实际控制区的面积约为2.5万平方公里。

《圣经》说，巴勒斯坦这块"流着奶和蜜的地方"是上帝赐予犹太人的；而《古兰经》则说，耶路撒冷是先知穆罕默德登天的圣地。宗教典籍上各说各话，公说公有理，婆说婆有理，我们还是相信历史学家吧。历史学家说，巴以冲突持续半个多世纪，到现在也看似无解，这有其历史的必然性，从巴勒斯坦地区主体民族的历史变迁过程能看得很清楚——

公元前20世纪前后，迦南人定居巴勒斯坦的沿海和平原；公元前13世纪，腓力斯人在巴勒斯坦沿海地区建立国家，巴勒斯坦名字的本意就是"腓力斯人的家园"。

公元前13世纪末，希伯来人迁入巴勒斯坦地区，并于公元前11世纪建立希伯来王国，开启犹太人的盛世，在耶路撒冷建成最接近上帝的圣殿。

之后，亚述人、巴比伦人、波斯人都曾占领过巴勒斯坦。

公元前1世纪，罗马帝国入侵，绝大部分犹太人流亡世界各地。

公元7世纪，巴勒斯坦成为阿拉伯帝国的一部分，阿拉伯人与当地居民同化，形成现在的巴勒斯坦阿拉伯人。

公元11世纪，罗马教皇和欧洲君主们发动十字军东征，占领耶路撒冷。

公元16世纪，巴勒斯坦成为奥斯曼帝国的一部分。

公元19世纪末，"犹太复国主义"兴起，大批犹太人返回古老家园。

第一次世界大战后，巴勒斯坦被英国托管，以约旦河为界，分成东西两部分：东部是现在的约旦国，西部是现在的以色列、约旦河西岸、加沙地带。

第二次世界大战后，联合国决议在巴勒斯坦建立犹太国和阿拉伯国，而圣城耶路撒冷则实施国际化。因阿拉伯人不承认犹太人在巴勒斯坦的居住权，中东战争爆发，最终阿拉伯国家战败，于是以色列占领了巴勒斯坦的绝大部分地区。

1988年，阿拉伯人宣告成立巴勒斯坦国，首都设在耶路撒冷（实际在拉马拉）。

1994年巴勒斯坦解放组织和以色列签署协议，接受约旦河西岸和加沙地带有限自治。

巴勒斯坦地区土地贫瘠、降雨量少，根本看不出是一块"流着奶和蜜的地方"，但以色列人硬是在这块贫瘠的土地上创造了奇迹——集体农庄、无土栽培、工厂化养殖等引领世界，人均GDP3.7万美元（2016年数据），居世界前列。

以色列没有我们伟大祖国的"五湖四海"，他们只有"一河三海"——约旦河、加利利海、死海、地中海。约旦河发源于黎巴嫩和叙利亚，是约旦与以色列的界河，流经加利利海，最后注入死海。死海水面海拔约 –422 米，是世界上最低的湖泊，死海的湖岸是地球上陆地的最低点，死海湖水的盐度是普通海水的 8.6 倍，死海湖底的黑泥是护肤品的原料。

说起以色列，必然会想到耶路撒冷。耶路撒冷分新城和旧城，旧城是基督教、伊斯兰教、犹太教三大宗教的圣城，曾经 18 次被毁又不断得到重建。著名的"哭墙"，是犹太人所建、先后两次被异族毁坏的圣殿的西墙，是犹太人祷告的最神圣场所。圣墓教堂是信仰基督教的罗马皇帝为耶稣修造的复活教堂。著名的圆顶清真寺，是伊斯兰教传说中先知穆罕默德"登霄"的地方，穆罕默德登霄时受到真主的启示。

看过《圣经》的人熟悉的地名还有伯利恒、拿撒勒、加利利海。伯利恒是耶稣降生的地方，拿撒勒是耶稣青少年时期生活的地方，加利利海是耶稣多次显示神迹的地方，耶路撒冷是耶稣受难和复活的地方。

犹太人是被罗马人驱散的，罗马人是被日耳曼人打垮的，敌人的敌人应该是朋友。如果在大历史时空下考察，按常理说，日耳曼民族应该认犹太民族为朋友，不知希特勒为什么一定要对犹太人赶尽杀绝。

但以色列人对中国人那真是热情得很，虽然素昧平生，但见到中国人都会笑着打招呼"你好"，这在其他国家很少见。原因呢？据说是我们的先辈积了德，"二战"期间中国境内的犹太人受到了中国的保护。

"天地不仁，以万物为刍狗。"天地不仁，但人类自己应该抛弃偏见、消弭仇恨、团结协作。巴勒斯坦地区土地面积虽小，但足够让犹太人和阿拉伯人休养生息。

巴以和平，何时降临？

与禽兽为伍

"不为圣贤,便为禽兽",这是清代曾国藩关于进德修业的狠话,目的是鼓励人们追慕古代圣贤去敬天爱民,不要随波逐流自甘堕落,否则和禽兽无异,此为非此即彼的抉择!在我,却愿意把这句话理解为,"倘若做不成圣贤,像禽兽那样也不错"。

驰骋在肯尼亚马赛马拉大草原,仿佛闯进中国传说中的敕勒川——"天似穹庐,笼盖四野,天苍苍,野茫茫,风吹草低见牛羊。"白天坐在越野车里,近距离观察飞禽走兽的生活状态;晚上躺在木屋里,听着筑巢鸟的吱吱声和鬣狗的低吼声入眠,恍若与禽兽为伍,梦中的自己化作了一只羚羊,自由自在地在蓝天白云与无边绿野之间徜徉。醒来颇有庄生梦蝶的怅然,思绪在物我之间循环往复,体验到物我一体的通彻感。心理分析大师弗洛伊德所谓的"本我",大概就是这种状态吧。

细想起来,人类离禽兽并不远。人有头脑,人有心灵;而禽兽有头无脑,禽兽有心无灵,仅此而已。至于五脏六腑、肢体五官、精神气力、新陈代谢各方面,人与禽兽是差不多的。人虽然比禽兽进化得更为高级,但人也往往是,想"做回禽兽"的。换句话说,人也企图拥有禽兽的一些本领。你看许多人的办公室或家里客厅挂的字画:大鹏展翅、鹰击长空、松鹤延年、雄狮远眺、猛虎下山、万马奔腾……其实都隐喻着人对禽兽本领的向往。力量、健康、威力、速度、气势，这些物理量与心理量，都随人类代代繁衍而点点退化，是今人渴望补充的。

我们有许多典故与禽兽有关，比如诗家的梅妻鹤子，佛家的舍身饲虎，道家的驾鹤登仙，儒家的君子豹变，等等。这些先人忘却人间是非纷扰，从禽兽身上找回了做人的本真，便下决心与禽兽为伍，我们称其为"真人"。如此忘却人世间功名利禄、尔虞我诈，也是一种境界。

与得道的真人相比，传统世俗社会对禽兽的理解便过于肤浅了。人们对飞禽和食草类走兽还算宽容，毕竟它们对人类造成不了极端的伤害，但对食肉类走兽，人们则是恨之入骨，谁要是在与它们的对决中取胜，便被尊为传世的英雄，比如打虎的武松、斩蛇的刘邦、只身毙两狼的屠夫等。如果谁的品德低下或行为不端，便被用禽兽来比拟。最为著名的是大圣人孟子咒骂实行恶政的诸侯王是"率兽食人"；普通人则经常使用"人面兽心""禽兽不如""狗改不了吃屎"等等，不一而足。禽兽被骂人者和被骂者污名化，成了中国语言中的贬义词。

人们只看到禽兽野性、非人性的一面，却没有理解禽兽也是大自然的造化，它们其实跟人类一样，也是道法自然的。对于现代人，遣词造句上沿袭约定俗成的意思未尝不可，但对禽兽的认识应更科学、理性，禽兽也有它们的天性，有人类已经"进化"掉的本真。

一队队游人不辞辛苦，颠簸在汽车里，花大把时间像侦探一样，在马赛马拉的旷野上追寻禽兽的踪迹，大象、狮子、花豹、河马、角马、羚羊、鸵鸟、秃鹫……这难道只是单纯的猎奇心使然？其中就没有从禽兽身上寻找人类自身已退化掉的本真的潜意识？

与禽兽为伍，虽无圣贤"为生民立命"之功，但也无芸芸众生柴米油盐之烦,更无小人"白铁无辜铸佞臣"之害。人的一生,有幸体验到这种"与禽兽为伍"的境界,即使做不成传说中的"真人",也当争做现世间的达人。

我行我述

君子豹变

　　周日一整天我都闷在家里做功课，周一起个大早，出门一阵惊喜。东方风来满眼春——天气变暖了，松柏变绿了，迎春花变出了娇黄，榆叶梅变出了数不清的花骨朵。低矮的桃树们，对视中惊讶着彼此一夜变白头；壮阔的杨树林，枝杈上变出了一串串飘扬的缨穗。大千世界，林林总总，好像不约而同地变换了容颜与风韵。

　　人们惊异着周围的突变，为它欢喜，为它赞叹。叹服大自然的鬼斧神工，叹服它化腐朽为神奇的魔力。其实啊，从腐朽到神奇，也是渐变的过程；从平淡到绚烂，也是一点一点积累的过程。我们感觉上是突变，只是因为我们的粗心，抑或是我们的错觉。

　　变化无处不在，变化一刻也没有停止。如果要了解变化的积累过程，就要训练自己独到的感知能力。唐代诗人韩愈写"草色遥看近却无"的时候，就是领会到了小草在春雨中的渐变之理；同是唐代的杨巨源，从"绿柳才黄半未匀"的细微处，体察到的是柳树的渐变之妙；"当桅杆顶刚刚露出的时候，就能看出这是发展成为大量的普遍的东西"，毛主席形象地提醒做领导的人，看待事物要有预见性、前瞻性。

　　有没有对变化的渐进性和前瞻性的认识，只是一个认知水平问题。水平是可以通过学习来提升的，但如果是明知事物的变化，却视而不见，听而不闻，那就是态度和格局的问题，乃至是人品的问题。

西汉大儒董仲舒身处社会巨变，却坚持"天不变，道亦不变"的说教，如果不是椟机顽固，就是睁眼说瞎话来唬人。在我看来，北宋王安石的"天变不足畏"才是思想家、政治家"为生民立命"的正确态度，承认变化并引导这种变化向有利于民众的方向发展。作为普通人，在变化面前应该做高尔基文章中的海燕，去呼唤暴风雨所带来的新世界，而不应做温水中的青蛙，因对环境变化的漠然而一步步走向绝境。

为什么要像海燕一样呼唤变化？因为变化会带来和谐，变化带来的是整体的和谐、整体的进化。但整体的和谐、整体的进化，并不代表着每一个个体都同步进化，可能有的进化，有的停滞，甚至有的退化。"外因是变化的条件，内因是变化的根据，外因通过内因而起作用。鸡蛋因适当的温度而变化为鸡子，但温度不能使石头变为鸡子，因为二者的根据是不同的。"这是毛主席的发展理论。任何事物都是矛盾的统一体，这是马克思的辩证思想。由此看来，在不断变化的世界中，一个人的内功是关键，它是你能否随着整体进化而进化的根据；当你自身内部的先进因素压倒了腐朽因素时，你就会进化。所谓"最困难的是战胜自己""自胜者强"，其实指的是自身的先进因素战胜自身的腐朽因素的过程。

少男少女面对自身的变化是欣喜的，因为他们有着无限的追求和向往；而感觉韶光易逝的中老年人，面对自身的变化是心有戚戚的，因为我们内心里往往充斥着自足和自弃。对镜自揽，年过半百的自己，在慨叹"一夜青丝变白发"之余，认真思考后半生如何度过，给自己提出了严肃的命题：拥有了初级的财富自由、充分的思想自由以及尚存的行动自由，接下来我们是要放任自流呢，还是沉迷于养生延寿？是要皓首穷经呢，还是继续摩顶放踵，去为社会为他人多做点儿什么？

有一个成语"君子豹变",源自《周易》。上古时代,因为物质文明不发达,缺少二次创造的物象,也缺少对事物认识的理论,所以祖先们只能拿自然界中的日月星辰、山川河海、飞禽走兽来讲道理。形象确实是形象,但很难说得贴切,导致后人的解读五花八门。对"君子豹变"的理解,今天也是众说纷纭,莫衷一是。我个人比较喜欢这样来解释这个成语:一个人的品格,只有经过长时间持续不断地学习、修身养性,才能通明透彻,光彩照人,就像豹子一样,出生时虽然普通甚至丑陋,但经过长年发育,终会变得色彩斑斓,矫健而美丽。

　　"君子豹变",是一个渐变的过程,是一个积累的过程。变与不变,关键还是一个能不能战胜自我的问题。

第二辑 事不过三

　　事不过三,是中国人的人生经验,也是中国人的哲学理论。"道生一,一生二,二生三,三生万物",有了三就可以阐释万物的道理。把三件有关联的事物放在一起,在交叉对比中就可揭示出人情和事理。

事不过三

数字在人们的日常生活中，如同柴米油盐酱醋茶这开门七件事一样，须臾不可缺少。人们谈论事物时也习惯归纳成数字，如一来二去、三从四德、五颜六色、七上八下、八九不离十等等。宋代大学问家邵康节的《山村咏怀》，就是用一到十的数字来描写山村景色，通俗易懂，朗朗上口，是过去幼儿启蒙的必读课："一去二三里，烟村四五家。亭台六七座，八九十枝花。"

数字在中国文化中占有非常重要的地位，每个数字都隐含着一定的意义："一"代表着先进，"二"代表着副、其次，"十"代表着圆满，"八""九"代表着充实，"五"代表着中间，"三""四""六""七"虽然不上不下也不中，但也有其隐含的意义。特别是"三"，使用频率之高，隐含意义之广，高居各数字之首。"三"有"大"的意思，道家认为"道生一，一生二，二生三，三生万物"，这还不大吗？"三"也有稳定的含义，所谓"三足鼎立"，代表江山永固的鼎，就是三只足。

三，在中国文化和日常生活中如此重要，首先要归功于老子。老子在《道德经》中把这个世界的来由说得非常清楚："道生一，一生二，二生三，三生万物。"为什么不说"三生四"或者"三三得九"呢？为什么不说"四生万物"或"九生万物"呢？不得而知。我们臆测，老子的"三生万物"是由万经之首《易经》中的阴阳观念推演而来的。一阴一阳谓之道，阴阳调和就是最佳境界，所以"道生一，一生二，二生三"就足够了，有了三就可以阐释万物的道理。

三，在中国文化和日常生活中如此重要，我想也是与中国的"中庸"文化有关的。极端有两个，两个极端一调和，便出现了第三端。考虑天和地，便想到人；考虑左和右，便想到中；考虑日和月，便想到星。于是便有了：世有三才天地人，天有三宝日月星，地有三宝水木土，人有三宝精气神；物质有三态，固态、液态、气态；军队有三军，左军、中军、右军；一鼓作气，再而衰，三而竭；祖宗要问三代，人才要论三杰。

一个普通的数字的"三"，在中国人的头脑里，会浮现出太多的道理。不论什么事情，说到三就差不多了，于是有"事不过三"之说。

事不过三。曾子讲"吾日三省吾身"。何为"三省"？为人谋而不忠乎？与朋友交而不信乎？传不习乎？够了，这三条足以说明一切做人做事的原则，如说四省、五省反倒不伦不类、画蛇添足了。

事不过三。大学问家王国维摘取三段著名的宋词来比喻循序渐进的求知过程。第一个境界，"昨夜西风凋碧树，独上高楼，望尽天涯路"；第二个境界，"衣带渐宽终不悔，为伊消得人憔悴"；第三个境界，"众里寻他千百度，蓦然回首，那人却在灯火阑珊处"。佛家也说认识世界有三个阶段：第一个阶段看山只是山，看水只是水；第二个阶段看山不是山，看水不是水；第三个阶段看山还是山，看水还是水。一个段子说的也不错，一个人为人处世的态度，也要经过三个阶段：不知道自己不知道什么，知道自己不知道什么，不知道自己知道什么。

事不过三。宇宙间的灵气——天、地、人，无它；自然界的光明——日、月、星，无它；世间的人才——天才、英才、雄才，无他。

事不过三。三个同样的字放在一起也有独特的意义，众、品、晶、淼、焱、垚、森、鑫、犇，不一而足。"三"本身其实也是由三个"一"组成的。

事不过三。我这里梳理了做人做事做企业的"八个三"：

做人有三宝——慈、俭、不敢为天下先；

做事有三宝——内用黄老、外示儒术、落实于韩非；

求知有三万——读万卷书、行万里路、结交万友；

读书有三死——读死书、死读书、读书死；

领导有三面——做之师、做之亲、做之君；

用人有三等——用师者王、用友者霸、用徒者亡；

统御有三要——以正理国、以奇用兵、以无为取天下；

一忙除三害——忙得没有时间花钱、忙得没有时间生病、忙得没有时间讲闲话。

事不过三，是中国人的人生经验，也是中国人的哲学理论。所以，遇事要三思，三乃正、反、合；格局讲三度，三乃至广、至深、至远。

三个梦

说起梦，无人不做梦，无事不入梦。古有汤显祖的戏剧《临川四梦》，今有琼瑶的小说《六个梦》。汤显祖的戏剧道尽人间悲欢离合，琼瑶的故事浪漫细腻、动人心弦，却又凄美绝伦。

"梦是愿望的满足"，奥地利精神分析大师弗洛伊德在其《梦的解析》中一语中的。何止汤显祖写梦？何止琼瑶写梦？人们的愿望有多丰富，梦就有多精彩。中华文明五千年，关于梦的故事也源远流长，我们的人文始祖轩辕黄帝就曾白日做梦，梦到自己到华胥氏国神游，看到一个天下为公、没有尊卑、没有利害的理想国，黄帝的这个"华胥梦"可以说是"中国梦"的肇始之作。黄帝的治国理想启发自梦中的华胥国，华胥国固然高端大气上档次，但难免不接地气。从形而下的庸碌生活中取材，进而探讨形而上的人生意义、追究人与世界之间的关系，从而对我国思想和文化产生深刻影响，说起来就不能不提到下面最著名的"三个梦"。

第一个是"蝴蝶梦"，也就是"庄生晓梦迷蝴蝶"的故事。《庄子·齐物论》中关于"蝴蝶梦"的文字简练而不拖泥带水，全是干货和精华："昔者庄周梦为蝴蝶，栩栩然蝴蝶也。自喻适志与！不知周也。俄然觉，则蘧蘧然周也。不知周之梦为蝴蝶与，蝴蝶之梦为周与？周与蝴蝶，则必有分矣。此之谓物化。"翻译成白话文就是：不久前我庄周梦见自己变成了一只蝴蝶，很生动逼真的一只蝴蝶，我感到多么的愉快和惬意啊！竟然忘记了自己原本是尘世的庄周。等我突然间醒过来，神思不定之间方知原来我还是庄周。不知是庄周在梦中变成了蝴蝶呢，还是蝴蝶做梦变成了庄周？大家知道庄周与蝴蝶是明显不同的，那为什么我会有这种疑惑呢？这大概是物我之间的交合变化吧。

人们一般认为醒时所见所闻的事物是真实的，而梦中所见所闻的事物是不真实的，但勤于思考的庄子却不会像平常人那样忽视对两者的联想。他那时只是宋国的一个漆园小吏，没事时就在家中空想，一日睡觉时突然做了这么一个梦，于是就开始思考，一直想到物我两忘，"齐物我，一生死"，认识到万物皆备于我，这一"齐物论"便纳入了庄子的一整套道家思想体系之中。

"庄周梦蝶"的故事因其深刻的意蕴、浪漫的情怀和开阔的审美想象而备受后世文人喜爱，同时也成为后世诗人借以表达人生慨叹、恬淡闲适、故园思恋等各种人生感悟的一个重要意象。清人张潮写的《幽梦影》中有这么一句妙语，可谓点出了庄子哲学的精髓："庄周梦为蝴蝶，庄周之幸也；蝴蝶梦为庄周，蝴蝶之不幸也。"难道不是吗？庄周化为蝴蝶，从喧嚣的人生走向逍遥之境，是庄周的大幸；而蝴蝶梦为庄周，从逍遥之境步入喧嚣的人生，恐怕就是蝴蝶的悲哀了。民国时期文学家、教育家闻一多说："庄子的思想和著作，乃是眺望故乡，是客中思家的哀呼，是一种神圣的客愁。所以《庄子》是哲学，因为凡大哲学家都寻求人类的精神家园；《庄子》是诗，因为思念故乡是诗的情趣；《庄子》又是美，因为如康德所说，凡最高的美都使人惆怅，忽忽若有所失，如羁旅之思念家乡。"

由"周为蝶"联想到"子非鱼",《庄子·秋水》篇中有著名的"濠梁之辩"。庄子和朋友惠施在濠水的一座桥梁上散步,庄子看着水里的游鱼说:"鱼在水里悠然自得,这是鱼的快乐啊。"惠子找茬:"你不是鱼,怎么知道鱼的快乐呢?"庄子反击:"你不是我,怎么知道我不知道鱼的快乐呢?"惠子以退为进:"我不是你,固然不知道你;你不是鱼,无疑也没法知道鱼是不是快乐。"庄子以子之矛攻子之盾:"请回到我们开头的话题,你问'你怎么知道鱼快乐',这就表明你已经肯定我知道鱼的快乐了。"没办法!鸡和鸭看似同类,但无法用同一种语言交流。

接下来说第二个著名的梦——"黄粱梦",也叫"邯郸梦"。邯郸可是有不少成语典故的,如邯郸学步、胡服骑射、围魏救赵等。唐代《枕中记》写道:"开成七年,有卢生名英,字萃之。于邯郸逆旅,遇道者吕翁,生言下甚自叹困穷,翁乃取囊中枕授之。曰:'子枕吾此枕,当令子荣显适意!'时主人方蒸黍,生俛首就之,梦入枕中,遂至其家,数月,娶清河崔氏女为妻,女容甚丽,生资愈厚,生大悦!于是旋举进士,累官舍人,迁节度使,大破戎虏,为相十余年,子五人皆仕宦,孙十余人,其姻媾皆天下望族,年逾八十而卒。及醒,蒸黍尚未熟。怪曰:'岂其梦耶?'翁笑曰:'人生之适,亦如是耳!'生抚然良久,稽首拜谢而去。"简单说,黄粱梦讲的是一位进京赶考的穷秀才卢生,在邯郸旅店住宿,吕洞宾授枕,卢生入睡后做了一场享尽荣华富贵的好梦,醒来的时候小米饭还没有熟。经此黄粱一梦,卢生大彻大悟,不思上京赴考,放弃对荣华富贵的追求,反入山修道去了。

人生在世,三个基本错误是不能犯的——德薄而位尊、智小而谋大、力小而任重。一枕黄粱梦,救了多少困顿中人,醒了多少功名之士。人

我行我述

生苦短，人要驾驭人生，而不要被人生驾驭。

第三个梦叫"蕉鹿梦"，"蕉"通"樵"，指柴草。这个梦载于《列子·周穆王》："郑人有薪于野者，偶骇鹿，御而击之，毙之。恐人见之也，遽而藏诸隍中，覆之以蕉。不胜其喜。俄而遗其所藏之处，遂以为梦焉。顺涂而咏其事。"这个故事说的是，郑国有个樵夫在野外砍柴，碰到一只受惊吓的鹿，迎上去打死了它，又怕人瞧见，匆忙中把鹿藏到干枯的池塘中，用柴草盖好，高兴极了。可不久就忘记了藏鹿的地方，便以为这是一场梦，一边走嘴里还一边唠叨这事。这个砍柴人，把真实的事当成了梦，以致得而复失。故事如果到此为止，倒也简单明了，最多说明他的忘性大。

但后面还有更精彩的："傍人有闻者，用其言而取之。"听者有心，这位道听途说的旁人，依着砍柴人的话找到了柴草下面藏着的鹿，拿回家后对老婆说："那个砍柴人的梦还真准呐！"他老婆不以为然地说："附近哪里有砍柴的？是你梦见砍柴人也梦到鹿了吧？是你的美梦成真了。"夫妻大喜。

下面轮到砍柴人真的做梦了——"薪者之归，不厌失鹿。其夜真梦藏之之处，又梦得之之主。爽旦，案所梦而寻得之。"砍柴人回到家后，不甘心丢掉的鹿，晚上还真做了个梦，梦到了藏鹿的地方，又梦到拿到了鹿的人。第二天一大早，就依着所做的梦去找，找到了那人和鹿。后来两人争执不下，就闹到士师和国君那里，士师和国君又有一段有意思的评论，我们这里按下不表。

这个砍柴人啊！白天得意忘形之后把真实当成了梦境，晚上因反复回忆又把白天的真实做成了梦，真是在现实与梦境之间穿梭无碍的"神人"啊！不劳而获的旁人夫妻对现实与梦境的讨论，也堪属大师级。后世遂用"蕉鹿梦"来比喻虚幻迷离、得失无常及稀里糊涂、犹如做梦的状况。

三个梦，形而下的生活片段，折射出形而上的人生问题，描写的是三个梦者的生存状态和精神世界。

三个梦，其实不是梦，是作者对世界、对人生的思考，思考的是关于我是谁，人生应该怎样，人与物质世界的关系，人与人的关系。这些问题难道不就是哲学的课题吗？充满情趣、意趣的同时，也充满理趣，这正是东方文化有别于西方文化的重要特点。没有解析、没有形式逻辑、没有三段论，但却妙趣横生、韵味无穷。愚笨者从中得到启发，智巧者从中得到领悟，于是不再痴狂、不再执迷，穷则独善其身，达则兼济天下，可以躬耕陇亩，可以三军夺帅，可以采菊东篱，可以持节云中。

梦是愿望的满足，但有了美好的愿望，不去付诸行动，只靠梦中得到短暂的满足，终究是虚幻的。庄子梦逍遥，用一生去实践了，甘愿曳尾于涂，享受艰难困苦中的自由自在，也不做诸侯庙堂之上的陪祭品。有了目标不行动，而刻意去做白日梦，那就更无可救药了。宰予昼寝，被孔子狠狠地骂："朽木不可雕也，粪土之墙不可污也！"宰予不冤枉，孔子骂得也不过分。领悟三个梦，开启心智，体味人生。

蝴蝶梦　　　　　　黄粱梦　　　　　　蕉鹿梦

水三篇

　　水，是我们身边无处不在的，造物主赐予人类的最宝贵财富，被称为人类的生命之源。我们喝水、用水、看水、戏水，对水的认识最深刻。西方通过科学实验，分析出水是由氢、氧两种元素组成的无机物，其分子式为 H_2O，无毒，在常温常压下为无色无味的透明液体。水有冰点和沸点，冷到一定程度会凝结成冰，热到一定程度会汽化成蒸汽。

　　中国人善于综合，虽然没有通过科学实验给出水的内在属性，但却通过观察、想象、通感等手段，赋予了水很多形象和寓意。两千多年前的老子，在其《道德经》中说道："上善若水，水善利万物而不争，处众人之所恶，故几于道。"水，善利万物，随物赋形，在不同的环境中表现出不同的形态，从此，水被我们中国人赋予了至柔、至容、至善的形象，而且水的这些外在属性逐渐被引申为做人的准则，成了中国人智慧与性格的标签，即所谓"智者乐水"。受中国文化影响的东亚文化圈，也从对水的观察体认之中，不断挖掘水的特点，寄托人的思想情绪。今摘出三篇最有寓意的文章来欣赏一下。

秋水

《庄子》中有大量的寓言和警语，其中关于水的就有很多，如涸辙之鱼、曳尾于涂、北冥有鱼、望洋兴叹等。《庄子·秋水》中描述黄河之神河伯"望洋兴叹"的故事，给人启迪。

秋水时至，百川灌河。泾流之大，两涘渚崖之间，不辨牛马。于是焉，河伯欣然自喜，以天下之美为尽在己。顺流而东行，至于北海，东面而视，不见水端。于是焉河伯始旋其面目，望洋向若而叹曰："野语有之曰：'闻道百，以为莫己若者。'我之谓也。且夫我尝闻少仲尼之闻，而轻伯夷之义者，始吾弗信。今我睹子之难穷也，吾非至于子之门，则殆矣，吾长见笑于大方之家。"

庄子写的是河水，写的是河伯，但传达给我们的是开阔视野和提升格局的警训。没有见到大海之神海若之前，黄河之神河伯骄傲自满，以为自己最美，自己就是老大。当他来到大海面前，面对浩瀚无垠的海洋，立刻意识到自己的渺小。更可喜的是，他深刻反思了自己之前的行为和心态，并感谢大海之神海若的不言之教，庆幸自己有这次巡河之旅，否则自己还会被自己的眼界所蒙蔽，以后不定要闹出多少笑话。

我们有古训——见贤思齐，也有领袖的语录——谦虚使人进步，骄傲使人落后。但我们仍有太多的自以为是，仍有太多的坐井观天，仍有太多的仰面唾天，仍有太多的熟视无睹。虽说"秀才不出门，便知天下事"，但一般人是做不到的，那么我们就应该像河伯一样，在社会实践中开拓自己的眼界，解放自己的思想，进而使自己的行为和实践更理性，为社会做更多贡献。

岳阳楼记

庆历四年春，滕子京谪守巴陵郡。越明年，政通人和，百废具兴，乃重修岳阳楼，增其旧制，刻唐贤今人诗赋于其上。属予作文以记之。

予观夫巴陵胜状，在洞庭一湖。衔远山，吞长江，浩浩汤汤，横无际涯；朝晖夕阴，气象万千。此则岳阳楼之大观也，前人之述备矣。然则北通巫峡，南极潇湘，迁客骚人，多会于此，览物之情，得无异乎？

若夫淫雨霏霏，连月不开，阴风怒号，浊浪排空；日星隐曜，山岳潜形；商旅不行，樯倾楫摧；薄雾冥冥，虎啸猿啼。登斯楼也，则有去国怀乡，忧谗畏讥，满目萧然，感极而悲者矣。

至若春和景明，波澜不惊，上下天光，一碧万顷；沙鸥翔集，锦鳞游泳；岸芷汀兰，郁郁青青。而或长烟一空，皓月千里，浮光跃金，静影沉璧，渔歌互答，此乐何极？登斯楼也，则有心旷神怡，宠辱偕忘，把酒临风，其喜洋洋者矣。

嗟夫！予尝求古仁人之心，或异二者之为，何哉？不以物喜，不以己悲；居庙堂之高则忧其民；处江湖之远则忧其君。是进亦忧，退亦忧。然则何时而乐耶？其必曰"先天下之忧而忧，后天下之乐而乐"乎。噫！微斯人，吾谁与归？

时六年九月十五日。

其实，范仲淹写这篇文章时，并没有见过岳阳楼和洞庭湖，这真是"秀才不出门，便知天下事"。咏洞庭湖水的诗文千千万，李白、杜甫、孟浩然等都留下过名篇佳句，但没有身临其境的范仲淹所作的《岳阳楼记》冠绝群伦，成为千古绝唱的诗篇，为后来写洞庭湖水的文章确立了中心思想。范仲淹写的是水，写的是景；但他借景抒情，托物言志，表现的是他伟大的家国情怀——先天下之忧而忧，后天下之乐而乐。文章告诉人们，不管是在春风得意之时，还是处流离失所之遇，都应不改"忧乐天下"的初心。

水五则

日本战国时代，帮助丰臣秀吉统一日本的黑田如水将军，被称为"天下第一军师"，他善于用水作战，曾协助丰臣秀吉用水战攻陷了久攻不下的高松城。黑田如水观察水、运用水，并总结出《水五则》。

不仅自己运动，还推动其他物体一起运动的是水；经常地、不停地寻求自己的路的是水；遇到障碍则气势更大的是水；不仅洗净自身，同时还冲刷各种污浊，有容清纳浊肚量的是水；虽变化万端，为云、为雨、为雪、为雾、为冰，但不改其本性的是水。

黑田如水总结的这五条，写的是水，但其实完全是做人的道理。黑田如水应该是把中国古老哲学研究得很透彻了，在他笔下，水是有生命、有能量、有思想品格的。"不仅自己运动，还推动其他物体一起运动的是水"，在做好自己的前提下，用自己的道德和行为去感召别人是一种修为，以自己的能力去帮助别人更是一种实实在在的快乐。"经常地、不停地寻求自己的路的是水"，永远自强不息，不等不靠，努力探索适合自己的道路，不断寻求自身的发展壮大，这点无论对企业还是个人都尤为重要。"遇到障碍则气势更大的是水"，水在遇到阻遏后好像是停滞了，但其实不是停滞，而是在积蓄能量，一朝突破则水漫金山，势如破竹，摧枯拉朽。"不仅洗净自身，同时还冲刷各种污浊，有容清纳浊肚量的是水"，洁身自好，同时用正能量去带动和影响他人，使之向好的方向发展和变化，为人襟怀坦白，包容大气，有海纳百川的恢宏气度。"虽变化万端，为云、为雨、为雪、为雾、为冰，但不改其本性的是水"，和光同尘，但坚守自己的初心和原则。

上善若水，水善利万物而不争。奔流到海的执着、海纳百川的胸怀、水滴石穿的毅力、洗涤污秽的奉献、避高趋下的谦逊、静水深流的沉着，这些我们自古所推崇的水的精神和品格，其实就是我们中国人的人生哲学。《秋水》告诉我们做人的智慧，《岳阳楼记》告诉我们做人的情怀，《水五则》告诉我们做人的志向。缺少了做人的智慧、情怀和志向，人，只不过是一堆碳水化合物而已！

三首诗

成者为王，败者为寇，这是人们对历史人物的普遍认知。鲁迅不平，愤怒道："中国一向就少有失败的英雄，少有韧性的反抗，少有敢单身鏖战的武人，少有敢抚哭叛徒的吊客；见胜兆则纷纷聚集，见败兆则纷纷逃亡。"虽败犹荣的大英雄，少是少，但中国是有的，而且是被历代敬仰的，如刺秦王的荆轲、推翻暴秦的项羽、力主抗金的岳飞等等。这其中，项羽因武功盖世、功勋卓著，两千多年以来一直被尊称为"霸王"。

在项王乌江自刎仅仅100多年之后的西汉，司马迁就在《史记》中为这个失败的大英雄立传——《项羽本纪》。试想，如果没有特殊的感召力，作为绝对官方历史的撰写者，司马迁怎能冒着莫大风险去为刘姓皇帝最大的对手树碑立传呢？霸王二十几岁的生命，大开大合，英勇绝伦，却败在近乎无赖的刘邦手里，因无颜见江东父老而自刎于乌江，令多少志士仁人、文人墨客扼腕叹息。凭吊项王的诗作中，艺术高超、思想深刻、气度不凡的，当推杜牧、王安石、李清照的作品。

杜牧出身官宦世家，是晚唐诗坛的领袖。晚唐之时，江河日下，整个社会充斥着一种日暮途穷的末世气氛。杜牧以愤世嫉俗、忧国忧民的诗人眼光，动之以情，为项羽的自暴自弃行为深感惋惜。

我行我述

题乌江亭

胜败兵家事不期，包羞忍耻是男儿。
江东子弟多才俊，卷土重来未可知。

王安石是北宋大政治家，是力主改革的宰相。他路过安徽和县乌江亭时，看到杜牧的题诗，不以为然，他以政治家敏锐的洞察力，看到项羽的致命弱点就是刚愎自用，不能知人善任而又优柔寡断，自刎乌江是他的性格使然。

叠题乌江亭

百战疲劳壮士哀，中原一败势难回。
江东弟子今虽在，肯与君王卷土来？

李清照是宋代的女词人，是宋词婉约派的代表人物。但她咏项羽的短诗，却一反温婉细腻的手法，直抒胸臆，影射了赵宋政权不思收复失地甘心偏安一隅的苟且行为，凛然正气充斥天地之间，真是巾帼不让须眉。李清照拥有"千古第一才女"的美称，看她这首《夏日绝句》，这个"才"不是吟诗弄句的小才，而是品格学识的大才，经纬天地的大才，那是生逢乱世、颠沛流离中磨炼出的精神风骨。

夏日绝句

生当作人杰，死亦为鬼雄。
至今思项羽，不肯过江东。

三首诗，对同一个历史故事做出了三种不同的评价和推演。感情是诗人的思想火花，理性是政治家的行动指南。作为诗坛领袖的杜牧，从事物发展的不确定性出发，认为项羽应该回江东，对于他自刎乌江感到惋惜；作为政治家的王安石，从客观历史规律和人心向背出发，认为项羽回不回江东都无济于事，他的自刎乌江与否，于人于己已经不再重要；作为乱世佳人的李清照，从家国认同和人生义理出发，认为项羽不应该回江东，对于他自刎乌江表示极大赞赏。

还原历史事件，既要入情也要入理；处理当下事情，既要谋身也要谋国；面临生死抉择，只有偷生和取义两个极端。戊戌变法失败，梁启超选择海外偷生，谭嗣同选择舍生取义，留下"我自横刀向天笑，去留肝胆两昆仑"的豪情。去是生，留是死，哪一个重于昆仑？真是仁者见仁，智者见智。都说退一步会海阔天空，但有时是退无可退，一念之间，却是生死的抉择。平日的修养，左右着尖峰时刻的决断。

我行我述

三个人

  物有物理，事有事情，人有人品。我们中国文化中对人品的研究水平，远高于对物理、事情的研究水平。两千多年前成书的《论语》，就大量记录了孔子对弟子们的评价。汉代的举孝廉、魏晋的九品中正制，都是通过对人的评价来选拔官员的人事制度，这些人事制度，催生了鉴别人才的一门学问。要论专门鉴别人品、评价人品的著作，刘劭的《人物志》、刘义庆的《世说新语》、曾国藩的《冰鉴》、邵祖平的《观人学》，都是其中的佼佼者。今从《世说新语》中摘取三个故事三个人，来看看前人是从什么角度来评价人品的。

  《世说新语》是由南朝刘义庆组织门客编写而成，主要记载东汉后期到魏晋之间一些名士的言行与轶事，借以鉴别人的品格。书中所载均为历史上真实存在的人物，今天谈到的三个人，就都是汉末及三国时期的名士——管宁、华歆、王朗。

  第一个故事写管宁与华歆，大意是：管宁和华歆原本是同学与好友，两人一起在园中锄菜，看到地上有一块金子，管宁依旧挥锄不停，就像看到瓦石一样，而华歆却丢下锄头去拾起金子察看，当瞥见管宁的脸色不悦时，又扔了金子离开。

  第二个故事还是写管宁与华歆，大意是：管宁与华歆两人坐在一张席上读书,有人乘豪车经过门前,管宁像没看见一样继续读书,华歆却丢下书,出去观望。于是,管宁就把席子割开,和华歆分席而坐,并对华歆说:"你不再是我的朋友了。"

在这两个故事中,《世说新语》明显是推崇管宁,而否定华歆的。我们今天来看这两个故事,也会佩服管宁的耿介与操守,而华歆的举动虽不如管宁崇高,但也算人之常情,更何况当华歆看到好朋友脸色难看时,也表现出了羞耻之心。华歆的故事并没有完,《世说新语》又给了我们第三个故事。

第三个故事写华歆与王朗,大意是:华歆和王朗一起坐船逃难,有一个人想搭他们的船一起避难。华歆当时表示很为难,王朗却说:"幸好船还宽敞,怎么不行呢?"后来,贼兵追上来了,他们的船因为超载而划不快,王朗便要丢下搭船的人。华歆说:"最初我对带不带他很犹豫,正是考虑到这个情况。既然已经接受了他的请求,怎么能够因为情况紧迫就把人家抛弃了呢?"于是他们继续带着那人一起逃跑。

华歆在第三个故事里的形象就翻转了。王朗始乱终弃,而华歆就厚道得多,甚至有了点儿刘备在败退中不忍丢弃新野百姓的味道。

行成于思,一个人的思想抹不掉他人生经历的烙印。让我们再来看看这三个人的人生经历,以便对照理解他们在三个故事中的行为。

管宁,北海郡(今山东安丘)人,汉末天下大乱时到辽东避乱。他在当地只谈经典不问世事,不愿为军阀所利用,直到乱局平定之后才返回中原。此后曹魏几代帝王数次征召管宁,他都没有应命,活到84岁,寿终正寝。

华歆,平原高唐人(今山东聊城高唐县),汉末时华歆被举为孝廉,任豫章太守,军阀混战后投降孙权,后又依附曹操。曹操的儿子曹丕篡汉建立魏朝时，华歆主持了禅让仪式，并成为曹魏政权的重臣，死后谥敬侯。

王朗，东海郯（今山东郯城）人，汉末三国时期的经学家，任汉朝的会稽太守，军阀混战后先抵抗后投降于孙权，之后又依附曹操。曹操的儿子曹丕篡汉建立魏朝后，王朗成为曹魏政权的重臣，封乐平乡侯。

把三个人的履历和以上三个故事结合来看，才能明白他们在三个故事中行为背后的原因。管宁少年纯洁，成年安心治学，老年守节不移。华歆少年轻浮，成年摇摆不定，老年变节做了贰臣，还好临终时一份《止战疏》，挽回了他的历史声名。王朗年轻时好学，成年摇摆不定，晚年变节做了贰臣。在中国文化中，管宁的操守最被推崇，体现了"天下有道则见，无道则隐"的君子之风；华歆毁誉参半；王朗名声最低。关于华歆，陈寿在《三国志》中记录了一段他的《止战疏》。晚年的华歆已入公侯之位，主张重农非战，积蓄国力，反对魏王轻启战端，奉劝他学习圣王之治，成就太平盛世，具有强烈的民本思想。关于王朗，罗贯中在《三国演义》中演绎过一段"武乡侯骂死王朗"，虽说是演绎，但未必没有迎合人们对王朗行为不齿的态度。

"求仁得仁"，三个人都得到了自己追求的东西。

南怀瑾先生认为，今人研究历史一般有两种出发点。一种是从后世的社会思潮、生活习惯去评判历史人物当时的功过得失，这样读历史，主观性较强；另一种是站在当时的社会环境去研究它，总结前人做人做事的经验，作为后世的参考，这样读历史，客观性较强。

管宁、华歆、王朗的身影，距离我们已经将近两千年，他们真实的品性和行为，既没有左右中国历史的进程，对于我们今人的影响也微乎其微，所以，他们的历史真伪对我们并不重要。我们今天学习这些历史故事，目的是从他们的行为中学习做人做事的道理，帮助我们过好自己的人生。

《世说新语》贴在管宁身上的标签是"洁身自好"，贴在华歆身上的标签是"追慕功利"，贴在王朗身上的标签是"始乱终弃"。学习哪一个，如何把他们的优点放大、缺点剔除，建立起我们自己的人生画像，这才是我们学习历史的初衷。如果不读历史，或者读历史后食古不化，都是歧途。

我行我述

三场戏

以史为鉴，可以知兴替。读史首推两司马，司马迁的《史记》和司马光的《资治通鉴》中，都生动地记录了大量的社会变革和人生变故。人生如戏，戏如人生，一场场大戏展现人生百态、权力得失，耐人寻味，给人启迪。今摘取《资治通鉴》中三个精彩场面，与读者分享。

《资治通鉴·魏纪》中的"高平陵事变"

主演：司马懿、曹爽、桓范

曹魏第三代曹芳政权时，大将军曹爽乃曹魏政权的宗室，大司马司马懿乃曹魏政权的三代托孤大臣，两人争权，形成两个集团。40岁的曹爽权倾朝野，70岁的司马懿称病潜隐，伺机而动。机会只会迟到，而不会缺席，趁曹爽兄弟等官员陪皇帝出城到高平陵祭祖之机，司马懿以太后的名义下令关闭城门，占领武器库，并命人代理了曹爽的大将军职事，然后给皇帝送去奏报，大意是：曹爽专权，挑拨皇帝与太后之间的矛盾，我是先帝托孤之臣，不能坐视不管，已经擅自做主免去曹爽兄弟的官职，准其保留爵位回家养尊，希望曹爽尽快送皇帝回都城洛阳，不得延迟。

　　曹爽的智囊桓范设法逃出洛阳去帮曹爽，司马懿集团的人担心曹爽有了桓范在身边，如鱼得水；但司马懿早已看透了曹爽的心胸格局，说出一句名言"驽马恋栈豆"——劣等的马匹只惦记着眼前的那一点儿草料。他判断曹爽因顾恋着那些既得利益而不会选择对阵厮杀。

　　曹爽接到司马懿的奏章后并没有马上交给皇帝，而是召集身边人商量对策。桓范劝曹爽把年轻的皇帝带到许昌，然后挟天子以令诸侯，以平叛的名义调集四方军马来征讨司马懿。果不其然，曹爽犹豫不决。桓范再三规劝："当下形势，双方已经水火不容，像你们这样门第的人想退而求其次去过贫贱平安的日子，还有可能吗？这么简单的道理还想不通？真不知你读书是干什么用的！"桓范又给他壮胆："许昌的武器库足以武装军队，大司农的印章在我身上，可以签发征调粮草。"但曹爽默然不为所动，从傍晚一直坐到拂晓仍犹豫不决。最后，曹爽投刀于地说："即使投降，我仍然可做富家翁！"桓范气得半死，悲痛地哭泣："你爸曹真那样有才能的人，却生下你们这群如猪如牛的兄弟！没想到我桓范今日受你们的连累要灭族了。"

　　最后的结局可想而知，曹爽把奏章送给了皇帝，并陪同皇帝回到洛阳，然后被软禁起来。人为刀俎我为鱼肉，不久，被司马懿抓到小辫子，曹爽集团的骨干都被夷灭三族，司马氏取代曹魏政权的序章完成了。

　　司马懿何许人也，他的经历、智谋可以比肩诸葛亮，关键时刻敢于放大招，这些不必细说。这出戏的关键看点在曹爽，尖峰时刻，曹爽意志、品质方面的不足展露无遗——看不清事情的本质，心存侥幸，无杀伐决断的魄力。最可叹的是桓范，号称一代"智囊"，出的主意都是对的，可惜却跟错了人。

孤竹墨赞曰：自古成事险中求，司马高明；从来贪恋误心机，曹爽愚笨！

《资治通鉴·唐纪》中的"玄武门之变"

主演：李世民、长孙无忌、尉迟敬德、房玄龄

唐初，秦王李世民与太子李建成、齐王李元吉分别形成两个权力集团，二者的矛盾已经白热化。李世民处于险境，身边僚属人心惶惶。房玄龄找到长孙无忌说："矛盾已成，随时会爆发冲突，对秦王、对国家都是忧患，存亡之机，间不容发，秦王应该早下决断，效法周公平定祸乱。"长孙无忌说："我赞同你的主意，我早有这个想法只是不敢开口，那我们一起去劝秦王吧。"房玄龄又叫上搭档杜如晦，但李世民不为所动。

李建成、李元吉担心秦府武将骁勇，便去贿赂他们，不成，便呈请皇上把他们调离京城，有尉迟敬德、程咬金、段志玄等。李建成、李元吉又借故让皇上把秦府幕僚房玄龄、杜如晦斥逐出门。这样，李世民身边的心腹只剩下姐夫长孙无忌一人。

长孙无忌联合高士廉、侯君集、尉迟敬德日夜劝说李世民起事，但李世民仍犹豫不决。李世民向将军李靖问计策，李靖推辞；向李世勣将军问计策，李世勣也推辞。李世民反而更加看重他们二人。

李元吉奉命出征，将秦府武将尉迟敬德、程咬金、段志玄、秦叔宝编入队伍，与李建成密谋在饯行时除掉李世民，然后再解决秦府武将。

李世民得到坏消息，与僚属商议。尉迟敬德说："人人惜命，今天大家愿意舍命起事以保护秦王，这是天意，已经刻不容缓，大王却还在

犹豫，即便你自己将生死置之度外，难道不考虑天下苍生吗？如果大王不听劝，那我就隐退草泽，我不能束手就擒！"长孙无忌说："如果大王不听敬德之言，那我也不伺候你了，和敬德一起走。"尉迟敬德又说："大王所蓄养的八百勇士，已经潜入宫中，事已至此，大王已经没有后退的余地了。"大家又拿古人说事："古人说'小杖则受，大杖则走'，当初舜帝如果不从井里逃出来不就成淤泥了吗？如果不从屋顶及时下来，也早就成了灰烬，怎么还能有机会造福天下呢？大王要志存高远。"李世民又要占卜，张公瑾把龟壳扔到地上，说："占卜是为了决疑，这件事已经很明显了，占卜还有什么用？"

事已至此，李世民只好把房玄龄、杜如晦也召进秦府一起商议。李世民密奏皇上，说李建成、李元吉淫乱后宫，并且要杀自己为仇人王世充、窦建德报仇。皇上决定第二天上朝时审问。

第二天，李世民伏重兵于玄武门，李世民射杀李建成，尉迟敬德杀死李元吉，太子兵和齐王兵溃散。李世民让尉迟敬德披甲持矛去见皇上。尉迟敬德告诉皇上："秦王正在平定太子和齐王之乱，派我来保护皇上。"皇上身边的裴寂等大臣说："太子和齐王本无大功，因此嫉妒并陷害屡立战功的秦王，今秦王已经诛杀太子和齐王，皇上把国政委托秦王，天下就无事了。"皇上同意，并应尉迟敬德要求下手谕，命令军队都受秦王节制，局面便安定下来。

皇上召见李世民，说："最近太子和齐王屡次说你的坏话，我竟产生曾母投杼的疑惑，差点儿也误信谗言。"李世民与皇上相拥泣哭。

真是人生如戏！为尊者讳，司马光虽然想为李世民涂脂抹粉，但字里行间还是透露出权力之争的残酷无情。艰难时刻，李世民兼听则明，谋定而后动，在半推半就中上演了与后世宋太祖黄袍加身类似的戏码，尽显一代明君的审慎与果断。司马光把其他人物也刻画得个性鲜明——尉迟敬德的旗帜鲜明，长孙无忌的忠诚执着，房玄龄的审时度势，李靖、李世勣的老成持重，高祖李渊的左右为难。

孤竹墨赞曰：至亲骨肉因权反目，功成名就须占先机！

《资治通鉴·唐纪》中的"唐高宗立后"

主演：唐高宗、褚遂良、李世勣、许敬宗、武则天

唐高宗召长孙无忌、李世勣、于志宁、褚遂良入内殿商议废立皇后之事。褚遂良动情地和几位说："皇上已下定决心，谁谏诤谁死。太尉（长孙无忌）是娘舅，剩下你们都是功臣，你们不要出面，免得皇上留下杀功臣之名。我褚遂良草根出身，没有大功而被先帝托孤，我不以死谏诤何以面对先帝！"李世勣听后悄然称病不去。

唐高宗对几位说："皇后无子，武昭仪（武则天）有子，改立武氏为皇后如何？"褚遂良说："皇后出身世家，而且没有过错，怎能轻言废黜？"高宗听了不高兴，大家不欢而散。第二天又议，褚遂良又说："如果皇上一定要换皇后，可以从全国世家望族中选，何必选武氏？武氏侍奉过先帝，众所皆知，后世会怎么评价皇上？臣冒死进谏，望三思。"褚遂良脱下官帽，叩头致血流满面，祈求解甲归田。

皇上大怒，命令将褚遂良拖走。躲在隔帘后偷听的武则天大声怒吼："何不扑杀此獠！"长孙无忌提醒皇上："褚遂良是先帝任命的顾命大臣，即便有罪也不能加刑。"于志宁却没敢吭气。

韩瑗找机会来劝谏，痛哭流涕，皇上不听。他又上奏折说："皇后

母仪天下，善恶由她而生，今天的废立恐被后人耻笑，我说的话难听，但如果能令皇上回心转意，做臣子的即使被剁成肉酱也甘心情愿。"来济也上表谏言："册立皇后应当依照天地之理，选择名门礼教之家，才能孚天下之望。"皇上仍不听。

皇上单独找来李世勣商量："我要立武昭仪为皇后，褚遂良他们都反对，那只能罢休了？"李世勣说："这是皇上的家事，何必去问外人！"许敬宗也在朝堂上放话："丰收年，老农多打了十斗粮食都想换老婆，皇上改立皇后，大家何苦多管闲事而妄生异议呢！"武则天让人把许敬宗的话说给皇上听。听了李世勣和许敬宗的话，皇上下了决心。

这一段，司马光写来无一字褒贬，但众大臣的忠奸曲直跃然纸上，呼之欲出。

特别提一下后世以书法著称的褚遂良，他面临政治抉择时，展现出"苟利国家生死以"的气概，彪炳青史。联想到100多年后的另一书法大家颜真卿，先是安史之乱中领衔抗拒叛军，彰显读书人的气节和智慧，后又去劝降另一反叛的藩镇，不为威逼利诱所动，以身殉职。书法讲求的"神、气、骨"看来是由内而外的，人的精神、气概、风骨，修养到纯正的程度，为政自然也就具有了"富贵不能淫，贫贱不能移，威武不能屈"的大丈夫品格。这种品格延伸到笔端，也自然透出与众不同的神、气、骨，写下流传百世的书法作品。私德、公德、书德，一脉相承。

再说两场戏中都出现的角色李世勣，在跟随秦王李世民南征北讨中，可谓战功赫赫；在玄武门之变中，尚能保持武将的一份操守，对于政治上吃不准的事情，不随便发言。但在唐高宗废立皇后的过程中，位极人臣的李世勣却投机取巧，对皇上曲意迎合，没有仿效褚遂良和长孙无忌为正义据理力争，留下他人生的一大污点。清朝王夫之读过《资治通鉴》后对他的评价是"始终一狡贼","年愈老,智愈猾"。

孤竹墨赞曰:忠肝义胆流芳百世,功成名就德亏一眚。

历史的天空,有许多紧要关头,成败荣辱往往在此一举,考验的是做人的智慧、意志、品格,置身其中的每个人都要做出抉择。是破釜沉舟以求得危境的反转,还是韬光养晦以避开眼前的锋芒?是追求身前荣华富贵,还是宁愿身后青史留名?是在乎外在权力和利益的诱迫,还是执着于内心道德和情操的引领?疾风知劲草,在历史的大舞台上,每个人都用自己的言行举止,为自己写下了人生的鉴定书。

以史为鉴可以知兴替,通过高平陵之变,我们知道了司马氏以晋代魏的历史根据,知道了一个领导者在尖峰时刻的决断力如何左右一个组织的兴衰成败;通过玄武门之变,我们看到了唐太宗开创一个盛世的人才基础,懂得了他因势利导促进事情一步步朝着有利于自己的方向演进;通过唐高宗废立皇后,我们看到了维系几千年的人伦纲常,明白了中国历史上出现唯一一个女皇帝的偶然性和必然性。当然,我们也惊叹,政治上的算计、权力上的争夺,无不伴随着失败者和无辜者的血流成河。

德国哲学家康德说:"所有的政治都必须在道德面前双膝跪地!"多么美好的指引!

感谢司马光,感谢《资治通鉴》,更感谢康德。

第三辑 常读常新

俯而读，仰而思，要超越这个时代的局限，唯一的办法就是阅读，阅读人类历史上最伟大的经典著作。没读过几百本经典，不足以谈独立思考。书中自有颜如玉，书中自有花如海，书中自有豪气干云，书中自有大道通天。

我行我述

《孙子兵法》实用解析

《孙子兵法》为我国古代《武经七书》之首，其思想之深邃，见解之高妙，直至两千五百多年之后的当代，仍为中外无数企业家、军事家必读的教材，被现代企业管理者奉为圭臬。作者孙武子，被尊称为"兵圣"。《孙子兵法》全书约六千字，虽然不能说"字字珠玑"，但说它"句句有深意"则实不为过。经典当精读、复读、用心读。予读《孙子兵法》，一读仅记些名句；二读逐字逐句读得一知半解；此番三读，遇不解处乃前翻后合，经对照、联系、归纳、综合，加上自己随手记下的评论和见解，掩卷之后始觉登堂入室，略敢谈论一二。

《孙子兵法》每一篇的题目都很简洁，粗看也看不出它们之间有什么逻辑关系，但用心读之后还是能将十三篇的内容分出层次的，其中有战略决策，有战略原则，有战术原则，有战斗方法，有战场应变。应特别注意的是，虽然大体上每篇讲述一个主题，但篇章之间也有重复和参杂。读者如果不明白上述总体层次感和个别杂乱性，就很容易流于一知半解，或者过分解读。对于现代企业管理者来说，学习《孙子兵法》，除战略决策两篇（计篇第一、用间篇第十三）、战略原则三篇（作战篇第二、谋攻篇第三、军形篇第四）、战术原则两篇（兵势篇第五、虚实篇第六）及针对不同敌人的战斗方法（军争篇第七）之外，其他篇章（第八到第十二篇）意义不大，不必耗费精力（第八到第十二篇也夹杂一些战略战术，但往往和前述八篇核心内容重复）。这样梳理下来，《孙子兵法》十三篇，学透八篇足矣！

笔者按照以上梳理的脉络，将《孙子兵法》十三篇的核心内容，解析为"三三四五"，便于初学者快速掌握精髓，汲取中华文化的营养，补足到企业管理的实践当中去。

三大决策视点（计篇第一、用间篇第十三）

"计篇第一"和"用间篇第十三"理应合二为一，讲的是主帅做战略决策时应该考虑的问题。所谓"战略决策"，就是如何决定"打还是不打"。《孙子兵法》中关于战略决策的核心论点有三：

第一是惜战，不轻启战端，强调战略决策要建立在收集情报、分析比较、知己知彼的基础上。《孙子兵法》原文："兵者，国之大事，死生之地，存亡之道，不可不察也。"这个"察"，分两个层次：收集情报和建立在情报之上的计算。关于收集情报的重要性，书中明确指出："不知敌之情者，不仁之至也，非人之将也，非主之佐也，非胜之主也。"强调将帅要善于计算："多算胜，少算不胜，而况无算乎？"关于"察"的重要性也散见于其他篇章。比如"谋攻篇第二"中重复道："知己知彼，百战不殆。""火攻篇第十二"中又重复道："主不可以怒而兴师，将不可以愠而致战；合于利而动，不合于利而止；亡国不可以复存，死者不可以复生。"

第二是"五事七计"。所谓"不可不察"，察什么？察"五事七计"！"五事"包括道、天、地、将、法；"七计"指"主孰有道、将孰有能、天地孰得、法令孰行、兵众孰强、士卒孰练、赏罚孰明"。"五事"就是收集情报的内容,"七计"就是收集情报后所计算的命题。也可以说,"七计"是对"五事"的说明及扩展,每一个命题的意思不难理解。这个"五事七计",对于现代企业管理者来讲,就是市场调查和SWOT分析。

孙武所说的"道",简单说就是政治开明,上下一心,师出有名。孙武把它看作是需要比较的第一要素。孙武也非常重视将领或指挥员的作用,关于"将孰有能",孙武举出"为将五德",言及将领要具备智、信、仁、勇、严五项核心素质。其实对将领的要求,"五德"是核心但不是全部,孙武在其他篇章中有补充说明,分别指出将领要具备知识、谋略、决断、临场变通、担当、亲和力等方面的能力。"五德"是正面素质要求,孙武又在"九变篇第八"中,提出将领不应该有的性格和做派:"将有五危:必死,可杀也;必生,可虏也;忿速,可侮也;廉洁,可辱也;爱民,可烦也。""五德"与"五危",正面要求与反面提醒,可以看出,孙武懂得辩证法。

笔者想要补充说明的是,如果就战争来讲,"粮草"也应加入这个比较计算之中,而且是很重要的因素。那么孙武为什么没有将"粮草"加入到计算因素之中呢?会不会是归并到"地"的要素中去了呢?不得而知。但孙武重视"粮草"这个要素是无疑的,这在"作战篇第二"中有论述。现代企业中的资金和薪酬待遇,其实就相当于军队的粮草,企业在做战略决策时,也应该看看自身的资金实力和能给予员工什么样的薪酬待遇。

第三,我方需要收集情报进而进行正确的战略决策,敌方也一样需要。所以,为了避免敌方做出正确决策,反过来要强调隐己惑敌,这又体现出孙武辩证思维的光芒。《孙子兵法》言:"兵者,诡道也。故能而示之不能，用而示之不用，近而示之远，远而示之近。利而诱之，乱而取之，实而备之，强而避之，怒而挠之，卑而骄之，佚而劳之，亲而离之。"以此达到出其不意攻其无备的效果，这就是被后人称道的著名的"十二诡道"！

以上三点是孙武关于战略决策思想的精髓。至于怎么获得敌情，孙武强调用间谍，强调要获取敌方第一手资料。但由于历史的局限，孙武在这一点上讲得比较肤浅，远不如现代企业管理理论中关于"市场调查"论述的全面。现代企业的情报来源不限于间谍，可以公开调查，还可以通过大数据和大众传媒调查。

三项战略原则（作战篇第二、谋攻篇第三、军形篇第四）

战略决策明确了"打与不打"的问题，但怎么打？战争的指导原则是什么？从战略高度上，孙武讲了三项基本原则：速胜、全胜、先胜。第二篇到第四篇，各论述一个战略原则。

1. 速胜原则——兵贵胜，不贵久

"作战篇第二"从经济的角度着眼，强调战前准备。"兵闻拙速"——兵马未动粮草先行，准备充分速战速决，力争不二次征兵和二次催粮；"因粮于敌"——聪明的将领务求取之于敌方，取敌人一份粮草等于自己准备了两份。

笔者认为，"速胜"虽好但不能片面强调，如果是弱势一方、被动一方，就应该考虑持久战；孙武虽然拥有朴素的辩证观点，但还不能贯彻始终、运用自如，此处忽略了速胜与持久的辩证关系。

2. 全胜原则——不战而屈人之兵

"谋攻篇第三"从军力的角度着眼，强调运用实力与保存实力。杀敌一千，自损八百并非上策，不战而胜才是最高境界，有效保全己方的兵将。所以，强势一方的战略选择顺序为上兵伐谋，其次伐交，其次伐兵，其下攻城；反之，弱势一方的战略选择比较有限，能打就打，不能打就避，不能硬扛——小敌之坚，大敌之擒。

强者有强者的原则，弱者有弱者的原则。强者为了实现"全胜"，弱者为了不使敌方实现"全胜"，将领就要"识众寡之用"——十则围之，五则攻之，倍则分之，敌则能战之，少则能逃之，不若则能避之。为了贯彻这些原则，前方的将领有进退取舍之权，后方的君主要充分信任前方将领，不应过度干涉——将能而君不御者胜。

3. 先胜原则——胜兵先胜而后求战

"军形篇第四"，从客观实力转化的角度着眼，强调自身能力建设。"昔之善战者，先为不可胜，以待敌之可胜"，意即善于打仗的人，先要通过政治、经济、法律来强化自己的实力，暗下功夫，做好防守措施，将劣势转化为优势，这些都是自己能做到的。所谓政治，就是上下同欲；所谓经济，就是土地、物产、兵员，三者也是正相关的关系；所谓法律，就是宽严相济，赏罚分明。

一旦取得优势，便寻找机会，绝不放过打败敌人的机会，找到机会后，就要利用天时地利人和主动进攻；但这个所谓的机会，在于敌人会不会犯错误，而不能单凭我方的愿望——"善战者，立于不败之地，而不失敌之败也"。

不打硬仗，不强攻，这样打仗才能保存自己的有生力量，直至取得最后胜利，这就是"胜兵先胜而后求战""先为不可胜，以待敌之可胜"

的原则。自己有了胜利的把握，才寻找敌人交战；以实力做基础，战争就会势如破竹一样取胜。先胜原则，体现了"内因是变化的依据，外因是变化的条件"的辩证思想，不靠投机取巧，不靠好勇斗狠，顺理成章，顺其自然。《孙子兵法》为什么被称为"兵经"？因为讲的是道，是正道，是基本，兵以正合，道法自然。曾国藩的名言"扎硬寨，打死仗"，精神可嘉，但不可作为一般性的战略原则。事实上，曾国藩领衔打败太平天国，也是靠一步步地转化双方综合实力，再寻找战机而成功的。所以说，学习别人，不可断章取义，而要探求全貌。

四个战术原则（兵势篇第五、虚实篇第六）

在速胜、全胜、先胜的三大战略原则之下，第五篇和第六篇又讲了四条战术原则：奇正相生、兵贵神速、调动敌人、避实击虚。客观实力是战争胜负的决定性基础，是制定战略时要考量的；将领的指挥艺术是战场胜负的关键，是战术得当与否的根源。战略是经，战术是权，经权互参才能实现目标。发挥将领的主观能动性非常重要，否则，即使积累了客观实力，但没有指挥员的主观能动性，也就没有必胜的把握。"兵无常势，水无常形，能因敌变化而取胜者，谓之神"，能够把下面四个战术原则灵活运用到战争实践中的人，可称其为"用兵如神"。

1. 奇正相生

"凡战者，以正合，以奇胜。"这里的"奇"不是一味地"奇"，不是不讲求客观实力，而是灵活运用，奇正相生，变化无穷。

2. 兵贵神速

这里的"神"就是不知不觉造成惊险的态势，"速"就是在惊险态势下急速攻击；出其不意，攻其不备，拉满弓，扯满帆，力求一击制胜。左宗棠收复新疆之战的"缓进急攻"战术，体现的就是这个"神"与"速"的原则。

3．调动敌人

"乱生于治，怯生于勇，弱生于强；善动敌者，形之，敌必从之。"战场形势混沌不清，敌我双方都存在队形的治与乱、胆气的勇与怯、意志的强与弱之不确定性。优秀的将领，要通过迷惑、诱导而调动敌人，使其队伍慌乱、士卒胆怯、将领取胜意志减退；优秀的将领，要发挥能动的临场指挥艺术，而不是拼士兵的勇敢。

4．避实击虚

兵无常势，"虚实篇第六"讲了一条战术原则，即避实击虚，因敌制胜。强调根据双方虚实强弱而选择有利的战斗方向，特别是在敌众我寡的情况下，通过避实击虚，也是可以得胜的。

双方部署都有虚实强弱，通过侦察、分析、试探可以掌握敌人的虚实强弱。更进一步地，可以设法制造敌人的弱点，进而打击敌人的弱点；同时隐瞒我方虚实，迷惑敌人，"形人而我无形，致人而不致于人"。我方处于攻势时，敌方不知守哪里、如何守；我方处于守势时，敌人不知攻哪里、怎么攻；做到"操之在我，用兵如神"，取得战场上的主动权。

哪些是敌人的薄弱点？孙武说："攻其所必救，出其所不趋，趋其所不意"，即来不及驰援的地方、意想不到的地方、没有防备的地方。如何设法使敌人形成弱点？"逸能劳之"，使其奔走，不让其修整；"饱能饥之"，断其粮道，抢其粮草；"安能动之"，攻其所必救（如围魏救赵）；"利以诱之"，引入埋伏圈；"我专敌分"，迷惑敌人，不知道进攻方向，则敌人分散兵力多处防备，我可以众击寡。总而言之，就是设法使之分散，使之疲惫，丧失战斗力。

我方处于弱势时，要隐瞒我方虚实，迷惑敌人，保全自己。通过引诱、拒止，避开敌人的进攻，趋其所不意，退而不可及，引导敌人走错路。在敌众我寡的情况下，通过高超的临场指挥战术，瓦解敌方的优势，我方是可以取得胜利的。

五种战斗方法（军争篇第七）

在上述四条战术原则之下，"军争篇第七"具体讲述了一些取得先机赢得主动的战斗方法。"兵以诈立，以利动，以分合为变者也"，战场上，要隐蔽自己的意图，欺骗敌人，通过分合变化、动静变化、缓急变化，来取得有利局面。择其要者归纳为以下五种战法：

1．以迂为直

长途奔袭是为了占得先机，但也有危险。长途奔袭需要丢掉辎重、粮食、物资，如果中途遇到挫折，随军缺少辎重、粮食、物资，军队就危险了，所以不熟悉路况、不用向导，是不行的。兵以诈立，要隐蔽己方的意图，行军有时迅猛有时舒缓，达到"后人发，先人至"的目的。

2．一人耳目

步调一致才能取得胜利，用金鼓旌旗统一号令，使勇者不得独进，怯者不得独退（夜战用金鼓火把，昼战用旌旗）。现代企业管理者要思考用什么"一人耳目"。答案是用企业文化（包括公司的愿景、使命、价值观）以及固化成的管理制度、操作规程，统一思想，规范行为。

3．勿击堂堂之阵

不去与阵容整齐的敌人交锋，等待敌人在心、气、力方面的变化。

89

掌握敌方士气的变化，避其锐气，击其惰归（朝气锐，昼气惰，暮气归）；掌握敌方将领的心理变化，以治待乱，以静待躁；掌握敌方战斗力的变化，以逸待劳，以饱待饥。

4．围师遗阙，穷寇勿追

败退回营之敌不可拦截，包围圈要留出口；陷入绝境之敌不可急攻，避免狗急跳墙。笔者认为这种战法不可绝对，要根据敌我双方的实力差距大小，判断这股敌人日后的危害性，毛泽东的"宜将剩勇追穷寇"，另有一番道理。

5．饵兵勿食

不被敌人的假象迷惑，不要追击假装退却之敌，不要与引诱我方的小股之敌纠缠。

《孙子兵法》第八篇到第十二篇，内容比较零散、重复，主要讲战场上的各种形势及采取的变化手段，对现代企业管理者没什么参考价值，不必字斟句酌。下面一些著名的观点，也是对前面各篇章的重复。

1．智者之虑，必杂于利害

每件事情都有利有弊，所以正反两方面都要考虑到：考虑到利益，就会提振必胜的信心；考虑到危害，就会想出预防措施。因此，英明的将领，不是每条路都能走，不是每处敌人都能打，不是每个城池都能攻，不是每个地盘都能争，不是君王的每个命令都能执行。

2．夫地形者，兵之助也

要了解地形，还要懂得战法变化，才能取得"地利"。九种地形：散地、轻地、争地、交地、衢地、重地、汜地、围地、死地。强调"知吾卒之可以击，而不知敌之不可击，胜之半也；知敌之可击，而不知吾卒之不可以击，胜之半也；知敌之可击，知吾卒之可以击，而不知地形之不可以战,胜之半也。故曰:知己知彼,胜乃不殆;知天知地,胜乃可全"。

3. 令之以文,齐之以武

将领要处理好与士卒的关系,平时对待士兵如子弟,战时就可以让他们去拼搏;反过来,受了厚待而不听命令的士兵,是不能用的。

两千五百多年前,人类文明处于萌芽时期,前人教导有限,行动半径有限,交流媒介有限,世界互不连通,何以在古希腊、古印度、古中国同时涌现出人类史上那些最伟大的人物?我们的诸子百家为何迸发出如此灿烂的思想光辉,万古流芳至今仍无法超越?老子在《道德经》中的观点"人法地,地法天,天法道,道法自然",也许是解答上述疑问的标准答案。他启示我们,人类的所有智慧源自我们生存于其中的大千世界。

《孙子兵法》十三篇诞生于那个灿烂的年代,内容虽博大精深,但也简洁明了。今人之所以仁者见仁,智者见智,一方面是因为古代文字载体简陋,编排竹简过程中难免造成章句之间的错乱、重复、断续;另一方面是因为古文用词简练,有些语义与今天也有出入,加上后人对孙武的崇拜,于是大家逐字逐句挖掘深意,反而不得要领,不得其门而入。通过删繁就简、正本清源,笔者认为,现代企业管理者参透其中八篇足矣!记住"三三四五"足矣!

世界已经巨变,从平面到立体,从有限到无限,从缓慢到飞速,从匮乏到充裕,从军争到商战,现代企业管理者对于前人的经验,包括《孙子兵法》,切不可刻舟求剑、食古不化,慎之,慎之。

我行我述

上下同欲者胜

——从魏延的悲剧谈起

近读《三国志·蜀书·魏延传》，不胜唏嘘。诸葛孔明对魏延的不信任，是孔明北伐"出师未捷"的重要原因，也是魏延身败名裂的直接原因，导致蜀汉恢复汉室的宏愿终成泡影。孔明对魏延的不信任，不是魏延的才能不够，也不是魏延的战功不够，更不是因为小说《三国演义》中描述的魏延脑后的那块"反骨"，而是源于孔明用人的格局。

善于识才的先主刘备，提拔魏延于卒伍之列，此后魏延战无败绩，直到做了蜀汉的早期根据地汉中的太守。汉中地处抗拒曹操南征的前沿，魏延在汉中十年的战争实践中逐渐成熟，成长为独当一面的将才。魏延虽然有点骄傲，但善于带兵，自己又勇猛过人，是一名成熟的将才，本应被孔明视为恢复汉室的左膀右臂。

但孔明"一生惟谨慎"，对于冒险之策大都不予以采纳。北伐过程中，魏延屡次请求孔明给他一万人马，奇袭长安，最后与孔明会师潼关。这个大胆的建议，本来是符合孔明《隆中对》中所言"两路夹击进取中原"的方针大略的，但因为对魏延的不信任，孔明屡次"制而不许"。可以说，孔明是因相废人、因人废言、因人废事。试想，如果是关羽、张飞提出这样的要求,甚至是赵云、马超、黄忠其中任一人还健在,孔明应该都会采纳。可惜,当时"五虎上将"都已陨落,具备独立作战能力的将才,只有一个魏延;但事到临头由魏延提出来时,孔明坚决不予采纳,导致六出祁山无功而返,魏延私下发牢骚,从而更增加了双方的不信任感。

对恢复汉室大业、蜀汉团队的团结、魏延的个人命运造成毁灭性打击的关键,是孔明临终时的安排。孔明在最后一次北伐中一病不起,明知当时蜀汉团队中论军事才能,无出魏延其右者,临终却背着魏延秘密与杨仪、费祎、姜维商讨退军之策,甚至制定出预案,"若魏延不从命,军便自发",为团队的分裂埋下祸根。果然,孔明病逝,不明真相的魏延对退军之策提出反对意见,表示其他人可护送孔明遗体回成都,自己仍然要率兵抗曹。两个阵营最后兵刃相见,魏延人头落地,恢复汉室的宏愿终化为泡影。

用兵战略上孰是孰非另当别论,孔明对魏延的任而不信,是失败的根源。如果孔明用人的格局更大一些,魏延完全有可能不反,完全有可能帮助蜀汉实现恢复汉室的大业。两个阵营发生对抗时,魏延没有北上投靠曹操,反而南下成都心向后主,说明魏延没有反叛之志。从某种程度上说,魏延是被孔明逼反的。罗贯中把陈寿的史书《三国志》演绎成小说《三国演义》时,估计是在魏延这个绕不过去的人物身上,无法证明孔明的高大全,才杜撰出魏延脑后那块"反骨",先让孔明做出预言,再让孔明去"自证预言"。

信任是最大的压力,也是最大的动力。孔明具备"致广大而尽精微"的才情,具备"运筹帷幄之中,决胜千里之外"的智谋,是历史上第一等的军师、第一等的谋士;但他凡事亲力亲为、鞠躬尽瘁死而后已的

我行我述

作风,不太适合做丞相和三军统帅。宰相肚里能撑船,宽容是必须的。随着手下的成长,上级提供的舞台要不断扩展,用人的格局也需要不断提升。

关于统帅的用人格局,我想起春秋五霸之一的楚庄王的一个故事。楚庄王请军官们吃饭,君臣喝得高兴,到天黑时点上蜡烛继续,并破例让他的姬妾亲自为大家斟酒。突然,一阵风把蜡烛吹灭了,一个人酒后失态,偷偷摸了姬妾的大腿,这可是杀头之罪。姬妾也不含糊,一把扯下这个人头盔上的缨子,并大声向楚庄王哭诉说有人非礼她,要求点上蜡烛追查这个人。楚庄王不愧是一代雄才霸主,略一思考,这些人都是栋梁之材,如果自己因其酒后失态而降罪,难免寒了大家的心,于是忍住心中怒气,大声命令:"今日之饮,不绝缨者不欢!"就这样,所有人都把自己头盔上的缨子扯了下来,再点上蜡烛继续畅饮,"极欢而散"。楚庄王的制怒和大度,不会没有回报,后来楚国和郑国打仗,在战局不利的情况下,因一个将领勇猛异常,连斩五名敌方将领,扭转了战局,使楚国获得了胜利。楚庄王命人叫来这个将领,问他叫什么名字,为何如此英勇。这位将领答道:"末将蒋雄,前夜宴绝缨者也。"庄王大笑。楚庄王的巧释臣过,蒋雄的知恩图报,成为一段美谈。

做领导的要懂宽容,要有格局,在自己的意志受到忤逆时,仍然要给部下以信任,给予部下发挥才干的机会。这些说起来容易,但真的事到临头,大部分领导都难以克制自己的情绪,做不到"知行合一",所以大部分人难以成就伟大的英雄事业。

什么是英雄?与孔明同时代的曹操说得好:"夫英雄者,胸怀大志,腹有良谋,有包藏宇宙之机,吞吐天地之志者也。"孔明的《隆中对》《出师表》《诫子书》,堪称圣贤经典,孔明的鞠躬尽瘁死而后已之精神，堪称人臣的楷模；但论包藏宇宙之机，稍逊蜀先主刘备和汉丞相曹操，其历史功业自然也不及曹操。对比历史上含冤而死的名将，赵将李牧、燕将乐毅、宋将岳飞、明将于谦，皆因敌方的反间计而蒙冤。可叹魏延，没有敌方的反间、没有通敌的嫌疑，完全是因自己的缺点，以及上级不包容自己的缺点而身败名裂。一加一大于二，英明统帅加上智勇将领，本应成就一番伟业。如果孔明再明一点儿，或者魏延再智一点儿，孔明对魏延任而且信，也许就大功告成了。

上下同欲者胜，魏延的悲剧，今天的领导者当引以为鉴！

我行我述

"四书"管窥

国学，就是中国智慧学，其集大成者为《四库全书》，它分为经、史、子、集四部。经是儒家经典，是国学的核心部分；史是历史，以《史记》等二十四部历史典籍为代表；子是春秋战国百家争鸣时代儒家之外的学说，如《老子》《庄子》《韩非子》等；集是历代文学家的诗文集，如李白杜甫的诗、唐宋八大家的散文等。

作为"经"的儒家经典，被整理成"四书"和"五经"。"五经"是孔子从更早时期的文化中精选出来并加以编撰的经典，指的是《诗经》《尚书》《礼记》《周易》《春秋》；"四书"是宋朝朱熹从以孔子为代表的儒家先贤作品中精选并加以注释的经典，指的是《大学》《中庸》《论语》《孟子》。

"四书"成了南宋以后儒家传道授业的基本教材。"四书"的文字并不多，《大学》约1700字，《中庸》约3500字，《论语》约11000字，《孟子》约35000字。元明清三代的科举考试，也正式把出题范围限制在朱注"四书"之内。一千多年以来，"四书"中的思想在我国广泛流传，其中许多语句已成为脍炙人口的格言警句，无形中规范着国人的日常行为。"四书"的基本用意有两方面：就社会方面而言，是要为社会生活确立一种规范，以保障正常的社会秩序；就个人方面而言，是要为个人确立一种安身立命的观念，以让人们获得身心性命的寄托。

谈论"四书"，"君子"这个概念是绕不开的。君子，原本是国君之子的意思，根据古代宗法制度要求，国君之子从小就要接受理想和人格的规范教育，成为社会的楷模，才能担当社会责任。到了孔子那里，君子被赋予了全新的含义，阶级地位高的人不一定是君子。孔子所谓的"君子"，是那些品德可以做社会楷模的人。这样，具有知识特权的读书人就成为君子的理想坯料。读书人一部分为官，称为士大夫；一部分为民，称为士民；大部分居于中间地位，不为官不为民，以教书育人、著书立说为职业。孔子认为，这部分不官不民的士，意志品质不可不弘毅，不可不胸怀天下，要鼓励他们随时准备担当社会责任。所以"四书"之中，君子与"士""仁者""圣贤""大丈夫"常常是混用的。君子，是中国社会的理想人格，孔子所赋予君子的内涵有三：仁、智、勇。儒家是以教育、培养人才为本业的，儒家经典四书五经，其实就是教人如何由普通读书人进化为社会楷模的学问，也可以说是为国家、社会培养官吏的学说。

放在世界范围的思想文化平台上，就中国文化与西方文化对比来看，以"四书"为代表的儒家思想中，"刚健有为"和"执两用中"的人生准则，为中国文明绵延五千年而不断绝，成为世界上唯一一个延续至今的文明古国起了关键作用。但"天人合一""道法自然"等天命观过早地出现，也使中国文化失去了认识自然、征服自然的动力，促使社会精英把全部精力投入到对社会人伦规律的研究，衍生出不少束缚人性、阴暗权谋之类的糟粕。

"四书"博大精深，贩夫走卒如我辈，不敢奢望有经年累月的工夫去钻研，所幸节假日、旅途中，尚有闲暇去触摸、去体味。读进去、跳出来，弃其糟粕、取其精华，虽如管中窥豹，但一孔之中仍可见其斑斓。

何为"大学"

　　古代教育的内容，也有小学、大学之分。小学里教《千字文》《三字经》等，同时也教洒扫进退的规矩；大学里教明理、修身、治国的道理。

　　《大学》这部书便是古代大学里教学生的"全国统一教材"，是读书人入德的门径，是"垂世立教的大典"。先学《大学》，其次《论语》《孟子》，最后《中庸》，由纲到目，由浅入深。

　　《大学》是孔子讲授"初学入德之门"的要籍，经曾子整理成文，到孟子以后，儒家思想的主导阵地先后被法家、纵横家、道家、佛家、玄学侵蚀，直到北宋程颐、程颢二兄弟那里，才又发扬光大。"二程"的学生朱熹把它校对、重编，成为今天我们看到的模样，朱熹把它列为"四书"之首。

　　《大学》的内容可分解为"一经十传"来学习。一经是孔子挖掘西周大学教育的精华，整理出来并传授给他的弟子们的，从"大学之道"到"此谓知本，此谓知之至也"共215个字。十传是孔子的学生曾子在讲学时，为了启发学生而引用的古代案例和格言。十传对孔子经文的十个主题进行了解释，分别对应：明明德、新民、止于至善、本末、格物致知、诚意、正心和修身、齐家、治国、平天下。

　　孔子的"一经"不长，姑且全部录下：

　　大学之道，在明明德，在亲民，在止于至善。知止而后有定，定而后能静，静而后能安，安而后能虑，虑而后能得。物有本末，事有终始，知所先后，则近道矣。

古之欲明明德于天下者，先治其国，欲治其国者，先齐其家；欲齐其家者，先修其身；欲修其身者，先正其心；欲正其心者，先诚其意；欲诚其意者，先致其知，致知在格物。物格而后知至，知至而后意诚，意诚而后心正，心正而后身修，身修而后家齐，家齐而后国治，国治而后天下平。

自天子以至于庶人，壹是皆以修身为本。其本乱而末治者，否矣。其所厚者薄，而其所薄者厚，未之有也。此谓知本，此谓知之至也。

后人从这215个字中，归纳出《大学》的"三纲八目六证"。明明德、亲民、止于至善为三纲；格物、致知、诚意、正心、修身、齐家、治国、平天下为八目；止、定、静、安、虑、得为六证。

今人学习《大学》，把孔子的215字经文消化掉就足够了，后面的十传里，有空闲可以记取一些警句更好，比如"苟日新，又日新，日日新""富润屋，德润身"等。

笔者在此对《大学》的精神，提出两个"引领"。第一个引领，古代大学教育的目的，是引领学生做君子，有做大丈夫的志向，不是现在的"小确幸"，不是北大教授钱理群口中所说的精致的利己主义者。第二个引领，是用修身引领一切，因为要修身，才需要去格物、致知、诚意、正心；修身及格了，就可以去齐家、治国、平天下。

笔者忍不住还要谈谈曾子。曾子，不是孔子最喜欢的弟子，这在《论语》中可以得到佐证。《论语》是孔门弟子记录孔子及其弟子言行的语录体散文集，其中曾子及曾子的门人参与编写的最多。《论语》中除男主角孔子之外，着墨比较多又被孔子欣赏的弟子较多，如颜回、子贡、子夏、子路、冉有等,甚至曾子的父亲曾晳,也被孔子表扬过。《论语》中孔子对曾子的评价只有一处记载,而且是略带负面的评价——"参也鲁",说他比较迟钝,比较拙笨。然而,正是这个迟钝笨拙的弟子,真正发扬光大了孔子的思想!究竟是当时的曾子大智若愚、大巧若拙呢,还是随着时日的推移铢积寸累,君子豹变呢?笔者倒是愿意相信,曾子是因日日精进而实现君子豹变的。读一读曾子的名言吧!

吾日三省吾身。为人谋而不忠乎?与朋友交而不信乎?传不习乎?

士不可以不弘毅,任重而道远。仁以为己任,不亦重乎?死而后已,不亦远乎?

可以托六尺之孤,可以寄百里之命,临大节而不可夺也。君子人与?君子人也。

用师者王,用友者霸,用徒者亡。

曾子,这位比老师孔子小46岁的弟子,虽然在孔子活着时锋芒未露,但在孔子去世后却成为孔子思想最得力的传承者,在儒学发展史上占有重要的地位,被后世尊奉为"宗圣",是配享孔庙的四配之一。他参与编制《论语》,撰写了《大学》的十传,他的弟子子思写了《中庸》,子思门人的弟子孟子留下了《孟子》。

《论语》——中国读书人的圣经

《论语》是记载孔子及其弟子言行的语录集,语言精练而生动,是语录体散文的典范。《论语》是写给读书人的书,是中国读书人的圣经。

《论语》的中心思想,就是以匡扶天下为己任,以拯救人类为己任!多么宽广的胸襟啊!

这个中心思想集中体现在下面几句话中:"士不可不弘毅,任重而道远""仁以为己任,不亦重乎?死而后已,不亦远乎?"这里的"仁"就是爱,但他爱的是人类,不是妇人之仁,不是偏私之爱。受孔子思想的影响,中国的读书人常常是"身无半亩,心忧天下""先天下之忧而忧,后天下之乐而乐""位卑未敢忘忧国""形在江海之上,心存魏阙之下""匹夫匹妇不被己泽则忧之"。人生识字忧患始,跟打了吗啡就兴奋一样,读了《论语》就生了忧患意识。而且这种意识又表现出穷且益坚的趋势,在别人看来,未免是"穷且益酸"。

现代人大多是先富足了自己,才想起别人;而孔子的士大夫精神,却是要先泽及天下,最后才想到自己!现代人为了先满足自己的物质欲望而活得匆忙,更要命的是这种物质欲望随着时间的推移、科技的进步不断加码,"富足"的标准越来越高,以至到了"物欲横流"的境地。于是"天理不存",大家急急如丧家之犬,对周围的世界来不及感受,没有身体的静止,怎么能谈得上思想的深刻?所以现代人在整体上便超越不了先秦时代以《论语》为代表的人文思想的高度。这样看来,说《论语》是中国读书人的圣经,毫不夸张。

《论语》中的主角当然就是孔子。这个被读书人膜拜为"万世师表"的老夫子,在《论语》中被勾勒出的形象,其实是非常鲜活生动的。

首先,孔子是个有志青年。幼年丧父,跟着母亲卖馍,受到"鲁国图书馆馆长"左丘明的赏识,又不辞辛苦从山东跑去河南,向"国家图书馆馆长"老子求问周公之礼。针对现实社会礼崩乐坏的局面,孔子认为只有恢复周公制定的周礼,才能实现天下太平,于是发心立志,坚定地说:"周监于二代,郁郁乎文哉,吾从周。"

其次,孔子是矢志不渝的。经过周游列国,经过陈蔡之厄,孔子深知他的志向任重道远,必须一以贯之,矢志不渝。为了恢复周礼,孔子一生学而不厌、诲人不倦,直到老年仍然"发愤忘食,乐以忘忧,不知老之将至"。

再次,孔子是爱憎分明的。对于上进的学生,他不吝赞美,比如夸奖颜回的品德:"一箪食,一瓢饮,在陋巷,人不堪其忧,回也不改其乐。贤哉,回也!"对于耍小聪明偷懒的学生,他会毫不留情。有一次,宰予大白天睡觉,被孔子发现了,孔子很不客气地骂道:"朽木不可雕也,粪土之墙不可污也。"申怅表面刚毅,其实内心欲望太多,孔子批评他:"怅也欲,焉得刚!"

然后,孔子是饶有情趣的。有一次,孔子与弟子子路、曾晳、冉有、公西华闲聊,问到每个人的志向。最后轮到曾晳(也叫曾点),也就是曾子的父亲。曾晳回答:"我的志向和他们三人的不一样——暮春时节,春耕之事完毕,我和五六个成年人,六七个少年,到沂水里游泳,在舞雩台上吹风,然后唱着歌回家。"孔子被深深打动,赞道:"吾与点矣!"还有一次,孔子被卫灵公的夫人南子召见,因为南子名声不好,学生子路就很不高兴地责问老师,于是孔子发誓:"予所否者,天厌之!天厌之!"意为你不要怀疑我有什么见不得人的动机,否则我愿给天雷打死!这像不像小孩子之间的打赌?

最后,孔子也是善于自嘲的。孔子周游列国,与弟子们走散了,独自一个人在城门口站着,有些狼狈。大家终于团聚后,子贡问老师刚才是不是在城门口站着,因为当地人告诉他有一个人站在城门口,身体很像一个圣人,但神情却像一条找不到家的狗。孔子自嘲地笑道:"形状,末也。而谓似丧家之狗，然哉！然哉！"

多面孔子，精神贵族。孔子最得意的学生颜回评论孔子："仰之弥高，钻之弥坚，瞻之在前，忽焉在后，虽欲从之，末由也已。"为孔子立传的司马迁也赞叹："高山仰止，景行行止，虽不能至，然心乡往之。"

乡关何处？我们怀念2500年前中华大地上那个伟岸的身躯，他成为中华文明的一个坐标，给我们民族发展之路以底气和指引。

孟子的浩然之气哪里来？

《孟子》是记载孟子及其弟子言行的一部书。孔子传曾子，曾子传子思，子思的门人传孟子，孟子成就了儒学的又一座丰碑。尧舜禹、汤文武、周孔孟，后世儒家公认的九位"圣人"，孟子是绝响！孟子之后多少人想占据第十位，荀子、董仲舒、韩愈、程颐、程颢、朱熹、王阳明、曾国藩，但都不被普遍认可。为什么？主要是因为他们的观点或理论都是推论、解释，而不是原创。

孟子的原创体现在哪里？

首先是提出"义"。孔子曰仁，孟子发挥到仁和义；仁是价值观，义是行为准则，是仁的外在表现，由内而外。可以说，孟子把孔子指认隐藏在人们心里的仁、难以评价的仁，发挥到外在行为的"义"，更容易评判，更容易实现。"鱼，我所欲也；熊掌，亦我所欲也。二者不可得兼，舍鱼而取熊掌者也。生，亦我所欲也；义，亦我所欲也。二者不可得兼，舍生而取义者也。"

其次是提倡"仁政"。把仁心、恻隐之心，用到政治上，就是仁政。从价值观延伸到政治理论——性善、仁心、修身、齐家、治国、平天下。"得

我行我述

道者多助，失道者寡助"，所以仁者无敌；轻刑罚、薄税赋、深耕轮作促生产。这些措施都成为几千年中国"德治"思想的重要组成部分。

最可贵的是孟子身为贵族后裔，却破天荒地提出民本思想——"民为贵，社稷次之，君为轻""天视自我民视，天听自我民听"，这让以天命代言人自居的诸侯国君情何以堪？孟子更进一步："君之视民如土芥，则臣视君如寇仇。"这简直就是煽动造反了！难怪千年之后的明太祖朱元璋，看到孟子这些言论后龙颜大怒，下令将孟子的排位从孔庙中逐出。孟子其实并不是煽动造反，而是为了维护统治者的秩序，提醒当权者不要任性胡来而已。

西方中世纪是天主教代表天道，启蒙运动后是人人心里有天道（上帝），从各阶层人民中产生的议会，代替了僧侣把持的教会。中国封建社会是国君皇帝代表天道，孟子提出人民代表天道，是一大闪光。毛泽东在某种程度上吸收了孟子的民本思想——当权者是人民的代理人、服务员。

孟子大谈"君为轻"的同时，还津津乐道自己的"浩然之气"。他的儒学前辈，子贡的学生田子方，面对魏武侯"应该贫贱者牛气还是富贵者牛气"的诘问，大义凛然道："亦贫贱者骄人耳！富贵者安敢骄人！国君而骄人，则失其国；大夫而骄人则失其家。失其国者未闻有以国待之者也，失其家者未闻有以家待之者也。夫士贫贱，言不用，行不合，则纳履而去耳，安往而不得贫贱哉！"有了儒学这份传家底蕴，孟子面对齐宣王、梁惠王、梁襄王、齐湣王这些诸侯国君时，便英气勃发。可惜后来的儒者再也没有这份英气了，想来也怪不得他们，孟子面对的诸侯国君毕竟还不是皇帝，他们还有竞争者，而后来的儒者面对的帝王却是唯我独尊的了。

"富贵不能淫,贫贱不能移,威武不能屈,此之谓大丈夫。""故天将降大任于斯人也,必先苦其心志,劳其筋骨,饿其体肤,空乏其身,行拂乱其所为,所以动心忍性,曾益其所不能。"孟子这股浩然之气,这种大丈夫人格,成为中国人重要的精神引领,成为中华民族蔓延几千年的精神基因。鲁迅曾说:"我们自古以来,就有埋头苦干的人,有拼命硬干的人,有为民请命的人,有舍身求法的人……虽是等于为帝王将相作家谱的所谓'正史',也往往掩不住他们的光耀,这就是中国的脊梁。"

春秋战国时代,各诸侯王想的是称王称霸称雄,他们需要的是苏秦张仪的纵横术,是《孙子兵法》的权变谋略,是商鞅韩非的变法图强。特别是到了孟子的时代,商鞅已经在秦国变法图强,苏秦正在以利益说动各国合纵抗秦,而孟子还在以仁义道德来规劝各诸侯国君实行王道和仁政。"仲尼之徒,无道桓、文之事者",孟子不屑于回答齐宣王提出的齐桓公、晋文公称霸之事,不谈霸道,只讲王道和仁政,这就是孟子之所以为孟子,儒家标榜的圣人之所以为圣人的根源,就是那么方正,不转一点弯,绝没有纵横者的取巧与诡辩。

苏秦张仪之流的纵横谋略之学,只是从个人的权利思想出发,图得个人平生的快意;而孔孟一系的儒家圣贤们,他们的人生哲学一开始便发心立志,便要"为天地立心,为生民立命,为往圣继绝学,为万世开太平"。孔孟等特立独行的圣贤,注定要落得个终身不得志。也好,正是这不得志、没有介入当时的政治事务,才使圣贤们优容地、愤懑地把这些思想整理、完善、光大,直到两千年以后,仍然规范着国人的思想和行为,使物欲不至于横流、泛滥成灾。

浅尝《中庸》

《中庸》与《论语》《孟子》《大学》合称儒家的"四书"。《中庸》，相传为孔子的孙子、孔子学生曾子的门生、孟子的先师子思所作，但据近代大儒冯友兰分析，我们今天看到的《中庸》，与子思的原文不同，比原文丰富了很多，实为秦汉之际的儒者根据子思、孟子的思想所发挥出来的。《中庸》是《小戴礼记》中的一篇，编者戴圣本身就是西汉时期的儒者。

与《论语》《孟子》《大学》的广泛传播相比，《中庸》的主旨内容对现代人来讲比较生疏，特别是讲到命、性、道、教之类纯理性概念的部分，没有一定国学基础的人确实难以深入理解。《中庸》是孔门传授心法之书，笔者浅陋，以为简而言之，《中庸》的核心意思其实比较单纯，就在文章的第二段"仲尼曰：'君子中庸，小人反中庸；君子之中庸也，君子而时中；小人之中庸也，小人而无忌惮也。'"冯友兰先生认为这一段才是子思的原文，关键词就是"时中"——"君子之中庸也，君子而时中。"

"时中"，我们也可以粗浅地理解为"适中"，不要偏执、不要任性，君子要有所忌惮，不走极端。面对纷纭世事，面对苦难众生，既不能像庄子那样遁世而逃，也不能像墨子那样任侠而为。孔门的君子，要因地制宜、因时制宜、因势利导，既有心中的准则又有外在的方法。为什么君子要这样"中庸"呢？因为君子要行仁行义，担当社会责任，任重而道远。

这个因任重道远而"时中"，与其他三书的主旨是遥相呼应的。《论语》中曾子说："士不可不弘毅，任重而道远；仁以为己任，不亦重乎？

死而后已，不亦远乎？"曾子还有言："可以托六尺之孤，可以寄百里之命，临大节而不可夺也，君子人也。"《孟子》有言："富贵不能淫，贫贱不能移，威武不能屈，此之谓大丈夫。"《大学》有言："大学之道，在明明德，在亲民，在止于至善。"作为担当社会责任的君子，追求的目标是"四为"：为天地立心、为生民立命、为往圣继绝学、为万世开太平。这个目标太神圣了，任重道远，所以需要务本，需要修身，需要自强不息，需要厚德载物，需要时中、适中的中庸之道。在追求目标的过程中，读书人自己也成长了，成为胸怀天下的君子，成为顶天立地的大丈夫。

君子时中，君子适中，君子中庸，君子执两用中，过犹不及，有一点老子的"上善若水"的味道。但这个"时中"，是锲而不舍，最终以柔弱胜刚强。孔子也自认为克服了人生智慧上的四个大忌——勿意、勿必、勿固、勿我，不主观臆断、不执意强行、不固执己见、不唯我独尊。

《中庸》的其他部分，子思大段记录了孔子涉及中庸思想的语录。至于头尾两段，应该是后来的秦汉儒者对子思原文的阐发和引申，讲到命、性、道、教、明、诚这些概念之间的关系，这已经从子思原文的知性认识上升到了理性认识，有些唯心论和神秘主义倾向了。

如何达到"时中"的境界？子思特别强调读书人要"至诚"，要达到内外不分、人己不分的境界，这样便达到"时中"了，这个中庸之道，就接引天道了。这样的君子人格，不但能充分发挥自己的本能，也能充分发挥他人的本能，还能进一步充分发挥万物的本能，甚至可以帮助天地培育万物的生命。这样的君子人格就可以与天地并列为三了："唯天下至诚，为能尽其性；能尽其性，则能尽人之性；能尽人之性，则能尽物之性；能尽物之性，则可以赞天地之化育；可以赞天地之化育，则可以与天地参矣。"

要修炼这个"诚"，有两种途径，涉及天性和教化。《三字经》说得更明白："人之初，性本善，性相近，习相远，苟不教，性乃迁。"教育的作用就是让人回归天性，也就是佛家的明心见性、本来面目。达到至诚的君子，日常的外在表现就是行顾言，言顾行；不陵下，不援上；不怨天，不尤人。

教育、明理、至诚、内外不分、人己不分、时中、中庸，发挥万物本能、与天地同高，这是一条君子成长之路。

读《中庸》，读到这里就够了；酒香醇厚，只需浅尝。

小结

21世纪已经是经济富足的社会，大众已经不需要像两千多年前那样筚路蓝缕，不需要那么含辛茹苦、忍辱负重了，但儒家先贤们那种刚健有为的气概、那种诚恳的自身修为、穷则独善其身达则兼济天下的胸襟，是我们中华民族五千年源流不绝的宝贵精神财富。

儒家思想最初以周礼兴邦为圭臬，经过一代代先贤发扬光大，演化为"以天下为己任"的刚健有为之精神。中华民族从没有停止对民族兴旺的探索，从周礼兴邦到文教兴邦、到强兵兴邦、到德赛兴邦、到实业兴邦，刚健有为的精神一脉相承。学习国学，学习"四书"，学的就是这股刚健有为的精神，学的就是执两用中的人伦智慧。如果我们注意摈弃国学中有关权谋诈术、保守阴暗的糟粕，学习其精华，有了这份底蕴，再加上西方科学技术之征服自然的智慧，激发出创新意识，一切艰难险阻都不会难倒我们。在国与国竞争、公司与公司竞争、个人在组织中的竞争力方面，定会超越群雄，引领潮流，实现中华民族的伟大复兴。

熟读"四书"与"五经"，浩然之气藏于胸。

"天人合一"观念的流弊

中国传统文化中，有两个著名的"合一"，是大批文化学者、企业管理者、普罗大众所津津乐道的思想观念。一个是"知行合一"观念，一个是"天人合一"观念。依笔者看来，这两个"合一"，在思想层级上是不一样的，其科学性、合理性是需要甄别的。

"知行合一"是认识论与行为规范层面的观念，这个观念在中西方文化中都比较流行。"知行合一"观念是明代心学家王阳明首次提出的，他从主观唯心主义的角度去阐释"知行合一"：知行合一是人的本然状态，知中有行，行中有知；知是行的主意，行是知的功夫；知是行之始，行是知之成。王阳明宣扬知行合一的目的，是希望知和行被私欲隔断了的人，回复到本然的样子，一念发动就是行，要人们在恶念发动的时候就要在意识中把它击倒，使恶念无法在心中潜伏。西方辩证唯物论的认识论强调"理论与实践相结合""实践出真知"；现代管理学之父彼得·德鲁克强调"管理是一种实践，其本质不在于知，而在于行；其验证不在于逻辑，而在于成果"。这些阐述更符合现代人对于"知行合一"的理解。

应该说，无论是王阳明以心学体系所阐释的"知行合一"，还是辩证唯物论和德鲁克从认识论角度提出的"知行合一"，都是符合逻辑和常识的。

如果说"知行合一"属于认识论和行为规范层级的观念，那么"天人合一"便是世界观层面的观念。"天人合一"观念的核心意思是，人类的生理、伦理、政治等社会现象是自然界的直接反映，人和自然界本质上是相通的，人的一切行为应顺乎自然界大法则。这个观念的形成有两个主要渊源，一个是儒家思想，一个是道家思想。天人关系在儒家著作中论述很多，现按照时代顺序举出三个代表性论述。孔子在《易传》中提出"天行健，君子以自强不息"，希望人学习天的刚健有为；到了汉朝董仲舒那里，发挥出天人感应学说，使人和天的关系具有了一层神秘色彩；到了宋代朱熹那里，又进一步上升为天理之说，告诫人要完全膜拜天。天人关系在道家著作中，最典型的是老子在《道德经》中的论述："人法地，地法天，天法道，道法自然。"

但依笔者看来，这个"天人合一"的观念，在中国文化的传播过程中，是前后矛盾的，是含混不清的，值得我们商榷、求证的地方很多。值得商榷和求证的，主要有三点：什么是"天"？什么是"自然"？怎么样"合一"？

"天"，在中国文化的语境里，其实是包含两层意思的。一个意思是指主观精神上的天道、真理。当我们日常生活中遇到惊喜或者悲伤，会不由自主地喊出"天哪！"或"我的老天爷！"。这时候的天，实际上成了我们精神上的主宰，它相当于西方社会的上帝，西方人遇惊喜或者悲伤，会喊出"My God！"。天在中国文化语境中的另一个意思是指客观自然世界，是天地万物的代称。王安石倡导的"天变不足畏"与董仲舒叫喊的"天不变，道亦不变"，完全是两个"天"。前者指的是客观自然世界，后者说的是主观精神寄托。孔子在遭到学生质疑自己的思想动机时，喊出"天厌之，天厌之"的"天"，是精神主宰的意思，与他"天行健，君子以自强不息"中的"天"是完全不同的概念。朱熹要求"存天理，灭人欲"，这个"天"，也是精神上的主宰、天理的意思。今天很多人跟着喊"天人合一"这个口号的时候，其实并没有分清楚"天"的以上两个含义。

"自然"二字，最早见于老子的《道德经》："人法地，地法天，天法道，道法自然。"老子"道法自然"的本意，是说"道"以自身为法则，自自然然就是道，而不是今天大多数人曲解的"客观自然世界"。老子这里所谓的"天""地"，指称的反倒是今天所谓的"客观自然世界"，他希望人效法天地，向天地万物学习。可见，老子的彼"自然"非我们的此"自然"！

关于"合一"，按照上文对"天"和"自然"的剖析，笔者把它化繁为简，把天解释成"天道运行规律"，把自然解释成"客观自然世界"，这样一来，人类与它们的关系就很清楚了。人类想取得成功，就要追求与天道运行规律的一致——"天人合一"；人类想千秋万代，就要追求与客观自然世界的共存——人与自然和谐。

从老子和孔子号召人们向客观自然学习，到董仲舒歪曲成人的行为受客观自然的感应，再到朱熹规劝人们的思想行为回归到天理。老子、孔子大道至简的思想，被信徒们一路揣摩下来，竟变成了一锅"兔子的汤的汤"，味道全变了。客观自然世界的"天"，与主观精神主宰的"天"纠缠在一起，拧成了而今"天人合一"这个既似是而非又含混不清的所谓"中国文化精神"。

过度强调"天人合一"，其实阻碍了中国文化向经世致用方向的发展。

纵观中国文化发展史，"天行健，君子以自强不息；地势坤，君子以厚德载物"，古人从日月经天变化的天道中，悟出了"自强不息"的人道；从江河行地永恒的地道中，悟出了"厚德载物"的人道。可惜在初步体验、揣摩出这些对自然世界的宏观、笼统认识之后，便裹步不前，没有进一步探索自然现象背后的原因、细节和它们之间的联系，停留在了"知性认识"的程度，而没有上升到"理性认识"的高度。随后，便凭借这些对自然世界的粗浅认识，去直接指导人生和社会实践活动，把社会活动硬盖上自然规律的图章，符合自然就正确，不符合自然就错误，进而武断出"天人合一"的观念，一切以"天"为准绳，满是对自然世界的敬畏，不敢去改造和征服自然世界。于是，充沛的精力便集中在认识人的世界，"刚健有为"的人生价值观被错误地理解，仅限于去追求统领人民，造成中国文化中权谋学术发达、科学技术落后的局面，而科学技术落后，正是导致中国在近代被动挨打的根本原因。

反观西方文化发展史，地中海的惊涛骇浪，一方面引起古希腊人对超自然力量的畏惧和膜拜，另一方面也激发了他们征服自然的雄心。于是神学和科学分别产生，精神主宰与自然世界分开，敬畏神明的同时，人们积极去认识自然世界、征服自然世界。被称为西方科学之父的亚里士多德，早在公元前4世纪便写下了《物理学》以及动物史、气象学、矿物学等方面的著作；同一时期，欧几里德在研究几何学，阿基米德在研究浮力和杠杆原理。

在亚里士多德、欧几里德、阿基米德着迷于自然科学与自然哲学时，同时代的庄子在"逍遥游"，在安然于"曳尾于涂"，在辩论"子非鱼"。这些思辨和情感，虽然形象但不抽象，感性而不理性，模糊而不清晰，多解而不专精，零敲碎击而不成体系，没有逻辑分析。最典型的是庄子论"道"，有人问庄子什么是"道"，庄子告诉他："道在蝼蚁、在稊稗、在瓦甓、在屎溺。"这样的回答，少数聪明人也许会得到一些启发，但普通人听了一定是一头雾水。

在中国文化发展史上，宋代王安石曾经有过突破性思想和举措，著名的"三不足"是他为经济改革提出的理论依据——"天变不足畏，祖宗不足法，人言不足恤"。这个"天变不足畏"，按王安石的解释是，自然世界有它自己的变化，人类不能在自然世界面前无所作为；善于理财的人可以使"民不加赋而国用足"，即通过合理开源，不用剥夺老百姓的财富就能积累国家的财富，这就有了西方文化中征服自然、改造自然的科学精神。这个道理在今天从现代科学的视角来看是简单易懂的，但当时的传统派司马光却提出反驳理由：天地间物产总有个定数，不在民，便在官，你所谓善理财，无非是盘剥百姓罢了。一千年前的中国文化精英们，对自然世界的认识就是这么个水平！王安石这个中国历史上伟大的改革家一直为主流政治文化界所诟病，其中主要的一点，可能就是他捅破了这个"天"。

到了当代，中国文化吸收了西方科学技术理论。毛泽东发出"敢叫日月换新天"的豪言，才有了中国的工业革命，才有了"两弹一星"。邓小平提出"发展是硬道理"，再一次激发了中国人民运用科学技术改天换地的勇气，才有了今天的"民用足"和"国用足"。

笔者坚持"知行合一"观念，也不反对"天人合一"观念，但本文所要传达的是，我们应深入了解"天人合一"观念的内涵，如果不能正确理解"天人合一"观念，就会产生流弊，误己误人。

自然是自然，人生是人生！人既要热爱人的生命，也要热爱大自然，与大自然和谐共存。但和谐共存，并不是完全的"合一"，不能一味地顺乎自然。如果完全"天人合一"，完全顺乎自然，那就是生拉硬扯了。

正如企业内部需要和谐，但却不能"一言堂"；正如家庭需要和谐，但男女任何一方不能以低眉顺眼为代价；一言堂、低眉顺眼的结果一定是不和谐。

我行我述

观范曾大师书画展有感

  但凡评价一个人、一件事物，都要全面、深入和细致地观察，然后由表及里地分析思考，才可下初步的结论。我对范曾大师的评价，就没有遵照以上方法，犯了主观臆断和以偏概全的错误。我看到他在媒体上经常曝光，在很多地方题词和演讲，个人形象又器宇轩昂，喜欢做尺幅较大的画，四个方面的表面印象简单结合起来，就主观地认为范曾大师有哗众取宠之嫌。带着这个固有的印象，去看了大师的书画展，浏览了他的大部分重要作品，认真揣摩了各路名人对他的赞美之词，特别是了解了他的身世与经历，我不得不根本性地改变对大师的印象。

  原来大师的曝光、题词和演讲，无不发自于对弘扬中国文化的赤子之心；器宇轩昂的外表，实际上是"腹有诗书气自华"的自然体现；喜欢做大尺幅作品，那是胸有丘壑之后酣畅淋漓的抒怀。大师已经出版的众多思想、国学著作告诉我们，他已超出了一个书画大师的境界。季羡林老先生的评价非常到位："我认识范曾有一个三部曲：第一步认为他只是一个画家，第二步认为他是一个国学家，第三步认为他是一个思想家。"

  不得不承认，一个人的成功，除了天分和勤奋之外，也离不开他的经历与传承。范曾的家族可以上溯到北宋伟大的政治家范仲淹。范曾的诗书画和文章，点墨之中、撇捺之间，无处不在的是深切的家国情怀，这不就是范仲淹忧乐天下精神的余脉和延伸吗？刘凌沧、李苦禅、李可染等前辈大师的技法传授，令范曾的大写意人物画技法炉火纯青，所画人物灵动传神。

太史公司马迁在拜谒孔子故居后，在史记《孔子世家赞》中对孔子的品格发出由衷的赞叹："《诗》有之：'高山仰止，景行行止。'虽不能至，然心乡往之。"观范曾大师书画展，想象其为人，唯有借太史公这句赞词最为贴切。

我行我述

观李可染大师画展有感

　　李可染，江苏徐州人，生于1907年，卒于1989年；曾任中国美术家协会副主席、中国画研究院院长。李可染13岁开始学习中国山水画；青年专攻传统细笔山水；中年立志变革中国传统山水画风，注重写生；晚年用笔趋于老辣；擅长水墨山水、人物，尤其擅长画牛。

　　对于如何继承进而突破中国画的传统，可染大师青年时期就立志，"用最大功力打进去，用最大勇气打出来"，直到老年，仍在不断反思自己这"入网之鳞"是否能够挣脱传统之网。

　　"可贵者胆"和"所要者魂"，是大师中年已有成就后，请名家刻的两枚印章，表达突破自我、丰富作品的追求。

　　"七十始知己无知"和"白发学童"，是大师老年蔚然成大家之后，请名家刻的另两枚印章，已经到达浑然天成、不知道自己知道什么的化境。

　　"拙者巧之极，奇者正之华，不识相反相成之道，一味求拙求奇者不足以言艺也"，这已是老庄哲学与辩证法的语言，是对投机取巧、哗众取宠者的忠告。

　　笔者近年先后参观林风眠、黄永玉、韩美林、范曾、李可染几位大师的画展，也联想到苏东坡、郑板桥等古代巨匠的诗书画成就，深感中国画岂止是"画中有诗",更是画中有神、画中有道、画中有哲理。画坛巨匠最后都会悟透人生的哲理,成为通达之人,并将人生哲理融入画作之中,使之成为不朽之作!

我想,"用最大功力打进去,用最大勇气打出来",是做任何学问、做任何事业都需要有的铭心立志,舍此不会有底蕴,更不会有大格局。

"渔民之子,李白后人,中华庶民、齐黄之徒",追慕李白,推崇齐白石、黄宾虹,不忘初心,情系中华文化,这是大师给自己贴的标签。大师初习绘画,聪慧好学,老师评语"孺子可教,质素可染",并为之取学名"可染"。吾观大师画作,看大师语录,岂止"质素可染",大师艺术与人生成就可圈、可点、可敬、可悟!

第四辑　尚友千古

　　中华五千年文明史上，彪炳着许多仁人志士的事功、道德、文章。拉开历史的长镜头，加上沧海桑田的文化滤镜，历史人物的细枝末节逐渐隐去，人物轮廓更加清晰，人物的神韵和风骨更加鲜明，于是每个历史人物便自然有了自己的标签。神交古人，我们没有了时空的阻隔。

我行我述

尚友千古

谚语有云"远看女人近看花",细想,颇有些道理。百花争妍各占春,各有各的风韵,而无统一的评判标准,越是近看,越会发现它独特的好处。但看人,看女人,则有传统流传下来的相对比较一致的标准,表现在肤色、洁净、脸型、神韵、风骨等方面。近看,难免纠结于肤色、洁净、脸型方面的瑕疵,可说是人无完人;只有远看,才会聚焦于人的神韵与风骨。

拉开历史的长镜头,加上沧海桑田的文化滤镜,历史人物的细枝末节逐渐隐去,人物轮廓更加清晰,人物的神韵和风骨更加鲜明,于是每个历史人物便自然有了自己的标签。奸佞成为秦桧的标签,忠烈成为岳飞的标签,仁义成为孔子的标签,暴政成为嬴政的标签。有了标签,人物在其他方面林林总总的七情六欲、成败得失便逐渐淡化直至隐去。这样一来,今人便容易从历史人物中找到自己的楷模,引为神交的知己,与之神游,总比眼前的虚情假意、酒肉之交、利益之交更有意义。酒肉之交、利益之交,虽有切身享受,终不免肤浅和短暂。

是不是美玉,需要烧上三天看它热不热才能知道;有一种樟木,只有等到树苗长七年,才能分辨出来;传颂千古的周公,在他当政的一段时期,为流言所污而名声不好;大奸雄王莽,在篡夺西汉皇位之前,天下都称颂他的谦虚和忠诚。一个人的真伪善恶，只有经过时光潮水的冲刷，其本来面目才能显现。唐代大诗人白居易在其《放言》中，提醒我们如何评价一个历史人物——

放言

赠君一法决狐疑，不用钻龟与祝蓍。
试玉要烧三日满，辨材须待七年期。
周公恐惧流言日，王莽谦恭未篡时。
向使当初身便死，一生真伪复谁知？

历史是公正的，但历史需要时间，盖棺也未必能定论，这样我们才能理解明代大儒陈继儒为什么"尚友千古"，把经过历史检验的古人当朋友，向他们学习。陈继儒《小窗幽记》中有名句："混迹尘中，高视物外；陶情杯酒，寄兴篇咏；藏名一时，尚友千古。"

中华文明上下五千年，涌现出万千仁人志士、英雄豪杰！我近读杜预、刘禹锡、王安石、左宗棠、南怀瑾的故事与诗文，心生无限感慨。他们都不是同时代的第一人，但相较于被标签化的时代第一人，他们却更鲜明生动，更具独特的风采，于我自己，也更有亲切感。于是，我不免妄生神交之愿，心中把他们当成知己、友人，愿意对他们的道德、文章、事功，做我自己的解读。而那些被社会思潮所标签化的神圣，如孔孟、老庄、曾国藩、李白、杜甫、苏东坡等，反而有些不敢亲近，不敢造次。至于民国以降的多数英豪，因为历史的镜头不够久远，轮廓不够清晰，神韵和风骨尚待辨识，所以不敢妄自比拟和攀缘。

我行我述

乐天刘郎

又见秋风,又见树叶飘零,又见秋雨霖铃,在低沉的情绪中想起刘禹锡,顿觉豁然开朗。"自古逢秋悲寂寥,我言秋日胜春朝。晴空一鹤排云上,便引诗情到碧霄。"刘禹锡的这首《秋词》,一改人们因秋风秋雨而惆怅悲伤的传统,赋予秋天更为宽广的境界,并把这种境界上升到做人的态度上,用秋日晴空万里指引人生的美好和珍贵。

北宋周敦颐在《爱莲说》中写道:"晋陶渊明独爱菊。自李唐来,世人甚爱牡丹。予独爱莲之出淤泥而不染,濯清涟而不妖,中通外直,不蔓不枝,香远益清,亭亭净植,可远观而不可亵玩焉。"虽然是"萝卜青菜,各有所爱",但爱的缘由总是有的。这个缘由与审美对象的形态、气味、颜色有关,更与审美者个人的经历、境遇、学识有关。就唐诗而论,浪漫派、现实派、田园派、边塞派、咏史派各有所长,也各有众多粉丝。李白、杜甫、白居易是公认的三大代表,被列入"伟大诗人"之列,等而下之,还有"杰出诗人""著名诗人""诗人"等头衔。当然,到了屡遭外患的宋代,又多出了"爱国诗人"的称号。

在群星璀璨的唐宋诗人中,予独爱刘禹锡!诚然,论领导并形成诗词流派,刘禹锡比不上李白、苏轼、柳永;论对当世的影响,刘禹锡比不上杜甫、范仲淹、王安石;论存世作品的数量,刘禹锡比不上白居易、陆游。但论传世作品的深度、精度，尤其是对后世的启迪性，刘禹锡堪称屈指可数的"杰出诗人"。刘禹锡作品中散发出的乐天知命的达观精神，更是无出其右者。其诗文题材与体裁涉猎之广，堪称众体皆备。唱和诗、怀古诗、抒情诗、竹枝词、长短句、文章，各种体裁都有传唱至今的名篇。如果说杜诗是反映唐朝社会生活和矛盾的诗史，那么刘诗可以说是反映唐朝知识分子生活经历和人格历练的诗史。

刘禹锡，字梦得，洛阳人，生于公元772年，逝于公元842年，享年71岁（杜甫在他出生前两年去世；李白在他出生前10年去世；白居易与他同龄，比他晚逝4年；柳宗元小他1岁，比他早逝23年）。刘禹锡因随父避"安史之乱"，在浙江嘉兴度过少年时代，在较为安定的社会环境中获得了深厚的文化教养。他22岁登进士第，开始了波澜曲折的仕途生涯。

玄都观

刘禹锡30岁前后入仕首都长安。在长安期间，他参加了王叔文领导的政治革新运动，并成为核心人物。不久，改革失败，刘禹锡与柳宗元等8人被贬出长安，分任州府司马，史称"八司马"。唐代州府的司马是闲职，往往用来安置被贬的京官，没有职权，只给俸禄。

自此，刘禹锡开始了漫长的流放生活，先后两次被贬，共计23年。一个人的经历就是一个人的财富，挫折尤为可贵，它是性格的催化剂。刘禹锡愈挫愈勇，越窘迫越达观。

玄都观，是唐代著名的道观，以遍植桃树著名，春暖花开之际，首都长安的达官显贵争相来此踏青赏花。刘禹锡初次被贬10年后奉诏还京，游玄都观并作诗嘲讽新贵。

游玄都观

紫陌红尘拂面来，无人不道看花回。
玄都观里桃千树，尽是刘郎去后栽。

因作诗得罪了新贵，刘禹锡再次被贬出京城。又过了10多年，刘禹锡再次回到长安，皇帝换了，打击自己的权贵死了。再游玄都观，刘禹锡以胜利者的姿态痛快淋漓地抒发了自己不怕打击、坚持斗争的坚强意志。

再游玄都观

百亩庭中半是苔，桃花净尽菜花开。
种桃道士归何处，前度刘郎今又来。

压不垮的乐天刘郎！刘禹锡一生关心政治，热心改革，对黑暗腐朽的势力进行了无情揭露和讽刺。在宦海沉浮中，他体察民情，深刻思考，练就了不怕挫折、乐天知命的达观人格。这些深刻的思想反映在他的诗文当中，使他成为历史上的"杰出诗人"。

咏古鉴今

刘禹锡的诗歌现存800余首。与同时代大家相比，刘禹锡的诗歌没有韩愈那样的雄浑奇崛，也没有白居易那样的浅俗直露，而是字句优美，精炼含蓄，韵律自然，其中和朋友唱和、怀古咏史之作更是出类拔萃。

一首《石头城》，让好友白居易无奈搁笔，令后辈大文豪苏东坡自叹弗如，留给后世感叹和膜拜。前辈大诗人李白，曾在黄鹤楼上慨叹"此处有景道不得，崔颢题诗在上头"。我想，如果李白晚生一百年，见到刘禹锡的《石头城》，会不会再次受到伤害呢？

石头城

山围故国周遭在，潮打空城寂寞回。

淮水东边旧时月，夜深还过女墙来。

潮水依旧、月光依旧、女墙依旧，但人间却早已是沧海变桑田，物是而人非，金陵粉黛无影无踪，六朝繁华一去不返。人生意义何在？是江山永固，现世荣华？还是守住精神风骨？《石头城》让每位读者去思考。文学即人学，中国诗词即中国哲学。

刘禹锡是怀古咏史诗坛的盟主，我们不妨再欣赏一首——

西塞山怀古

王濬楼船下益州，金陵王气黯然收。

千寻铁锁沉江底，一片降幡出石头。

人世几回伤往事，山形依旧枕寒流。

今逢四海为家日，故垒萧萧芦荻秋。

我行我述

乐天知命

34岁那年，本该是刘禹锡春风得意、大展宏图的岁月，但政治无情，他被赶出了政治中心长安。同时代的另一位大文豪韩愈说："大凡物不得其平则鸣。"一同被贬的好友柳宗元，在贬居柳州期间的作品，无不托眼前之景，抒自身怨懑不平之情。的确，边疆生活，远离政治中心，不见故交好友，其苦闷可想而知。但智者随遇而安，我们并没有发现刘禹锡的作品有太多的怨言和牢骚，他是在历练、在思索、在体验、在生活，也许还乐在其中，独享到以前不曾有过的趣味。"牢骚太盛防肠断"，柳宗元终不免47岁早逝于柳州，而乐天刘郎终于等到胜利时刻，回到首都长安，重新走进政治中心。生于忧患，死于安乐，刘禹锡去世时71岁。

《秋词》是刘禹锡初次被贬朗州时（湖南常德）所作。人生的失意与秋天的肃杀交织在一起，引起多少文人墨客的悲叹，但乐天刘郎不肯人云亦云。

刘禹锡二次被贬连州刺史，又转任夔州刺史。在夔州期间，他没有因这种折腾和不公而消沉，而是对当地民歌深入研究，并把其朴素明快的风格吸收到自己的创作之中，其《竹枝词》《杨柳枝词》《浪淘沙词》内容丰富多彩，替朴素的民间唱词开辟出一个崭新的局面。

竹枝词二首

其一

杨柳青青江水平，闻郎江上踏歌声。
东边日出西边雨，道是无晴却有晴。

其二

楚水巴山江雨多，巴人能唱本乡歌。

今朝北客思归去，回入纥那披绿罗。

刘禹锡由夔州刺史再转任和州刺史，做《陋室铭》，抒发自己安贫乐道、洁身自好的人生抱持。

陋室铭

山不在高，有仙则名。水不在深，有龙则灵。斯是陋室，惟吾德馨。苔痕上阶绿，草色入帘青。谈笑有鸿儒，往来无白丁。可以调素琴，阅金经。无丝竹之乱耳，无案牍之劳形。南阳诸葛庐，西蜀子云亭。孔子云：何陋之有？

《陋室铭》是刘禹锡唯一一篇被收入《古文观止》的文章。篇幅极短，格局甚大，意境开阔，蕴意深远，像一首精美的哲理诗，有"孤篇压全唐"之气势。

最爱风流高格调

谈刘禹锡不能不联系到白居易，历史上并称他们为"刘白"。白居易和刘禹锡同岁，都是当时诗坛上叱咤风云的一流人物。

他们虽然彼此闻名但早期交集不多，直到两人都55岁时，才在返回长安途中的扬州意外相逢。同是天涯沦落人，一见如故，把酒言欢，白居易当场赋诗《醉赠刘二十八使君》。

醉赠刘二十八使君

为我引杯添酒饮,与君把箸击盘歌。

诗称国手徒为尔,命压人头不奈何。

举眼风光长寂寞,满朝官职独蹉跎。

亦知合被才名折,二十三年折太多。

白居易的诗中对政治不公的怨愤与对友人的同情溢于言表,可见其直率与坦诚,亦可见其对刘禹锡的敬重。刘禹锡看后,作了一首酬答诗,即著名的《酬乐天扬州初逢席上见赠》。

酬乐天扬州初逢席上见赠

巴山楚水凄凉地,二十三年弃置身。

怀旧空吟闻笛赋,到乡翻似烂柯人。

沉舟侧畔千帆过,病树前头万木春。

今日听君歌一曲,暂凭杯酒长精神。

刘诗也有慨叹,也有不平,但眼界更高,思想更达观,其中"沉舟""病树"一联,成为千古名句,传唱至今。在遣词造句与用典方面,刘诗凝练、顺畅、工整、精到,明显优于白诗;特别是意境上,刘诗豁达通彻、格调高昂,更是白诗无可比肩的。经过了二十多年巴山楚水的艰困生活,难道他真的是古井无波吗?当然不是,否则怎么会有"弃置身"的回首?天荒地远的僻壤,对于一个思想活跃、抱负远大的有识之士,是多么苦闷,但这些艰难困苦,在刘禹锡的意识里,已经是"俱往矣"。

第二次奉诏还京后,刘禹锡和白居易开始了频繁的诗文唱和。我们能看到的,一般是白居易写诗,刘禹锡唱和回赠,刘禹锡的诗词韵味越来越醇厚。在看了白居易的《咏老见示诗》之后,刘禹锡回赠《酬乐天咏老见示》。

酬乐天咏老见示

人谁不顾老,老去有谁怜。
身瘦带频减,发稀冠自偏。
废书缘惜眼,多灸为随年。
经事还谙事,阅人如阅川。
细思皆幸矣,下此便翛然。
莫道桑榆晚,为霞尚满天。

"莫道桑榆晚,为霞尚满天"一联,堪称歌颂夕阳红之绝唱。

白居易号乐天,刘禹锡号梦得,但论乐天知命,"乐天"之名号,刘禹锡亦当之无愧。让我们再一次体味他那些流传千古的名句吧——

旧时王谢堂前燕,飞入寻常百姓家。
沉舟侧畔千帆过,病树前头万木春。
芳林新叶催陈叶,流水前波让后波。
晴空一鹤排云上,便引诗情到碧霄。
玄都观里桃千树,尽是刘郎去后栽。
种桃道士归何处?前度刘郎今又来。
千淘万漉虽辛苦,吹尽狂沙始到金。
唯有牡丹真国色,花开时节动京城。

我行我述

东边日出西边雨，道是无晴却有晴。

行到中庭数花朵，蜻蜓飞上玉搔头。

山不在高，有仙则名；水不在深，有龙则灵。

……

千年毁誉王荆公

"熙宁变法"的前因后果

王安石,一个既熟悉而又陌生的名字。说熟悉,谁不知道"春风又绿江南岸,明月何时照我还"这千古佳句?略知中国历史的人,谁不知道北宋的"熙宁变法"?说陌生,几岁的蒙童都知道李白、杜甫、苏东坡、司马光、陆游,知道他们或豪迈、或机智、或赤诚,却未必知道王安石在诗文和人格上有何特点。思想界、文化界都热衷于推崇孔孟、老庄、王阳明和曾国藩,对王安石"熙宁变法"在中国历史上的意义,则莫衷一是。

王安石,生于公元1021年,卒于公元1086年,字介甫,号半山,江西临川人,北宋思想家、文学家、政治家、改革家,官至宰相,生前被封为荆国公,所以也多被后人称为"王荆公"。

北宋思想文化界人才济济,论年龄,范仲淹比他大32岁,欧阳修比他大14岁,周敦颐比他大4岁,司马光比他大2岁,张载比他大1岁;程颢比他小11岁,程颐比他小12岁,苏东坡比他小16岁,宋神宗则比他小27岁。

王安石46岁时,宋神宗即位,王安石任翰林学士,有机会与皇上问对。他力劝年轻的皇上做大有为之君，宋神宗被他打动，拔擢他为参知政事（副宰相），次年又升他为宰相，主导经济改革。他要借用宋神宗这面大旗，实现自己富国强兵的政治抱负。

宋神宗正式启用王安石时，王安石已经48岁了，算起来正是北宋王朝立国100年之际。我曾经有一个理论——大国的"百年之痒"，正如夫妻之间的"七年之痒"一样。一个朝代到了100年左右，由开国时的万象更新到承平日久，逐渐发酵出的各类社会矛盾、滋生出的各类腐败，往往会到达一个临界点，各类矛盾会集中爆发，造成社会动荡、国力衰退。如果当政者意识到这个问题，提前采取改革措施，也许就能解决这个矛盾，使社会再延续平稳发展的势头。秦国从商鞅变法成为大国差不多100多年后灭亡；如果把曹魏和西晋算作一个统治集团的话，到八王之乱也是100年；唐朝立国100多年发生安史之乱；元朝存活近100年而亡。

从北宋开国到王安石执政，正是"百年之痒"来临之时，一方面腐败滋生，另一方面人口增长到一个极限，全国人口由开国时的3200万激增到4700万，再加上西北战事也需要大量钱，可以说"熙宁变法"势在必行。

王安石的核心主张与追求

和历朝变法和改革的初衷一样，王安石变法的初衷也是为了富国强兵，改变北宋中期积贫积弱的局面，在此基础上，他要大宋的版图"恢复汉唐旧境"。为了实现这个总目标，王安石采取了一系列经济改革措施，推出农田水利法、青苗法、均输法等。

中国传统的政治习惯是武将关注开疆扩土，文官关注社会伦理。社会伦理就是上层建筑和生产关系，少有人关注生产力发展。其实生产力水平是决定生产关系的基础，更是决定上层建筑的基础，所以说，提高生产力水平是社会发展的根本。作为一位饱读诗书的大儒，王安石能够跳出儒家士大夫传统思想的窠臼，解放思想，力主发展生产力，向大自然要财富，这种主张在1000年前的欧洲不稀奇，因为他们有通过科学技术征服大自然的文化传承，但在"道法自然""天人合一"思想根深蒂固的中国官僚体系，真是破天荒的。

王安石之所以能有这种破天荒的思想，自有其思想发展脉络可循。王安石出身于基层干部家庭，从小随家庭迁移多地生活，见识广博；受知识分子家庭熏陶，学问扎实；顺利考取进士，26岁做知县；根据自己的意愿，长期在地方做实务，增长了才干，喜欢调查访问，不愿过早跻身中央朝堂。因此，他对北宋政治、经济、百姓的认识，远远超出同时代的士大夫，这为他后来进行经济改革奠定了实践基础。

王安石变法的核心理论是，"因天下之力以生天下之财，取天下之财以供天下之费"，即通过人的努力向大自然讨取更多财富。从现代科学的角度看，这是多么合理的逻辑！而王安石的顽固反对者司马光，反对王安石变法的核心思想是，"天地所生，财货万物，止有此数，不在民间，则在公家"。千年之后的我们，无论如何也无法理解，能写出《资治通鉴》这部深刻历史巨著的思想家，竟然对现实经济生活存在这样的误解，面对社会现实竟然发出如此颠颇的愚论！司马光们看得懂历史，看不见现实！流传至今的王安石的"三不足"——天变不足畏、祖宗不足法、人言不足恤，据说是他的反对者为他罗织的罪名，是用来到皇上面前告状的。但这恰恰总结出了王安石思想的精髓，体现了这位伟大改革者的远见和魄力。他要用"天变不足畏"的观点去破除人们对天人感应学说的迷信；用"祖宗不足法"的观点去解除一些传统思想和陈规陋习对人们头脑的禁锢；用"人言不足恤"的观点去排除来自各方面的浅薄之论。

熙宁变法失败与王安石官场失意的根源

熙宁变法失败和王安石官场失意的根源是多方面的。其一是王安石在中央的时间太短，没有培植党羽，变法在朝廷和州县没有从组织方面和宣传方面做足功课。其二是急功近利，新法一股脑推出，而且数度更改。其三是所用之人品德不足，如他的主要助手吕惠卿等。其四是反对者力量太大，他的举措被污名为"聚财在国，贫乏在民"，他的核心思想被保守派总结为"三不足"，在当时的思想界太刺耳。其五是宋神宗的思想反复和随着年龄的增长想要独断朝纲。

王安石变法的失败，败在没有官僚体制的基础，没有来得及深耕各级政府官僚的网络，得不到地方官僚的配合。经济改革一定会触及既得利益者的"奶酪"，因此需要在思想上、组织上、行政上做长期的准备，这也是他长期做地方官而没有及早去中央任职的副作用。

王安石变法的失败，败在他的同道者兼后台"老板"宋神宗身上。宋神宗与王安石在思想、学问、眼光等方面，一个是学生水平，一个是老师水平，而绝对权力却掌握在学生手里。公元1068年开始变法时，王安石47岁，宋神宗只有20岁，虽有大有作为的志向，为王安石变法图强的计划所折服，但年轻人的思想和意志品质尚不稳定，在朝廷元老重臣们的反对意见面前，对王安石的信任反复不定，正所谓"易反易覆小人心"。王安石两次被罢相,第一次是因为遇到旱灾,顽固派以腐朽的"天人感应"论迁怒于王安石,宋神宗亮出红灯;第二次是因双方对待西夏政权的策略不同,而深层的根源却是宋神宗和王安石的君臣联盟发生了质变。王安石二度被罢相时宋神宗已经28岁,有一定的历练并形成了自己的主见,对待王安石不再像变法开始时那样言听计从,而是要"正君臣之分""我的地盘我做主"。

王安石二度被"罢相",严格说应该叫"辞相",虽然遭宋神宗"罢相",但新法在神宗朝一直执行,可见新法是有成效的,并不似反对者所危言耸听的那样。有宋神宗在位,王安石虽然辞相但新法照行;待宋神宗37岁逝世,太皇太后当政启用司马光后,一时间新法皆废。

梁启超认为王安石的新法是"不得时",如果放在清末民初的中国,应该会有完美的结果。其实,何止是"不得时",王安石也是"不得人"——失败于"老板"和"助手","不得势"——失败于没有建立官僚集团的组织网络,"不得命"——宋神宗英年早逝。

如果从变法成效立竿见影、府库充盈来看,从王安石辞相后他的新法仍在执行来看,从500年后张居正万历新政吸收王安石新法精髓的角度来看,熙宁变法是成功的。只不过在王安石辞相、宋神宗去世后,在"司马光们"不分是非地疯狂反扑之下,新法被破坏。凝结一个能工巧匠一辈子心血的工艺品,一秒钟就能被毁掉。

随着宋神宗去世,王安石"恢复汉唐旧境"的宏图也化为泡影,从此以后两宋的200年,再无人敢有此宏愿,只有不断被党项人、契丹人、女真人、蒙古人轮番追打的窘境,直至陆秀夫崖山背着少帝跳海。宋亡之后,汉民族很长时间再无睥睨天下的精神,以至出现"宋亡之后无中国"的激愤之论。

137

王安石与司马光们

与王安石同时代的思想家张载（世称横渠先生），对士大夫的追求有一个精炼的概括——横渠四句："为天地立心，为生民立命，为往圣继绝学，为万世开太平。"如果说，司马光、二程、朱熹他们的追求侧重于"为天地立心，为往圣继绝学"，那王安石的追求，则是侧重于"为生民立命，为万世开太平"。王安石追求的目标，比前者更具人本精神。

主政官要做事，谏官不让做事，古今如此。王安石要变法图强、富国强兵，保守派秉持无为而治、天人感应。一方立志富国强兵，吞并西夏、恢复汉唐旧境；一方想苟且偷生，维持脆弱的和平。

保守派的主将是司马光。司马光秉承传统士大夫精神中保守的一面，只重视生产关系，谈义理；而王安石能够跳出传统士大夫的局限，不但关注生产关系，更关注生产力的发展，谈义也谈利。谈利，就抓住了已到"百年之痒"的熙宁年间的主要矛盾。

王安石与司马光都是大学问家，互相也尊重对方的人品，但在政见上却水火不容，命运上互为克星。司马光比王安石大两岁，而两人离世却意外地在同一年，王安石逝世不到半年，司马光相随而去，大概是到阴曹地府争执去了。想司马光写《资治通鉴》，对历史的洞察力无人可及，但令人不解的是，他对现实政治的治理却糊涂透顶。

正所谓"修史两司马"——司马迁与司马光，"事功两安石"——谢安石与王安石。

木秀于林，风必摧之，反对者将一切污泥浊水都倾泻到对手那里。王安石这样一位伟大的改革家、伟大的先知、难得的清官，长期遭受中国传统政治的贬低，一些人甚至把北宋灭亡归为王安石变法。这个罪名，与他的一干反对者分不开，如司马光、苏东坡，后世的杨时、朱熹、王夫之等；更是因为《宋史》的误导。

《宋史》的总编撰是宋朝的埋葬者——元朝丞相脱脱。当年的蒙古人对华夏文明的理解还很肤浅，再加上对前朝历史的偏见，脱脱对宋代人物的评判是难以公允的，更谈不上深刻。《宋史》否定王安石变法，而且不分青红皂白地把它的主要助手吕惠卿、章惇等人列入《奸臣传》，明清两朝竟然一直沿用《宋史》中的这种评价。直到晚清，梁启超提出质疑，他从中西方文明对比的角度，盛赞王安石，称其为"三代以下唯一完人"。

北宋的灭亡，如果查找大的历史原因，是历史发展的周期律使然，是北方游牧民族知识进步使然，更是五代石敬瑭献出燕云十六州使然。

王安石与张居正

熙宁变法500年后的"万历新政"，在明朝首辅张居正的推动下取得成功。对比王安石改革，张居正改革成功的一个不能忽视的因素是权力和组织力的强大。张居正推动新政时，已经在中央权力中枢浸淫多年，人脉根基牢固，官场手腕圆熟；而王安石变法失败的一个主要原因，就是没有培植出中央和地方的组织力。王安石与张居正，都是学问渊博、刚健有为、勇于任事、辩才无碍、廉洁自持的旷世贤才；他们分别辅佐的两位皇帝，也巧合地都被尊为"神宗"——宋神宗和明神宗，两位神宗，也都是立志有为的年轻皇帝。更巧的是，推行新政时，王安石和张居正都是48岁。

不当家不知柴米贵，王安石和张居正执政时，都面临着国库亏空、民用不足的窘境，一方面腐败滋生，另一方面人口增长到一个极限。王安石变法时，全国人口由宋朝开国时的3200万激增到4700万；张居正变法时，全国人口由明朝开国时的6500万激增到1.3亿。当家三年狗都嫌，他们的变法改革必定会触动一些人、一些阶级的利益，必然会遭受到强大的抵触和舆论反击。著名作家吴思在其《潜规则》一书中有一个命题——淘汰清官是中国传统官场潜规则之一。按照吴思这个规则去反顾历史，我们就会看到，变法的主导者很少有善终的。

商鞅变法成功，使秦国睥睨群雄，但商鞅自身却落得个五马分尸的下场；李斯变法成功，使天下实现书同文、车同轨，自己却被腰斩于市；近代谭嗣同"戊戌变法"失败，被反对派砍头，践行了他"因变法而流血，请自嗣同始"的壮志；张居正变法成功，但身后被抄家灭族。唯独王安石，他的经济改革失败了，但他自己却得以善终，而且生前被封为"荆公"，身后被谥为"文公"，其诗文也流传千古。

诗文贯千古

"言为心声"，要进一步了解王安石的品德、志向、情怀，体会他思想的深邃，不如让我们诵读一下他的诗文名句吧！

京口瓜洲一水间，钟山只隔数重山。春风又绿江南岸，明月何时照我还。

爆竹声中一岁除，春风送暖入屠苏。千门万户曈曈日，总把新桃换旧符。

一水护田将绿绕，两山排闼送青来。

墙角数枝梅，凌寒独自开。遥知不是雪，为有暗香来。

一陂春水绕花身，花影妖娆各占春。纵被春风吹作雪，绝胜南陌碾成尘。

飞来山上千寻塔，闻说鸡鸣见日升。不畏浮云遮望眼，自缘身在最高层。

看似寻常最奇崛，成如容易却艰辛。

糟粕所传非粹美，丹青难写是精神。

百战疲劳壮士哀，中原一败势难回。江东子弟今虽在，肯与君王卷土来。

世之奇伟、瑰怪、非常之观，常在于险远，而人之所罕至焉，故非有志者不能至也。

世皆称孟尝君能得士，士以故归之，而卒赖其力，以脱于虎豹之秦。嗟乎！孟尝君特鸡鸣狗盗之雄耳，岂足以言得士？不然，擅齐之强，得一士焉，宜可以南面而制秦，尚何取鸡鸣狗盗之力哉？夫鸡鸣狗盗之出其门，此士之所以不至也。

王安石，实乃中国历史上屈指可数的大人物，是中国知识分子立德、立功、立言"三不朽"的典范。我个人认为，按三不朽的标准衡量，王安石与清代的曾国藩难分伯仲，甚至可以说，王安石超越了曾国藩。曾国藩立大功于一时，立万言于万世，但从民族气节和人格赤诚的角度看，其立德的层次可能要大打折扣，可以说曾国藩是言过其功，功过其德。而王安石在千年前变法的思想精髓，越来越被崇尚现代经济与科学理论的我们所认同。他虽无曾国藩的系统思想著述，但其赤诚、简朴、坚忍、豁达的人格，千年以后的我们仍感钦敬和拜服，所以说，王安石是德过其功,功过其言。

有缺点的战士终究是战士,完美的苍蝇终究是苍蝇!历经一千年的毁誉褒贬,王安石刚健有为的人格及其富国强兵的变法精神,就像拂去泥沙的明珠,重新显现出耀眼的光华。

文韬武略杜武库

西晋灭吴之战，是一台波澜壮阔的大戏，台前幕后、战前战中战后、正派反派、文戏武戏，异彩纷呈。西晋军以摧枯拉朽之势进攻，东吴军土崩瓦解，长江流域几千里的战事，短短4个月内定分晓。晋灭吴之战是华夏大地自秦末战争之后400年来的又一次统一战争。战局发展的速度，超出攻方的预判，更超出守方的意料，何也？志也！气也！

晋武帝司马炎志存高远，儒帅杜预文韬武略，老将王濬多谋善战，明主、智臣、能将，西晋上下意志坚如磐石。反观割据江东数代的东吴，主暗、臣谄、将庸，在西晋六路大军势如破竹的压迫之下，满朝文武方寸大乱，忽啦啦大厦顿倾。唐代刘禹锡感叹："王濬楼船下益州，金陵王气黯然收。千寻铁锁沉江底，一片降幡出石头。"

《孙子兵法》告诉我们，战争双方的胜负不是偶然的，战前分析双方的"五事七计"，战争的胜负也就了然于胸了。何谓"五事"？道、天、地、将、法之谓也。何谓"七计"？主孰有道？将孰有能？天地孰得？法令孰行？兵将孰众？士卒孰练？赏罚孰明？

毋庸置疑，舞台的主角是王濬。但笔者要提醒观众的一点是，西晋灭吴之战的关键人物是杜预！事前的编剧羊祜、事后的剧评司马光，也都提醒过观众这一点。有了杜预的攻取江陵，王濬的益州水师沿江而下才没有了关卡;有了杜预过江后扫掠湖南两广,特别是对属下王濬的一番激励,王濬才鼓起勇气,顺江而下,一鼓作气直捣东吴老巢金陵。杜预的原话是:"足下既摧其西藩,便当径取建业(金陵),讨累世之逋寇,释吴人于涂炭,振旅还都,亦旷世一事也!"听听,哪一个男子汉闻听此言,不血脉偾张,豪气干云!

相比于节制王濬的另一统帅王浑"守贼百日,而令他人得之"的狭隘,杜预这种"成功不必在我"的境界不知高过几重天。难怪王濬面对皇帝的责备时,能做出大义凛然的回答:"苟利社稷,死生以之!"身临大义,无暇顾及个人得失。1000多年后的林则徐,应该是看过司马光《资治通鉴》中的这一篇,才立下"苟利国家生死以,岂因祸福趋避之"的宏愿吧。被誉为"中兴名臣"的左宗棠,便是以林则徐这句名言为座右铭,在晚清风雨飘摇的危局中,不避个人毁誉,以年近古稀之年收复被沙俄等外部势力窃取的新疆。

"自立立人,自达达人",杜预做到了。灭吴之后,杜预和王濬都封了侯,惠及子孙数代。唐代大诗人杜甫、杜牧,都是杜预的后人。

杜预、王安石、左宗棠等人的文韬武略源自他们的所学所为,他们的所学均不限于经学,他们都重视"经世致用"之学。读经之外,他们都重视数学、历法、农业、水利、技艺、地理、军事等等,既能著书立说,又能谋篇布局,还能为生民立命。

杜预几乎没有什么武艺,骑射工夫很差,但他懂兵法、懂地理、懂人心,博学多通,他的知识库中无所不有,被时人誉为"杜武库"。即使在年轻时主帅钟会谋反,钟会及其部属几乎全部被曹魏政权杀害的黑暗时刻,杜预仍能凭机智化险为夷。功成名就之后,杜预尤其懂得示弱守强,他总结为"强者守弱,使强者恒强;弱者守弱,可由弱变强"。

他身体力行的"宠不树敌",使他在功高盖世之后,仍不时维护京城的大小官僚。杜预,不愧为文韬武略的"杜武库",不愧是宋代之前同时配享文庙和武庙的唯一贤人。

五百年来第一人

在火车上一口气读完《左宗棠传》，其中"年近七旬收复新疆"一章，读罢令人平添一股英雄气概，壮人胆魄！

同代人曾国藩评价左宗棠："识量宏远、思虑精专、勇于任事"，真是恰如其分。近代大思想家梁启超更是称赞左宗棠为"五百年以来的第一伟人"。以梁启超眼界之孤高，何以对左宗棠有如此高的评价？从左宗棠去世的1885年往前推算五百年，是大明王朝建国之初。这五百年下来，圣贤英雄、仁人志士不计其数，明成祖朱棣、王阳明、王夫之、张居正、戚继光、于谦、李自成、努尔哈赤、康熙、曾国藩、洪秀全，哪一位不是叱咤风云、改变历史的大人物？

怎么看，左宗棠都是一个非典型的政治人物。以他后来展现出来的才学机智，年轻时三次参加会试居然都没能考取进士，实在是匪夷所思。在科举制度下的传统政治体制中，不是皇亲国戚，没有进士及第，能够出将入相的几乎没有，而左宗棠竟能以举人的身份成长为封疆大吏、国家柱石，以一人之力独撑晚清危局二十年，使中华民族在列强环伺当中没有彻底沦为殖民地，这何止是五百年来第一人？就算是千古以来，也是屈指可数的大人物。

英雄造时势，还是时势造英雄？抑或是时势与英雄相辅相成吧！左宗棠73年的一生，正是保守自闭的清王朝与受工业革命洗礼的西方列强之间剧烈对撞的时代。西方列强通过工业革命实现以机器代替人和畜力，倡导的是科学技术，强调马力和速度。而此时的中国，还封闭在传统的农耕文明中不能自拔。幸运的是，左宗棠三试不中，便断绝了通过读书来做官的念头，转而钻研经世致用的学问，军事、农业、地理、历法等等。左宗棠这些经世致用的学问，恰巧在晚清危局中发挥了关键作用，此为"时势造英雄"。

左宗棠一生历经五帝（嘉庆、道光、咸丰、同治、光绪），建功于咸丰、同治、光绪三帝。他40岁出任湖南巡抚的幕僚，50岁做封疆大吏，63岁督办新疆事务，之后用五年时间收复新疆，最后五年独撑东南危局，力推新疆和台湾建省。"系天下安危者二十年，壮中华威名于九万里"，此为"英雄造时势"。

谈左宗棠，有几个人物是无法绕开的：林则徐、曾国藩、胡雪岩、刘锦棠、李鸿章、慈禧；当然还有他的对手太平军、捻军、回民军、阿古柏匪帮、沙俄。左宗棠是湖南人，但他后半生念兹在兹的，却是新疆和福建，一个西北，一个东南，西北陆防与东南海防，是晚清两个致命的软肋。

左宗棠出仕之前，有幸遇到前辈林则徐，并与之相谈甚欢，临别时林公手书一联相赠："苟利国家生死以，岂因祸福避趋之。"其实，早在左宗棠青年困顿之时，他便写过一副对联以自励："身无半亩，心忧天下；读破万卷，神交古人。"两人的两副对联，精神气度如出一辙。春风春雨不发无根之苗，前辈的期许激活了左宗棠内心的情愫与志向，此后，浓烈的家国情怀，便成了他毕生进退、荣辱的指南针。年龄相差27岁的他们，此次会面后便成了忘年交。此次会面又像是一次薪火相继的引燃。第二年，林则徐便撒手人寰，相信他走得安详，他会因有左宗棠这个衣钵传人而含笑九泉。左宗棠与林则徐同气相求，即使林则徐去世后，这股义气仍然互相交融。林则徐是福州人，而福州也成为左宗棠彪炳青史浓墨重彩的一笔。左宗棠创办的福州马尾造船厂，是中国第一家机器造船厂，他选用的德才兼备的船政大臣沈葆桢，是林则徐的女婿。左宗棠在福州创立船厂、筹划在台湾设省、抗击法军，最后病故在福州，应是就近和林则徐再一次相会去了。人和人之间真的有磁场吗？

比左宗棠年长一岁的湖南同乡曾国藩，走的是传统政治人物的科举做官之路。他大器早成，持盈保泰，被当今社会标榜为道德、文章、事功并举的儒家圣贤，《曾国藩家书》《冰鉴》《挺经》在今日读者中广为流传。曾左两人是在洪秀全的太平军攻掠湖南的危急时刻开始合作的，那时的曾国藩已经是朝廷的二品大员，在老家为母亲守孝的曾国藩被朝廷指派，火速募集乡勇以对付太平军。此时，左宗棠刚刚任湖南巡抚的幕僚，身份低微。人说"怀才就像怀孕一样，时间长了总会被人看出来"，左宗棠的见识与谋略被曾国藩极度欣赏，于是，左帮曾，曾荐左，相辅相成，而后曾左协力打败太平军。左宗棠大器晚成不但有才气，更有傲气，心里还是不服曾国藩的，这种"既生瑜何生亮"的瑜亮情结，在之后与曾国藩同朝称臣时始终存在。两人言行上时有互相掣肘，这一点为慈禧太后所利用。

左宗棠一生辉煌的顶点，当属收复新疆一役。他的得力下属杨昌浚对他在陕甘和新疆的功业，描述得最为生动："大将筹边尚未还，湖湘子弟满天山。新栽杨柳三千里，引得春风渡玉关。"

收复新疆一役，左宗棠的两条策略深得兵法之要。其一是"先整军、募钱粮、再打仗"，充分体现了《孙子兵法》中"胜兵先胜而后求战"

的战略原则。其二是"先北后南、缓进急战",完全诠释了《孙子兵法》中"知己知彼,胜乃不殆;知天知地,胜乃可全"的战术原则。伟大的力量是因伟大的志向产生的。曾子讲"士不可不弘毅,任重而道远",曹孟德讲"烈士暮年,壮心不已",陆放翁讲"夜阑卧听风吹雨,铁马冰河入梦来",林则徐讲"苟利国家生死以,岂因祸福避趋之",左宗棠讲"身无半亩,心忧天下",浓烈的家国情怀,两千多年下来一脉相承。收复新疆一役,六十多岁的左宗棠,自知会受尽苦楚却仍当仁不让,就是这股英雄气使然。他在家书中曾表达自己当时的心境:"西事艰阻万分,人人望而却步,我独一人承当,亦是欲受尽苦楚,留点福泽与子孙,留点榜样在人世。"这番话,大有地藏菩萨"我不下地狱谁下地狱"的襟怀。左公年近七旬时亲赴新疆,准备进取伊犁时,让士兵抬着他的棺材出征,白发与黑棺相映,展现出他义无反顾、马革裹尸的决心。收复新疆之后,左宗棠力主在新疆设省,以屏蔽外敌环伺,增强新疆与中央的联系,又一次展现出他的雄才大略与高瞻远瞩。可以说,左宗棠捍卫边疆之功,远超班超、李世民。

鲁迅先生说:"我们自古以来,就有埋头苦干的人,有拼命硬干的人,有为民请命的人,有舍身求法的人,他们是中国的脊梁。"左宗棠,堪称中华民族大一统国家的民族英雄!今天的河西走廊,一行行低垂的"左公柳",依然默默讲述着他的盖世功德。

《左宗棠传》

我行我述

经史合参渡迷津

经史合参，这是南怀瑾大师区别于学院派，研究和传播中国文化的最大特色。在他热销的《论语别裁》《孟子旁通》《大学微言》《老子他说》《列子臆说》《易经杂说》中，生动的历史故事与枯燥的经典思想相辅相成，使读者在深入浅出的解读中了解、思考和感悟中国的历史文化和人生智慧。

历史是什么？学习历史又是为了什么？南师认为，前人写历史要传达的不外乎两个方面的内容，一个是历史人物，一个是历史事件。我们后人研究历史也有两个角度，一个是从后世的社会思潮、生活习惯去评判历史人物当时的功过得失，这样读历史，主观性较强；另一个是站在当时的社会环境中去研究它，总结前人做人做事的经验，作为后世的参考，这样读历史，客观性较强。宋代司马光的《资治通鉴》就是从后一个研究历史的角度来写的。

南师认为"立身不可不修道德，应事不可不具权谋"，对以上提到的"经史子集"经典著作的独到解读，能帮助我们提高道德的修为。而南师另一本《历史的经验》，则是对古代主要谋略著作与历史故事的解构，我把它称为"小资治通鉴"和"资治宝鉴"，我自己曾经把它作为手边书，不时翻阅，获益匪浅。

我们学习历史是为了从历史人物的经权互动与历史事件的因果关系中，找出社会与人生的变化规律，为我们今生面临的问题找到答案。历史的车轮滚滚向前，但人类的根本道德与情操是一脉相承的，只不过人们因各自的修养学识不同，对周围事物的认识程度各异。一句"风月无今古，情怀自浅深"，道破了社会、人生的真谛。

在《历史的经验》中，南师结合唐代赵蕤的《长短经》，对中国文化标榜的仁、义、礼、乐、名、法、刑、赏，做了辩证的阐述。仁爱的弊端是偏私，仗义的过分是徇私，循礼的反面是惰慢，音乐的弊端是颓废，声名的弊端是被诋毁，法条越多越容易被钻空子，刑罚容易被滥用，奖赏也会引起争功。南师举出大量的历史典故，告诉我们要从正反两方面把握这些思想与政策的尺度，在正面引导的同时，要防止引起反面的弊端。仁、义、礼、乐、名、法、刑、赏等，这些思想是历朝历代都标榜的，并不是只有盛世才提倡，衰世的人就不懂了。每一个思想、每一个政策、每一个办法，都有历史的传承，运用之妙在于人，用的时间空间不恰当，就会变成害处。

在《历史的经验》中，南师对《长短经》中提到的正臣与反臣，做了独到的阐述，这对于今天的政商两界的领导，具有普遍的指导意义。笔者对照正臣反臣共十二等的分野，罗列出历史上的一些代表人物，详见下表。

以笔者的看法，在今天的现实中，这十二等人的分布是呈现正态分布的，绝大部分人分布在第五、第六、第七、第八等。我们的教育、修养、宣导、规章、法纪等手段，目的应该是努力让第五等、第六等人多一些，让第七等、第八等人少一些。潜移默化，这个社会就是良性的，就会放大正能量。

我行我述

正臣反臣对照表					
正臣	第一等	圣臣	学问修养可做帝王师	伊尹、姜子牙、周公
	第二等	大臣	规劝上级的思想和行为	管仲、张良、诸葛亮
	第三等	忠臣	以自己的经验尽心辅佐上级	杜如晦、张居正、左宗棠
	第四等	智臣	识量宏远，消除隐患，转祸为福	主父偃、曾国藩
	第五等	贞臣	清正廉洁，坚持原则	魏徵、包拯、王安石
	第六等	直臣	仗义执言，铁面无私	晁错、寇准
反臣	第七等	具臣	随波逐流，尸位素餐	（不胜枚举）
	第八等	谀臣	看脸色，拍马屁	李世勣、杨国忠
	第九等	奸臣	阳奉阴违，巧言令色	李义府、许敬宗
	第十等	谗臣	挑拨离间，迫害贤良	秦桧、严嵩
	第十一等	贼臣	结党营私，逆我者亡	王莽、董卓
	第十二等	亡国之臣	诱导上级走向覆亡之路	赵高、袁世凯

在《历史的经验》中，南师特别用曾子"用师者王，用友者霸，用徒者亡"这三句话，告诫做领导者要有大气度、大格局。领导者把贤能之人当作老师言听计从，就可成就王道，南师举出周武王尊姜子牙、商汤尊伊尹的故事；领导者把贤能之人当作朋友半听半从，可成就霸业，南师举出齐桓公与管仲、刘备与诸葛亮的故事；领导者把贤能之人当作奴仆不听建议，事业就会败亡，我们都知道，项羽不重用范增导致乌江自刎，袁绍不听田丰意见导致官渡之战失败；领导者喜欢重用尸位素餐、阿谀奉承的人，事业也会败亡，太平天国重用一干洪姓王爷，导致文臣武将离心离德而短命消亡。

在《历史的经验》中，南师对《战国策》中苏秦张仪的故事做了大量铺陈。苏秦张仪两同学，在战国七雄中合纵连横，摆布中国历史二三十年。他们的出发点，不是天下苍生，也没有中心思想，而只是个人的功名利禄，是为了取他们的钱财，得他们的官位。头悬梁锥刺股、前倨后恭、三寸不烂之舌等故事，彰显了他们为个人目的而奋斗的自私。

"玩弄刀枪者，必死于刀枪之下"，苏秦一辈子玩弄权谋，最后也是死于自己的权谋之下。同时代的孟轲，为了天下苍生，不厌其烦地向各国诸侯推销"仁政"，同时始终保持他"贫贱不能移，富贵不能淫，威武不能屈"的大丈夫"浩然之气"。同时代的庄周，看惯了统治者的残暴贪婪，不愿同流合污，宁愿保有乡野间"曳尾于涂"的自由身，也不做庙堂之上尸位素餐的恶政帮凶。

"卑鄙是卑鄙者的通行证，高尚是高尚者的墓志铭。"我们把为天下苍生而殚精竭虑的思想家，尊称为老子、孔子、孟子、庄子、墨子；把为富国强兵而舍生忘死的实践家尊称为商君；对于为了个人功名利禄而不择手段的政客，只能直呼其名为苏秦、张仪、李斯。

在《历史的经验》中，讲到儒释道"三家店"时，南大师有个贴切的比喻：儒家好比粮店，为百姓提供每日口粮；佛家是百货店，有钱有闲可以去逛逛；道家是药店，无事不必登门。经过几千年的融合，儒释道三家已经互相渗透、同化，已经"三教一体"了。我把中国文化比喻为大卖场，粮食、医药、百货，一站式购物。

读南师著作，笔者归纳并牢记了"三个三"：做事有三宝，内用黄老，外示儒术，落实于韩非；统御讲三要，以正理国，以奇用兵，以无为取天下；用人有三等，用师者王，用友者霸，用徒者亡。这是南师传授的历史经验的精髓，更是中华文化博大精深的秘诀！

"旧时王谢堂前燕，飞入寻常百姓家。"南师讲解国学经典时，经纶三教，经史合参，他对经典的解读，并没有过多地讲述章句考据，而是结合历史故事加以阐释道理，深入浅出，饶有趣味，让国学走进了普通人的世界。因为是给普通人看的，浅显易读，难免不合学院派的规矩，所以，南师自谦为"别裁""他说""旁通""臆说"等。我想，历史、经典本来都是死东西，今人挖掘它的意义何在？其实就在于借助历史和经典，给今人提炼处事的经验。所以，讲解历史和经典，不在于严丝合缝、字斟句酌，而在于触类旁通、融会贯通。正如星云大师致力于把佛学普及民间一样，南师致力于把国学普及民间，其功德是无量的。

有些学者批评南师不重视考据，没有老老实实地还原历史，有太多自己的创意主张。在我看来，指责南师不懂国学的人，恐怕才是真的不懂国学，不懂国学对今人的存在价值。这样的书呆子、书橱、学究，哪一位能超过南师对当今社会风气的影响呢？

南怀瑾大师有诗句"一生志业在天心"，志在现世的功德。南师求学、从军、执教、参佛、治学、经商、讲学、著述，遍览经史子集，著作等身。南怀瑾大师刚柔相济，能文能武，笔者曾经在纪录片中看到他耄耋之年的身手。

1988年，南师筹措资金推动中国第一条合资铁路——金温铁路的建设。在金温铁路建设完成之际，他提出"还路于民"，将股权转让给了当地。1992年，南师起草《和平共济协商统一建议书》，送给大陆与台湾两岸，为两岸和谈奠定了基础。2006年，位于苏州的太湖大讲堂建成并开业，这里成为南师耄耋之年居住和传道的地方，大师传奇、绚烂的一生锚定在这里。

2012年，南怀瑾大师辞世，海内外文化界为之痛惜，时任国家总理的温家宝在唁电中说："先生一生为弘扬中华文化不遗余力，令人敬仰，切盼先生学术事业在中华大地继续传承。"

相由心生。端详大师晚年相片，慈眉善目，睿智圆融。笔者在南师的授业弟子陈定国博士的引领下，参观过南师位于上海的住处。其中床榻、桌椅、用具，一如南师的修为，精致、古朴、和光同尘。先哲已驾鹤西归，云山万里暌隔，卧室的木门从此泪流不断。

南怀瑾大师毕生追求的是世界大同，他对大同世界做过精妙的描绘：共产主义的理想、社会主义的福利、资本主义的效率、中华民族的文化。今天我们追求的中华民族伟大复兴，首先要有文化的复兴；文化的复兴，首要是文化自信；而文化自信，来自社会大众对历史经验的认识，这需要更多像南怀瑾大师这样尽心尽力的传道者。

《云山万里》　　　　　　《历史的经验》

第五辑 管事理人

　　企业是社会的细胞,现代社会芸芸众生大部分依存于企业。企业管理就是管事理人,把事情管好,把人的情绪以及人与人之间的关系理顺。以研究人情、事理、商道为己任,使企业不断发展、永续经营,便是企业管理者最大的功德。

我行我述

永远的德鲁克

最近重温彼得·德鲁克先生《管理的实践》（The Practice of Management）一书，又有很多心得。这本著作出版于1954年，说它奠定了现代企业管理理论与实践的基石，丝毫没有夸张，也绝无贬低其他任何管理大师学术成就之意。

德鲁克在《管理的实践》中对企业管理思想论述得非常全面。当今如汗牛充栋般的管理理论书籍，阐述的范围几乎都没有超出这本书的内容，大多是从德鲁克这本书中汲取了灵感。孔子著《春秋》言简意赅，为了解释《春秋》的内容，左丘明们作《左传》《公羊传》《谷梁传》。德鲁克与其他管理大师们的著作之间的关系，正如《春秋》与《春秋三传》一样，德鲁克写的是"经"，其他管理大师写的是"传"。德鲁克的很多观点非常具有前瞻性，他在60多年前对21世纪管理者的忠告，今天看来还是切中要害。他的学生杰克·韦尔奇在其《商业的本质》中提出"商业的本质就是带领团队'去赢'"。相比之下，老师德鲁克的观点"企业的本质只有一个，就是创造客户"，更深邃，更宽广，更触及本质。

下面我把自己学习过程中的收获和感悟，整理并分享给大家。

企业管理的"一二三"

德鲁克认为,企业的目的只有一个,就是创造客户,因此,企业也必须只有两项基本职能——营销和创新。德鲁克提出"营销"(marketing)的概念,以区别于传统意义上的"销售"(sales)。营销的范围比销售广泛得多——

销售是先有产品再去推销,营销是先找客户再去设计、生产、销售。
销售是从企业产品出发,而营销是从客户需求出发。
销售只是销售部门的工作,而营销则是企业所有部门的责任。

营销是从客户的角度来看企业,涵盖整个企业的所有活动,所有部门都必须有营销观念,担负起营销的责任。营销观念的真谛是,通过市场研究和分析,市场部门能告诉设计部门和制造部门,客户对产品有什么需求,他们愿意以什么价格来购买,何时何地会需要这些产品。因此,贯彻营销观念的企业中,价值增值活动的主要流程是:市场部→设计部→生产部→销售部。

至于创新,企业为客户提供产品和服务不够,还必须为客户提供更好、更多的产品和服务,所以企业的管理方式、生产过程、产品性能、服务水平,必须不断创新。创新和营销一样,并非独立的功能,需要创新的不限于设计部门,而是要延伸到企业的所有领域、所有部门、所有活动。

德鲁克又把企业管理的范围,归纳为三个方面——管理管理层、管理企业、管理员工,这算是企业管理体系的一个横切面。北京大学陈春花教授从"管理的本质就是提升效率"这个观点出发,将企业管理发展史分为三个阶段——侧重提高现场作业效率、侧重提高行政组织效率、侧重提高个人效率,这可以说是企业管理的纵切面。企业管理者如果能够将德鲁克和陈春花这两个切面融会贯通地理解和体会,相信对企业管理理论经纬的认识会更系统、更全面。

实现资源的嬗变

企业管理的对象其实就是企业的各种资源,企业必须拥有足够的资源并充分利用这些资源,才能为客户创造价值。这些企业资源可分为八类:人力、机器设备、厂房土地、原材料、资金、科学技术方法、时间、信息。但企业不是一个资源的简单组合体,而应该通过有效地管理去实现资源的嬗变。这个"嬗变",不是物理变化,不是简单组合,而是要实现"化学反应""生物反应""核反应"。这个实现资源嬗变的能力就是企业的生产力,也是企业的综合竞争力。

企业八大资源中,真正能够放大的只有人力资源,其他资源都受到机械法则的制约,遵从"物质不灭定律"和"能量守恒定律"。虽然说人力资源是唯一能放大的资源,但现实中的很多企业,人力资源却是所有资源中利用效率最低的。因此,一个企业能否提高它的经济效益,很大程度上要看其能否促使员工提高工作效率。德鲁克的企业管理三大范围中,就有两项涉及人力资源——管理管理层和管理员工。他指引的方向是——管理就是激发每个人的善意。德鲁克所谓的"善意",其实就是积极性,就是人们愿意和企业同舟共济的意愿。如何激发管理层和员工的善意,从而实现人力资源的嬗变,是摆在中外企业管理者面前的永恒课题。

在人力资源管理中，管理层是专门负责赋予资源以生产力的特殊群体。如果没有管理层的领导，生产资源将始终只是资源，永远不会转化为产品。同时，管理层本身也是企业最稀有、最昂贵的资源，管理层的高效率发挥是企业最大的优势。如何有效地管理管理层？德鲁克给出了四个原则。

管理管理层的第一个原则，是目标管理与自我控制（使命愿景和战略目标）；

管理管理层的第二个原则，是为管理层的权责建立适当的结构（组织结构）；

管理管理层的第三个原则，是创造正确的组织精神（价值观和行为准则）；

管理管理层的第四个原则，是建立健全的组织原则（政策与制度）。

虽然集团型企业的管理层会分为几个层次，但第一线管理层才是组织的基因，是所有权责划分的原点，只有第一线管理层无力完成的工作才会上交给高层管理者处理。高层管理者存在的理由，可以看成是由第一线管理工作衍生出来的。所以，上级主管的责任是尽一切力量帮助下属达成目标，要敢于并善于给第一线管理层分权和放权，用任正非的话来说，就是"让听得见炮声的人来做决策"。

我行我述

企业的分权方式

　　企业分配各层级、各部门的责任和权力，是通过组织结构图和审批权限表来体现的。从权责分配的角度看，有两种典型的组织结构——职能分权制与联邦分权制。

　　小企业的老板和员工之间只隔着一个管理层，基本上是职能分权制，按照企业运营中各项管理职能来分配权力和责任。要制定一项决策或处理一单业务，需要经过销售、研发、生产、采购、人事、财务等部门审批。职能分权制的弊端是，每位部门主管都认为他负责的职能最重要，他的部门目标也就只能根据"专业标准"来设定，而非紧扣着企业的成败，这就使企业难以聚焦在经营绩效上。当企业发展到一定规模，需要两个以上的职能性管理层级时，就意味着企业的规模太大或太复杂，不适合采取职能分权制，而应采取联邦分权制。

　　中型企业的管理层已经成为全职，而且许多领域需要配置技术专家。大型企业的最高层要履行职责，已经需要配备一个管理团队了。所以，中型企业和大型企业应尽可能实行联邦分权制，将企业经营分成若干个责任中心和利润中心，将管理层的愿景和努力直接聚焦在经营绩效和成果上。联邦分权制还有一个好处，就是能及早考验较低管理层的独立指挥能力。联邦分权制有多种灵活的方式，如分公司制、产品事业部制、地区事业部制、销售事业部制等。日本经营之神稻盛和夫，更是把联邦分权制推向了极致——建立阿米巴组织。

　　当一个企业发展成庞然大物，需要在基层员工和最高层之间插入六七个层级时，就表示这个企业太大了，大到无法把它当成一个企业来整体管理，那么，就应果断把它分割成几个企业，让其各自独立经营。

企业高管的素质能力

在企业中担负经营成败责任的管理层,我在这里统称他们为"企业高管"。也许他是一个集团的总裁或副总裁,或是一个公司的总经理或副总经理,或是公司中独立经营的事业部总经理。企业高管的素质能力是企业发展的"天花板",企业的发展无法超出最高主管的思维空间,任何企业都不可能展现出比它的高管层更宏伟的愿景与更卓越的绩效。

德鲁克认为,企业高管需要具备三方面的素质能力,包括组织人格、一般能力、专门能力。组织人格集中体现为企业高管对企业的忠诚度和责任心;一般能力是与人打交道的能力,取决于高管的情商和性格;专门能力是指在本行业和本岗位高管要具备的业务知识和能力。三者中,企业高管的组织人格对企业的影响最关键。要塑造良好的组织精神,必须依赖高管的道德力量:重视诚信正直,追求公平正义。企业高管在自身行为上要树立高标准,他们的道德品质,应成为所有下属学习的典范。而缺乏诚实正直品格的企业高管,无论他多么讨人喜欢、乐于助人、和蔼可亲,甚至才智过人、能力高强,都是企业的危险人物。任命企业高管时,无论怎么强调人的品德也不过分,古今中外、各行各业,对企业高管个人品德的风向作用的看法,都出奇的一致。德鲁克是这样看,桥水基金的达利欧是这样看,稻盛和夫也是这样看,我们中国传统思想对上位者的要求也是这样。

德鲁克认为,管理的终极至善是改变他人的生活。因此,他提出,企业高管不仅要具备通过知识、能力和技巧来领导员工的能力,同时也要善于通过愿景、勇气、责任感和诚实正直的品格来领导员工;管理者如果不能通过书写、口头语言或精确的数据来激励部属,就不可能成为成功的管理者。

三方面的素质能力，需要从学习和实践中不断积累起来。企业的核心竞争力，其实就是企业高管的持续学习能力。

三个追问

德鲁克提示企业高管：思维和视野必须兼顾现在和未来，要经常追问自己三个问题——我们的事业是什么？我们的事业将是什么？我们的事业应该是什么？我按照德鲁克的思路，把他的三个追问细化成了以下16个小问题：

1. 我们的事业是什么？
①谁在购买我们的产品或服务？
②我们真正的顾客是谁？
③这些顾客买的是什么？
④这些顾客购买时衡量的价值是什么？
⑤还有哪些潜在顾客？
⑥这些顾客在哪里？
⑦他们如何购买？
⑧我们如何接触到他们？
2. 我们的事业将是什么？
⑨市场潜力和发展趋势怎么样？
⑩市场结构将有哪些变化？
⑪竞争者在做什么？

⑫哪些技术进步和商业模式会改变顾客需求？（量的增减、购买方式、价值判断）

⑬顾客还有哪些需求无法从现有产品和服务中得到满足？

3. 我们的事业应该是什么？

⑭我们是否在从事正确的事业？

⑮我们有无拓展新业务的机会？

⑯我们的资源还有哪些方面没有充分发挥？

要给出正确答案，企业高管需要从外向内看，从顾客和市场的角度来检核自己所经营的事业。顾客为了解决自己的问题，总是有许许多多的选择，他们购买的其实不是产品，而是用来解决问题的方案。比如在回答"顾客购买的是什么"时，德鲁克举出厨房煤气灶厂商过去总认为竞争对手是其他煤气灶制造商，但是他们的顾客——家庭主妇，其实买的不是煤气灶，而是更简易的食物烹调方式。站在顾客的角度看，煤气灶厂商真正的事业应该是"提供简易的烹调方式"，他们面对的市场是食品烹调市场，他们的竞争对手则是各种烹调方式的提供者。透彻了解了"顾客购买的是什么"之后，企业就应在产品创新、价值营销、服务营销方面下功夫，而不是一味地在同一种产品上打价格战、消耗战。

除了以上所述，德鲁克在《管理的实践》中还提出了很多堪称经典的观点和理论，比如"目标管理""决策五步骤""管理的八项职能""未来管理者的七项新任务""雇佣整个人"等等。德鲁克一再强调：管理必须富有成效；管理是一种实践，其本质不在于知，而在于行；其验证不在于逻辑，而在于成果；其唯一权威就是成果。再一次通读全书内容，我觉得将"The Practice of Management"直译为"管理的实践"，不如根据内容译为"从实践中总结的管理理论"。这样翻译虽然和英文标题的字面意思有差别,却能给中国读者传达书中更为准确的意思。

　　上帝用"摩西十诫"来拷问犹太人的灵魂,康德用"三大批判"来拷问德国人的智慧,张载用"横渠四句"来拷问中国知识分子的良知,德鲁克用"三个追问"来拷问企业管理者思想的广、深、远。有专家说,如果只读一个管理专家的著作,那就读德鲁克;如果只读一本管理学著作,那就读《管理的实践》。德鲁克被企业管理学界公认为是"大师中的大师",这本《管理的实践》就是写给企业管理者的《圣经》,建议大家随身携带,常读常新。

跟陈春花读管理经典

陈春花教授写的《我读管理经典》，既适合初入企业管理门槛的新人，也适合在企业管理实践中有所成就的企业高管，这本书可作为企业管理者的随身宝典。陈教授从"管理的本质就是提升效率"这个总纲领出发，按照如何提高现场作业效率、行政组织效率、个人效率的脉络，把企业管理实践的进程划分为科学管理、行政组织管理、人力资源管理三个发展阶段，继而将西方管理经典按照这三个阶段分门别类，对每一篇经典进行环环相扣、深入浅出的解读，言简意赅，大道至简，使读者事半功倍地采撷到管理之树的花蕾，闻之芳香四溢。

本人学习了陈教授书中列举的各种经典管理理论，获益匪浅，择其要者归纳成 15 条。

① 管理是一种实践，其目的就是提升效率，其本质是激发善意。

② 现代管理学发展进程经历了三个阶段（科学管理、行政组织管理、人力资源管理），分别着重解决了三个方面的效率（现场作业效率、行政组织效率、个人效率）。

③ 管理者是赋予各种资源以生产力的人，管理者使各种资源实现嬗变，使价值增值。为了使价值增值，管理者的工作必须卓有成效。

④ 管理者需要修炼三方面的素质能力：组织人格（忠诚＝责任心）、一般能力（情商与性格）、专门能力（业务知识与能力）。

⑤ 组织的权力要从个人回归到职务。

⑥ 大型集团公司内部的管理者，在职业生涯中面临六次转变，管理者要有意识地跟上这些层级的转变，实现岗能匹配。岗能匹配从三方面观察——工作重点转移、时间分配调整、管理技巧提升。

⑦ 通过几次工业革命，机械能代替体能、规划代替劳动、知识代替汗水，20世纪体力劳动的生产效率提高了50倍。

⑧ 企业的目的是创造顾客，企业的两个根本功能是营销和创新。营销要有想象力，因为顾客购买的其实不是产品和服务，而是他面临问题的解决方案。

⑨ 企业最高管理者在定义企业使命或宗旨时，必须提出并回答三个问题：我们的事业是什么？我们的事业将是什么？我们的事业究竟应该是什么？

⑩ 人是资源而不是成本，企业管理中要以人为本，员工工作绩效＝工作环境＋能力＋潜能激励。

⑪ 关于激励方式的选择，一方面要考虑被激励对象的主要需求停留在哪个层次（生理需求、安全需求、社交需求、尊重需求、自我实现需求），另一方面要分清哪些措施属于保健因素，哪些措施属于激励因素（双因素理论）。

⑫ 组织管理要考虑到普遍人性，关于普遍人性的理论和观点有：建设性冲突、有限理性、西方X理论和Y理论、日本人性化管理的Z理论（信任、微妙性、密切的关系）。

⑬ 企业的好运不等于好回报，厄运也不代表回报不好；通过运气

与运气回报的四象限关系分析发现，即使在厄运背景下，一些优秀企业仍能大放光彩，这些企业被称为"十倍领先者"。各行各业都有十倍领先者，他们一般具备三种核心能力——高度自律、实证创新、转危为安。

⑭ 传统竞争战略一般有三条道路可走：低成本、高差异、专门化。但高超的竞争战略，其出发点是远离竞争，远离竞争也有三种方法：重生、破均、革命。重生是通过深刻理解顾客价值而重新定位产品和服务，破均是通过深刻理解市场结构而打破原有的均衡态势，革命是通过深刻理解价值链上各个环节的价值贡献而改变游戏规则和价值分配。

⑮ 在全球化竞争中，企业欲获得竞争优势，需要有清晰的"战略意图"以及支撑它的"产品意图"。战略意图是通过挖掘可持续的内在优势而保持面对未来挑战的适应性和张力；产品意图是将组织的注意力集中于成功的产品，透过产品传递企业的价值。

陈教授在这本《我读管理经典》中，夹叙夹议、旁征博引，将传统理论与创新观点，如数家珍般地娓娓道来，令读者如走山阴道上，应接不暇。虽然每位读者的经历、学识、面临的问题、关注点等各有不同，但我相信大家都会像我一样，读后会有莫大的收获。

陈教授强调管理需要回归经典。企业管理者最需要学习的不是时尚，而是经典；不是概念，而是规律。我们需要清晰理解企业管理最基本的理论，需要明确管理理论的核心内涵，更需要真正理解管理的本质。本人认为，不管是技术创新还是管理创新，都必须从原理上生发开去，再加上日新月异的新技术、新观点、新实践，才能产生有价值的创新，用公式表示就是：原理＋新知＝创新。

陈教授认为在提高效率方面，泰勒的科学管理理论解决了现场效率

我行我述

最大化问题，韦伯的行政组织和法约尔的管理原则解决了组织效率最大化问题，马斯洛的需求五层次和德鲁克的知识员工理论解决了个人效率最大化问题。如果从中国企业的实践层面来讲，本人认为这只是就管理思潮层面而言，这些管理理论中蕴含的指导意义，还远未在大多数企业中落地，正如大部分人使用华为智能手机一样，根本没有触及其中大量的强大功能。依我看，我国企业在科学管理、现代管理的道路上，任重而道远。

陈教授也注意到，在中国文化背景下成长的管理者，不愿意直接面对冲突，不愿意明确表达自己的观点，不做清晰的选择，为了表面和谐只做折中的选择。这导致大部分组织没有活力，与西方企业提倡"建设性冲突"的精神大相径庭。其实，冲突意味着差异，差异的存在能保存组织的活力，我们应该容忍甚至鼓励建设性冲突、有意义的思想冲突。建设性冲突的最终结果并没有谁胜谁败，也不是勉强妥协，而是公司利益的整合、最大化。本人认为，中国企业内部缺少建设性冲突氛围，其根源是企业的最高管理者唯我独尊、狂妄自大。我们很多企业家并没有真正把管理当作科学，仍然凭借个人以往的成功经验来做决策和管理。可是，企业的外部环境每时每刻都在变化，企业内部员工也在一茬一茬更新，老的经验不可能跟上企业内部与外部变化的节奏。

不得不说，这本书介绍的管理理论中，对我来讲最震撼的，是赫兹伯格的"双因素理论"。双因素理论认为，导致员工满意感的因素和导致不满意感的因素是彼此独立而不同的；造成员工"不满意"的事项，大都同他们的工作环境或者工作关系有关，如公司政策、行政管理、工资水平、工作环境、劳动保护、人际关系、职位、工作安全感。改善这些事项，只能降低员工的不满情绪，并不起激励作用，这些事项被视为

"保健因素"。而使员工感到"满意"的事项，一般都与工作本身或工作内容有关，如工作成就感、被认可和赞赏、工作的挑战和兴趣、职位的责任感、发展前途、晋升机会。提供这些条件，往往能激发出员工的工作热情，带来更高的工作绩效，这些条件被视为"激励因素"。我认为，双因素理论对管理者有效激励员工非常有帮助，我们在实际管理工作中，保健因素和激励因素都要使用。保健因素政策的出台要慎重、稳健，因为它们只能不断提升而不能下降；而激励因素要不断调整激励幅度，要做到保健因素的稳定性和确定性与激励因素的变化性和有效性之间的平衡。

教科书上给出的"管理"的定义是："管理就是通过他人的努力达成团队的目标。"我想，这个定义过于笼统了。管理其实是一种实践，必须以公司业绩为导向；管理从根本意义上讲是解决效率问题，依靠的是组织的执行力；管理的本质是激发员工的善意，挖掘员工的潜能，这才是公司发展的内生性动力。

企业管理者不能停止学习和思考，因为只有善于学习和思考，才能拓展自己的格局。而一个企业，只能在企业家的思维空间之内生长。

我行我述

有效经营之双重五指山

陈定国博士出生在台湾嘉义，1973年毕业于美国密歇根大学，是华人界第一位企业管理学博士，回台后担任台湾大学商学系教授、系主任和商学研究所所长，创立了台湾的管理科学学会。1984年以后，陈博士转入企业界，在台塑集团、卜蜂集团先后担任高级管理者，将现代企业管理理论带入中国大陆。在企业中的管理实践经验，更加丰富了他的管理理论。他退休后回到台湾，重返学界，出任淡江大学管理学院院长和中国台湾中华企业研究院学术教育基金会董事长。陈定国博士四十多年来一直活跃于学术界与企业界，在管理理论与实践上均有很高造诣，被华人企业界公认为"管理学大师"。

陈博士桃李满天下，其中佼佼者有润泰集团董事长尹衍梁、著名经济学家林毅夫等。20世纪80年代末，陈博士师从南怀瑾大师学习中国传统文化，成为南大师的高徒。陈博士作为第一位华人企管博士，较早探得西方现代管理理论之要义；作为著名国学大师南怀瑾的高徒，又探得中华传统文化之精微。于是，西方现代管理理论与中国传统国学智慧，在陈博士那里兼容并蓄，在他的最新著作《企业将帅十二篇》中，这个特色更是发挥得淋漓尽致。

笔者早年受教于陈定国博士，通读了他的两本著作，一本是《现代企业管理》，一本是《现代行销学》，获益匪浅。当时而立之年的我，从陈博士的著作中，了解了现代企业管理的 ABC，有力地支撑了我之后二十多年的企业管理实践工作。

《企业将帅十二篇》　　　　　陈定国博士

陈博士的企业管理理论，系统性和逻辑性都很强，其中最别出心裁又直指人心的，是他的"双重五指山"理论。这个理论将企业机能和管理功能揉碎又捏合，形成一个五五相交、密不透风的"管理之网"，几乎涵盖了企业管理的所有范畴，堪称企业有效经营管理的法宝。

陈博士的"双重五指山"理论，把"企业管理"拆成了"企业"和"管理"两部分来论述。

企业是有机体，是社会的细胞，概括起来，它必须具备五种机能才能存活。这五种机能分别是行销、生产、研发、人事、财务，简称为"销产发人财"。"销产发人财"这五种一级机能，又可以各自细化成五个次级机能，以及由"财务"扩展出来的"会计""信息"及其细分的次级机能：

行销——市场研究、直销、经销、广告、配送；
生产——计划与控制、现场操作、采购与外包、品质管理、设备保养；
研发——新产品、新材料、新工艺、新设备、新检验手段；
人事——招聘、培训、薪资、职位管理、沟通；
财务——融资、信用管理、保险管理、固定资产管理、现金收支管理；
会计——账务会计、成本会计、管理会计、税务会计、风险管理；
信息——ERP、客户关系、供应链管理、办公自动化、电脑管理。

管理，是经由他人的努力去达成组织的目标。管理一般分为五个功能，分别是计划、组织、用人、指导、控制，简称为"计组用指控"。"计组用指控"这五个一级功能，又可各自细化成五个次级功能：

计划——情报研究、战略规划、行动方案、经营预算、进度计划；
组织——组织结构、岗位职责、作业流程、核决权限表、签呈报告系统；
用人——工作需求、人力需求、选才管道、任用派遣、培训发展；
指导——沟通、激励、领导、指挥、关怀；
控制——日志、每周检讨会、半月检讨表、每月绩效分析表、每季经营检讨会。

陈博士将"销产发人财"与"计组用指控"形象地比喻为人的两只手各自的五个指头，双手交叉配合，形成5×5点阵图，称之为企业管理的"双重五指山"，非常形象生动，便于理解和铭记。

陈博士还把企业内外部资源分类成"八大资源"——人力资源、机器设备、原材料、科学技术、土地厂房、资金、时间、情报信息。企业管理的"双重五指山"中的每个点上，都需要对企业八大资源做出合理的调配和运用，才能实现企业的"有效经营"。用一句完整的话来表述企业的有效经营就是："企业的有效经营管理活动，就是运用管理五个功能来支配企业八大资源，健全其企业五机能，以实现客户满意和合理利润之目标，进而达成生存与发展之企业终极目标。"

企业五机能之"销产发人财"，由总经理的职责总体引领，是企业活动中显性的机能；管理五功能之"计组用指控"，由企业目标总体引领，是企业活动中隐性的功能；一显一隐，一阳一阴。"计组用指控"是用来帮助"销产发人财"的。"计组用指控"是环环相扣、不可脱序、不能颠倒的，而"销产发人财"则需要根据市场和竞争环境的变化及时调整、及时增减。

美国未来学家约翰·奈斯比特在其《中国大趋势》中，总结出支持中国经济和社会持续增长的八大支柱，其中一个是"规划森林，让树木自由生长"。陈博士用"双重五指山"描绘出企业管理的森林，如果企业领导者将它作为企业管理的心法，烂熟于心，在制定企业管理的原则、制度、流程、决策、行动方案时，就会有顺序、有条理，不失偏颇，让企业内部的各项业务、各类事务自由生长。

陈博士通过将中华传统智慧植入西方现代管理理论之中，形成了很多独具特色的陈氏理论和观点。除创造"双重五指山"等管理理论之外，他还结合自身实践经验，梳理出一些拿来就能用的管理规矩和工具。这也是其他管理学者虽有涉及，但无能力化繁为简提供给读者的东西。比如下面这张表，就是笔者在陈博士提供的"各管理层的职责范围"基础上扩展出来的，让人一目了然。

各管理层的职责范围		
层级	责任	具体范围
董监事会	公司治理	股东利益、绩效提升、防弊守法、高管品德、透明披露、社会责任、公司关系
总经理	策略管理、风险管理、新事业拓展	宗旨、使命、愿景、目标、政策、战略、制度、人才
部门经理	控制管理	管理制度之设定、执行、维护、控制、例外、修正
科长班长	作业管理	作业标准之制定、执行、维护、调整、电脑化、修正、例外
员工	标准操作	遵守SOP、修正建议

在划分各层级职责时，陈博士对于企业的最高领导者，提出四大管理职责——策略管理、风险管理、新事业拓展、公司治理。其中策略管理是董事长和总经理的首要工作；而中层主管则要少谈策略，多谈方法和行动方案。最高领导者的"高瞻远瞩"与"雄才大略"和部门主管的"埋头苦干"与"精细化管理"，两相结合，企业才能获得100%的成功。

陈博士把大家经常谈到的"策略"，结合中国传统文化做了分解。策略，是正兵防守之"政策"与奇兵制胜之"战略"的结合，是政策（policy）与战略（strategy）的结合。政策用以巩固公司的根本，战略用以出奇制胜；政策为公开性，战略为秘密性，因此策略就兼具公开性和秘密性。公司的政策是各部门制定作业制度的依据，公司的战略是各部门制定作业方案的依据。企业的策略管理八大范畴是指宗旨、使命、愿景、目标、政策、战略、制度、人才。其中，政策与愿景匹配，战略与目标匹配。

中国企业如何实现由"老板说了算"到"制度定了算"、由人治到法治的转型？陈博士给出了环环相扣的五个制度体系——组织结构图、职务说明书、核决权限表、作业流程、签呈报告。这五个制度体系的用处是有所侧重的，管理主管人员，靠组织结构图、职务说明书、核决权限表；管理操作人员，靠作业流程；管理例外事务，靠签呈报告。

陈博士总结的"企业例行管理八步骤"，对于初上管理岗位的新手，更是莫大的恩惠，可以直接使用。这八个步骤为：

① 全员记录"工作日志"；
② 总经理主持"每周公司经营检讨会"；
③ 各部门经理主持"每周部门工作检讨会"；
④ 总经理审批"副经理以上每月工作检讨表"；
⑤ 总经理主持"每月公司经营检讨会"；
⑥ 总经理向董事会提交"每季公司总体经营汇报"；
⑦ 董事会每季度听取总经理和重要部门主管汇报；
⑧ 9月份开始，总经理主持编制"年度经营预算报告"。

中西方思想合璧，辅以企业实践之真知，陈定国博士的企业管理理论，上达企业策略管理之道，中接企业运营管理之法，下抵日常例行管理之器，实为企业管理之瑰宝，持而守之，常读常新。

企业管理的道、法、术、器

行成于思。要想把一件事情做成功，首要的是有正确的思路。这个思路，便是我们常说的"立场、观点、方法"。当然，从成功的思路到成功的行动，最终取得成功的结果，也必须要有合适的工具，正所谓"工欲善其事，必先利其器"。这样梳理下来，我把成功做好一件事情的前提总结为四个字——道、法、术、器。

道，是你处理事物时符合事物运行规律的基本法则；法，是你处理

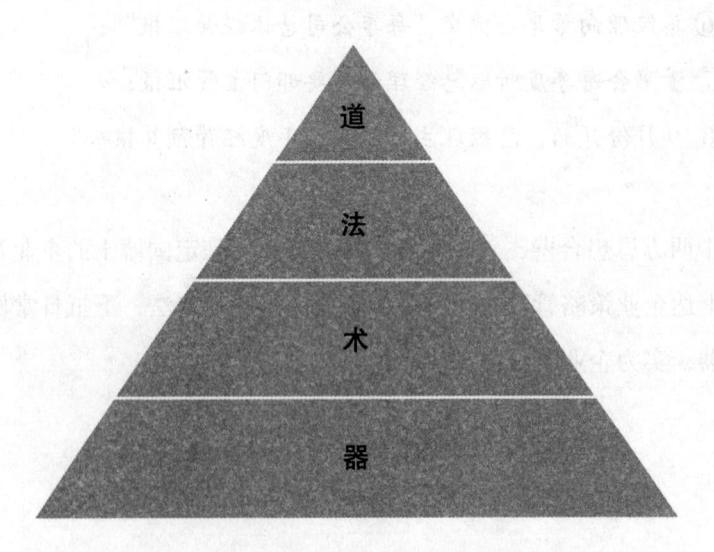

企业管理的道、法、术、器示意图

事物时所采取的一般方法；术，是你面对事物特殊性时所采取的应变措施；器，是按照你的道、法、术去处理事物时需要的工具。把一件事情做成功，道、法、术、器缺一不可，四位一体都要正确。

想要说明道、法、术、器之间的关系，我们不必谈《道德经》里那些深奥的概念，在此仅举一个浅显易懂的例子。

两个人从北京开车去广州，车属于"器"，一个开奥迪，一个开奥拓。

谁先到广州？关键不在"器"上，有比"器"更重要的东西，那就是"术"。假设开奥迪的是个新手，驾驶技术刚及格；另外一个人虽然开的是奥拓，但他是个老司机，他不往沟里开。这样，先到的可能就是奥拓。但是问题又来了。如果开奥迪的那个人驾驶技术很好，而开奥拓的人驾驶技术很烂，谁先到呢？可能很多人会认为肯定是开奥迪的那个人先到。还是不一定。为什么？这就要说到第三个层次——"法"。法就是你选取的方法。比如说，本来去广州是要走高速公路的，你非要走省道和国道，而我走的是高速公路，这就叫得法。谁先到，那就又不一定了。同样的，开奥迪的人，驾驶技术又好，走的又是高速公路，但他还是不一定能先到达。这就涉及最后一个问题，也就是最重要、最关键的那个"道"。有个成语叫"南辕北辙"。如果你开的是奥迪，驾驶技术又好，走的还是高速公路，可你是往沈阳那个方向开，另外一个人虽然开的是奥拓，技术也烂，走的还是羊肠小道，但他的方向是对的，那最终谁会先到广州？

这个简单的例子，把道、法、术、器的层次关系说得很清楚。企业是社会的细胞，企业良性运行，社会这个机体就完好；企业运行不良，社会机体就会出状况。所以，每个企业都要努力维持自己的良性运转，这也算是企业的社会责任。同所有事物的成功规律一样，要把企业管理成功，也需要筹划好企业管理的"道、法、术、器"。企业要形成自己独有的道、法、术、器，一方面需要不断学习借鉴前人总结传承下来的经验，另一方面需要在企业自身的管理实践中不断总结经验教训，有所总结，有所发明，有所发现，有所前进。

本人在企业管理实践中，学习与借鉴了很多成功的管理理论和企业案例，归纳出企业管理的道、法、术、器，作为企业实现有效管理的前提，供读者评鉴。

企业成功之道——愿景使命与方针策略

有人问庄子，到哪里去悟道？庄子的回答是："在蝼蚁，在稊稗，在瓦甓，在屎溺。"意思是，道无处不在，任何事物都有"道"。天有天道，天道表现在事理，如物竞天择、适者生存；人有人道，人道表现在人情，如自利性、利他性、以自我约束为前提的相互信任；商有商道，企业的商道体现在价值创造过程中。

道，是普遍规律，也是把普遍规律运用到具体事物的"原则"。这些原则，一般体现在企业的愿景、使命、经营方针、短中长期策略等几个方面。

愿景，表述的是"我们要成为什么样的公司、什么样的人"；使命，传达的是"我们要为社会、行业、客户贡献什么"。通用电气公司CEO杰克·韦尔奇认为，企业愿景和使命的表述，要体现三个要素——高远、挑战、现实。好的愿景和使命，就是应该传递善意，让员工知道应该做什么，而且能激发员工的善意和斗志。价值观，是实现愿景使命的思想保证；行为准则，是实现愿景使命的行动保证。

关于愿景和使命对企业成功的引领作用，杰克·韦尔奇举了美国科尔纳公司的例子。科尔纳公司的使命，原来表述为"我们从事水处理业务，这个业务很好"。方华德出任 CEO 之后，为了扭转业务增长乏力的被动局面，经过充分的市场调研，找到了市场的突破口，于是将公司的使命重新描述为"我们为科尔纳的客户提供清洁的水，帮助客户实现更大的经济效益，促进世界环境的持续发展"。"我们为科尔纳的客户提供清洁的水"——现实；"帮助客户实现更大的经济效益"——挑战；"促进世界环境的持续发展"——高远。科尔纳的员工看到这个新的公司使命，"突然知道了自己为什么要来这里工作"，好的使命能让每个员工都集中精力，鼓足干劲儿；客户看到这个新的使命，也更加了解了科尔纳公司的业务和理想。相比之下，之前的旧使命没有告诉员工怎么奋斗，也没有告诉客户你能带给他什么利益。

如果说企业的愿景和使命需要高瞻远瞩，那企业经营的方针和策略就需要明察秋毫。制定方针和策略需要对行业发展趋势和节奏有科学的预判。我为公司制定的经营方针有四条：销售是龙头，技术是核心，质量是生命，资金是血脉。我为公司制定的经营策略有两条：以奋斗者为本，保增长、谋发展双轨并行。

销售是龙头——企业价值链的原点在于客户需求，企业经营活动的本质就是为客户创造价值，销售部门和销售人员最贴近客户，最了解客户的需求，最清楚客户需要的价值所在。技术是核心——客户买的其实并不是产品，而是产品中蕴含的技术和功能。质量是生命——客户购买的产品，外观是有形的，内在无形的其实是质量，质量是产品的生命，也是企业的生命。资金是血脉——企业经营活动中贯穿始终的有几个流,包括物流、人流、信息流、价值流、资金流等,其中资金流就像人体中的血液流动一样,缺血、失血、血管堵塞,都会使人体瘫痪以至于死亡。以奋斗者为本——大家都在说"以人为本",都认识到"人"是企业最宝贵的资源,但在一个企业内,不能泛泛地谈以人为本,而要进一步追问,以人为本是以"什么人"为本?华为公司给出了很好的答案——以奋斗者为本。公司里绝不以懒惰者为本,不以观望者为本,不以偷巧者为本,不以怀才而不用者为本。坚持以奋斗者为本,这不仅是对奋斗者的尊重,也是对事业的尊重,对生命的尊重。保增长、谋发展双轨并行——"增长是王道","发展是硬道理",保增长为谋发展提供经济保障,谋发展为保增长提供新的动能。

企业成功之法——三大法宝

共产党在土地革命战争中总结出一套成功的方法,名之为"三大法宝":统一战线、武装斗争、党的建设,分别阐述了对友、对敌、对己的一般方法。

我们在企业管理的成功实践中,也总结出"企业成功的三大法宝",并发现它与共产党的"三大法宝"存在着一一对应的关系,真是小中有大。"企业成功的三大法宝"依次为:追求三个满意、保持行业领先、催发内生动力。

所谓"追求三个满意",我们在企业管理过程中和利益分配上,力求实现客户满意、员工满意、股东满意,这是建立企业层面"统一战线"的方法。在客户满意方面,我们最根本的一条是为客户创造价值,除了销售产品，还要通过价值营销、服务营销，带给客户价值增值。在员工满意方面，我们从员工收入待遇和员工自身成长两方面去努力，帮助员工实现"前途"和"钱图"。在股东满意方面，我们努力实现利润逐年增加和业务多元化发展，使股东的有形资产和无形资产保值增值。

所谓"保持行业领先"，德鲁克先生认为："企业必须，也只有两项基本职能——营销和创新。"我们在企业管理实践中坚持"人无我有、人有我优，人优我新"的业务指导思想，在每一个产品的市场寿命周期中，都力争从方案领先，到设计领先，到质量领先，到成本领先，到供应链领先，实现"超越竞争"的蓝海战略，不断实现各产品系的迭代升级。

所谓"催发内生动力"，就是要最大限度地挖掘每一个员工的显能和潜能。通过企业文化和绩效考核制度，共同实现对员工绩效的牵引。"制度到位魔鬼变天使，制度缺失天使变魔鬼。"我们重视分配制度，在制定公司三年发展规划时，配套"员工收入倍增计划"，实现以奋斗者为本的诺言；每年组织部分员工和家属去国外旅游，几年下来，入职一年以上的员工都实现了出国的梦想。收入和待遇的提高，极大地激发了员工身上的显能和潜能。

企业成功之术——能力建设

兵无常势，水无常形。企业面对的外部环境是不断变化的，要实现长久的成功，就要不断采取应变措施；而应变措施得当与否，取决于每个员工相应的能力，因此，能力建设便成为企业成功之术的关键。

但所谓的"能力"，如果只停留在概念上，整体上想要提高就很难找到路径，因此能力必须被分解、可测量。我把企业的能力，按照三个

我行我述

层面、九个环节、两个维度进行了分解。

企业的能力横向可分解为三个层面，包括高层主管的科学决策能力、中层主管的卓越管理能力、基层员工的娴熟操作能力；纵向可分解为九个环节，包括市场销售的能力、技术开发的能力、供应链整合的能力、加工制造的能力、现场施工的能力、售后服务的能力、人才培养的能力、盈利赚钱的能力、资金运筹的能力；径向可分解为两个维度，包括单兵作战能力、团队制胜能力。

为了建设这些能力，我们在给各部门专业技能培训的同时，成立"传习大讲堂"，聘请公司主管和外部讲师，针对决策能力、领导能力、执行能力、团队建设等环节，给员工做教学相长式的互动培训，讲德鲁克，讲陈春花，讲拉姆·查兰，讲华为。

外因是成功的条件，内因才是成功的根本，《孙子兵法》也说"胜兵先胜而后求战"。在三个方向上的各项能力取得进展之后，面对工作环境的变化，员工就会自主地推出和运用恰当的应变措施，如集中优势兵力打歼灭战、新产品新工艺新材料的应用、战术四度的把握等等。

在三个方向上加强能力建设，在三维立体全方位的竞争中没有明显的软肋，这才是企业永续成功的立身之本。

企业成功之器——资源利用

"工欲善其事，必先利其器。"在科学合理的道、法、术之下，企业中每项工作成功的落脚点，还在于企业有形的各类资源。我们把企业的各类资源称之为"器"，包括企业内部资源和企业外部资源。企业内部资源可分为八类：人力、机器设备、厂房土地、原材料、资金、科学技术、时间、信息。企业外部资源更广，涉及行业、媒体、政府、社区及产业链上下游，其中产业链上下游资源的整合，对企业成功的帮助最直接，如供应商、经销商、终端客户、竞争者。成功的企业要做"渠道领袖"。

当然，企业不是一个资源的简单组合体，而是应该通过科学合理的道、法、术，去追求资源利用的最大化，实现资源的嬗变。关于这一点，前文已有论述，不再赘述。

企业各类资源中，最宝贵的资源是"人"。所谓最宝贵，就是说，人这个资源，可放大的倍数最大，所以企业管理要"以人为本"。

另外，一些成熟的作业方法，也属于企业资源，也是可以被我们拿来使用的管理工具。特别是日本企业管理和改善的一些成功作业方法，如5S管理、TQM管理、TPM管理、QC活动小组、质量管理新旧七大分析工具、PDCA戴明环、丰田五问法等。

企业销售工作的道、法、术、器

一个成功的企业，不仅在企业整体管理层面需要道、法、术、器，在部门管理层面，也离不开道、法、术、器，比如作为龙头的销售工作。对于销售管理工作，我谈的更多的是"术"，因为销售面临的环境是变化的，具有不确定性。关于具体销售实战经验，我常常将军事学上的"战术四度"分享给大家，让大家去揣摩：密度——战场上投入多少兵力，强度——形成局部战场的优势，厚度——要知道后边支援的部队有多少、粮草有多少、武器有多少，速度——冲锋的速度与频率。

市场变化万端，销售工作要因时制宜、因地制宜、因势利导、因人而异，销售要用兵如神，正兵、奇兵、重兵、哀兵、工兵，变化无穷方可制胜。今列出几种用兵战术，供读者思考。

① 正兵：正面交锋，用实力说话，把势用尽，快速占据主导地位。

② 工兵：步步为营，铢积寸累，蚕食，注重夺取实地，落袋为安。

③ 奇兵：出其不意，攻其不备。

④ 哀兵：以柔弱胜刚强，退兵减灶，解除对方警惕，博取买主同情。

⑤ 重兵：整体实力不足时，集中优势兵力打歼灭战，增加局部压强，一举取得市场声誉。

⑥ 骄兵：以老大自居，以过往的辉煌掩饰当前的迷茫，摆不正自己在组织中的位置，轻敌冒进。

⑦ 惰兵：不肯付出努力，没有对胜利的渴望。

⑧ 散兵：游离于组织之外，信息不畅，不了解组织的行动方略，容易被歼灭，或自生自灭。

任何情况下，骄兵、惰兵、散兵都不会成功！正确用兵的前提是"知己知彼"，洞察市场，分析竞争态势，销售主管应该多学习《孙子兵法》。

销售员成功的道、法、术、器

企业中每一个岗位的工作，都离不开道、法、术、器。拿销售员来说，以我个人做销售工作的经验，要想成为一个成功的销售员，就应该掌握销售员成功的"道、法、术、器"：道是最高原则，法是一般的方法，术是具体的技巧，器是与客户打交道的工具。

销售员的成功之道，总结起来就三句话：让人接受你，让人喜欢你，让人离不开你。

销售员的成功之法就是实现销售之道的方法，这就要掌握最基本的销售法则，这是无数前人的经验总结，在我看来，至少要领会"四个四"。

四情：敌情、我情、人情、事情。

四有：手中有物、心中有数、脚下有路、身后有助。

四千万：走遍千山万水、道尽千言万语、吃够千辛万苦、排除千难万险。

四P：Product（产品）、Price（价格）、Place（通路）、Promotion（推广）。

销售员的成功之术：除了基本法则，还要对不同客户、不同情况，运用一些有针对性的技巧，比如讲述一个观点、编织一个故事、计算一笔账等。

销售员的成功之器：工作日志、例行报告、衣着得体、交通工具、生活技巧。

小结

企业管理整体的道、法、术、器，与企业各部门工作的道、法、术、器，与每个工作岗位的道、法、术、器，有机结合，上下贯通，就是这个企业的"企业文化"，就是企业管理成功的前提。"没有文化的军队是愚蠢的军队，而愚蠢的军队是不能战胜敌人的。"企业的最终成功，其实就是靠企业文化来推动的。

大家津津乐道的华为公司，从1992年1亿元的营业收入，发展到2017年营业额6036亿，其成功的根源是"得法"，得法者事半功倍。华为有《华为基本法》和《华为工作法》，我个人的解读是：《华为基本法》是方，是规矩，是道和法；《华为工作法》是圆，是圆融，是术和器，追求业绩最大化。

《华为基本法》加上《华为工作法》，是支撑华为持续跨越式发展的根本保障，是道、法、术、器在企业管理上的贯通和统一。

因各个企业的发展阶段、行业特性等不同，每个企业都需要因地制宜、因时制宜、因人制宜，总结提炼适合企业自身管理的道、法、术、器。

领导力三论

任何一个团体，为了达成一项特定目标或者团体的长期目标，都需要一部分人在其中进行谋划、组织、协调、引领、指导。这一部分人被称为"领导者"，他们的以上行为被称为"领导"或"管理"。着重于对人的时候，我们把领导者的行为称为"领导"；着重于对事的时候，我们把领导者的行为称为"管理"。所以，领导者、管理者、主管，这些称呼只是看他们的角度不同，其角色的内涵其实是一样的。

教科书上对"领导"或"管理"的定义，简而言之就是领导者通过发挥众人的力量，达成团队目标的一系列行为。可见，领导行为发挥效用的四大条件分别是团队、目标、领导者和下属（众人），缺一不可。如果没有团队，或者没有目标，抑或没有下属，也就没有了领导者，这也算是对"水可载舟，亦可覆舟"的一种理解吧。

领导者的领导行为能起多大的效用，取决于领导者的领导力和团队的执行力，以及对团队造成重大影响的突发性变化，用简单的公式表述就是：

领导效用 = 领导力 + 执行力 + 不可抗力

其中，不可抗力一般指重大社会变革、重大环境变化、重大自然灾害产生的影响，不在管理学和领导学探讨的范围。职务权力、个人能力、人格魅力，我把它们称为"领导力三要素"。目标明确、分工细化、规则清楚、技能优秀、意愿强烈、考核公正，我把它们称为"执行力六要素"。当然，领导力与执行力之间也不是完全割裂的，它们之间是互相联系的，但这种联系却不是对称的。一般来说，执行力不会影响到领导力，但领导力却会极大地影响到团队的执行力。

既然领导力对于一个团队如此重要，那么我们今天的谈论当然要集中在领导力上。

领导力就是影响力

西方管理学大师韦伯在1947年给领导力下了定义——领导力是一种影响他人的力量源泉，在这里我把它简称为影响力。在前面讲到的领导力三要素中，职务权力（由职务派生的权力）由组织授予；能力和人格魅力产生的领导力，则因领导者个人经验和修养不同而不同。我们看到，社会越是专制化、集权化，职务权力对下属的影响力越大；社会越是现代化、民主化，领导者的能力和人格魅力对下属的影响力越大。在21世纪的今天，领导力越来越取决于下属对领导者能力和人格魅力的认同感，而不是对领导者职务权力的畏惧感。

领导者与下属是一副对子，是哲学意义上的一对矛盾。通常情况下，领导者占据矛盾的主要方面，下属虽然处于矛盾的次要方面，但当他自认为所付出的劳动成本、时间成本、感情成本没有得到足够的尊重时（注意：这里说的是"自认为"），矛盾的次要方面就会反作用于主要方面，轻者执行力下降，重者矛盾爆发，对立统一体破裂。要想使下属获得被尊重感，而且是下属自我感知到的被尊重，特别需要领导者通过两方面增进影响力——律己与用人，即自身的言行举止如何，自身的道德操守如何，喜欢亲近什么样的人，这是下属认识领导者本质的重要标准，是增进领导者影响力的源泉。21世纪的领导行为，光靠职权会让人口服心不服，靠职权和能力会让人口服心服心不悦，职权、能力加上人格魅力才能叫人心悦诚服。人格魅力哪里来？它是由领导者长期的修养和一次次闪光的行为逐渐积累起来的。《孙子兵法》提出了领导者自身修养和行为的"为将五德"——智、信、仁、勇、严，穿越两千多年的时空，今天仍有现实指导意义。

智，包括两个方面，即高瞻远瞩和明察秋毫，领导者赖此做出正确判断、合理决策。只有做到心中极明，而后才能口中可断，否则就是武断，就会导致失败，就会丧失威信和魅力。智的最典型表现形式是张良的"运筹帷幄之中，决胜千里之外"。筹就是筹码，是古代投壶计算胜负的用具，运筹就是在中军帐中反复移动筹码、拨弄筹码、计算胜负，之后才发布作战计划，分配作战任务，类似现在的兵棋推演。为什么要在帷幄之中计算呢？我想，应该是要让身心静下来，以便调动自己的全部信息和经验来做决策；同时，在中军帐中独自运筹，更增加了一层神秘感，更能坚定下属执行的信心。

信，也可归纳为信任和守信两个方面。主管要给予下属充分的信任，即"用人不疑，疑人不用"，主管自身也要言必信，行必果。这两条做到了，哪个下属还能不愿追随你呢？春秋五霸之一的晋文公当年攻打原国，向下属许诺十天之内必拿下原国，万一拿不下，到第十天也要收兵，不再劳民伤财；可是到第十天时因故真的没有破城（这时城内已弹尽粮绝），晋文公力排众议坚持守信撤兵。原国百姓听说后纷纷来降，不仅如此，连邻近的卫国百姓也受了感动纷纷来降。这就是历史上有名的"晋

我行我述

文公攻原得卫"的故事。

仁，仁者爱人。主管用语言和行动关怀下属，排除下属的烦恼，解除其后顾之忧，与其心贴心，将无往而不胜。晚清曾国藩拉起的亦农亦兵的"湘军"为什么能战无不胜？因为曾国藩将"民胞物与"的仁爱思想，灌输到了治军的过程当中，产生了三军用命的重要效果。古代卓越的军事家吴起也是爱兵如子的范例，《资治通鉴》里讲吴起与士兵同吃同住，一个士兵脚伤化脓时，吴起亲自为士兵吸脓，那个士兵的母亲听说后逢人就哭啼（注意：可不是感激涕零），别人就很奇怪，那位母亲就讲："当年孩子的父亲跟随吴将军打仗时，将军也为他吸过脓，孩子的父亲对将军感恩戴德，打仗时勇往直前从不退缩（战不旋踵），最后死在了战场上，现在吴将军又对我儿子这么好，我非常担心儿子像他父亲一样在战场上拼命。"真是仁者无敌！

勇，既有狭路相逢敢于亮剑的匹夫之勇，更要具备"猝然临之而不惊，无故加之而不怒"的心志之勇。主管在紧要关头奋不顾身会激发下属的斗志，在危难面前沉着冷静会坚定下属的信心。东汉开国皇帝刘秀就是一位劲气内敛、敢于犯险处艰的大勇者，后世评价他是"见小敌怯，见大敌勇"。为什么？因为大敌当前，往往是不得不打，做了周密的计划后，就必须奋勇冲杀；而小敌，往往是出乎意料的突发事件，情况不明，不打无把握之仗。

严，中国传统的领导思想很注重宽严相济。宽是仁，严看似不仁实际也是仁，或者说严的出发点也是仁。如果说前面讲到的"仁"属于"宽"的范畴，那么"严明"就应该是"严"的注脚。我们评价优秀的将领时，经常说治军严明。按笔者的理解，严明就是严格按照规则管理，对于违犯规则造成损失者严加教训，以维护团队利益并保持正确的前进方向；

对于浑浑噩噩不求上进者严词激励，使其发愤图强、快马加鞭。"兵圣"孙武斩杀吴王美妾、诸葛亮挥泪斩马谡，都是历史上严明治军的范例。严，更是对主管自身的要求，严以律己是严格管理的基础。

智、信、仁、勇、严，领导者不断修炼这些特质，就会无形中增加自己的人格魅力，进而影响下属的思想、行为和价值取向，最终有助于建立一个高效团队，达成既定目标。

主管十戒

领导者的领导行为可概括为决策、用人、资源运用，用毛泽东的领导理论解释就是"出主意、用干部、做思想政治工作"。所以说，领导力就是决策能力、用人能力和资源调配能力。关于如何提升领导力的文章不计其数，见仁见智，但要想真正提高自己的领导力水平，则是一个铢积寸累、集腋成裘的渐进过程。对于还没有达到卓越领导力水平但又忙于管理实践的主管，先掌握一些基本的管理戒律，在日常的管理实践中留意规避，就会少出差错，少走弯路。笔者根据自己多年的经验和教训，将感悟出的一些戒律总结出来，名之为"主管十戒"，供大家批评。

一戒：信马由缰，无的放矢（目标不明确）；

二戒：临渴掘井，顾此失彼（无周密计划）；

三戒：事无巨细，越俎代庖（不懂得授权）；

四戒：以治而乱，无事生非（没有把握事物内在规律）；

五戒：只见树木，不见森林（看问题没有深度和广度）；

六戒：以其昏昏，使人昭昭（不精通业务，不善于沟通）；

七戒：唯我独尊，万马齐喑（没有摆正个人与群体的关系）；

八戒：嫉贤妒能，用人唯亲（只有自负，没有自信）；

九戒：唯利是图，见利忘义（财上分明才是大丈夫）；

十戒：因循守旧，畏首畏尾（缺乏突破困境的勇气）。

孤竹偈语：此主管十戒，虽非灵丹妙药，实可修身正心。去其一二，可谓近乎入门；去其三四，便是渐入佳境；去其五六，方能登堂入室；去其七八，实可堪当大任；十戒全除，则成得道成仙之人。

用人八戒

领导力讲究科学，也讲究艺术，更讲究哲学，因此才有了"领导科学""领导艺术""领导哲学"之说。如果说决策能力主要体现领导的科学水平，资源调配能力主要体现领导的艺术水平，那么用人能力则既需要科学水平又需要哲学水平，还包含艺术水平，是领导力的最集中体现。

古人云："政在得人，人得则政举。"的确，大到一个国家，小到一个班组，古今中外任何一个组织的兴衰成败，都与其干部队伍建设存在着直接的、必然的因果关系。因此，作为主管，如何选拔德才兼备的人才充实到各级的关键岗位，就是一个关乎事业成败而应临渊履薄一样慎重思考的问题。我国的管理文化从古至今都对选拔人才的工作非常看重，从尧舜禹之间的禅让，到九品中正制的力行；从科举制度的大行其道，到钦差大臣的微服私访，流传下来多少慧眼识英雄的千古佳话，也演绎了许多用人不当、误国误民的历史教训。

在观察、选拔、使用人才时，人性存在两个弱点，一是片面，二是随心所欲。因为片面，所以"横看成岭，侧看成峰"，如堕五里雾中，"雾里看花"就难免将对象虚幻、扭曲、伸缩、以偏概全；因为随心所欲，所以往往因自己的心态摇摆、心境喜忧，而朝三暮四，而昨是今非，而取舍失当，而进退失据。

笔者从自己以及周围主管用人的失误中，总结归纳出领导者在识人、用人当中常犯的八种错误，并加以解释，以期引起企业管理者对识人用人方式的思考。

其一，贵耳贱目

耳边风、枕头风劲吹，天长日久，耳朵听到的信息就会变成"事实"。在"曾参杀人"的故事中，本来坚信曾参品行的曾母，听到人们三番五次议论曾参杀人后，不也动摇了对儿子的信任，吓得跑掉了吗？

其二，爱同恶异

能找到与自己爱好相同、志趣相同的人在手下工作，一个眼神，一个动作，对方都能心领神会，当然是其乐融融了；但思维的同向性、智能的片面化，最终会导致组织机能的残缺，所谓"近亲繁殖"是也。

其三，心志不分

好的人才，心思要细微，志向要远大。这是两个不同的层面，切不可将粗枝大叶看作雄才大略，也不能将墨守成规当作稳健扎实，"眼高手低"者不可大用，待到"马谡失街亭"后，挥泪问斩于事何补？

其四，品质失察

"先做人，后做事"，这是现今企业界流行的口号，从一个侧面印证了道德品质对事业成败的影响，要让一个个人品质不合格的人做出事业上的贡献，可谓"缘木求鱼"。

其五，向伸背屈

春风得意、战功显赫的功臣，自然应委以重任；但别忘了，遍布天涯的芳草之中，定有屈居幽谷的香兰。"猛将必发于卒伍，宰相必起于州郡"，韩非子提醒我们要注重从基层提拔干部。

其六，取貌遗神

有人说："容貌永远是女人的'选举权'和'被选举权'。"同样，一个装扮得体、器宇轩昂的男士往往会给人先入为主的好感，但领导者千万别忽视了能够不辱使命的矮子巨人晏婴，别小瞧了匈奴使者面前貌不惊人的提刀侍卫曹操。

其七，弃真录伪

孔雀见到美丽的事物而炫耀自己光艳的羽毛，人遇到希望结交的人物而显示自己亮丽的身段。识人用人者切不可只顾欣赏亮丽的外表，而不去探究心灵深处的领地。要透过现象看本质，建议借鉴诸葛亮的七条辨人之法，分别是：问之以是非而观其志、穷之以辞辩而观其变、咨之以计谋而观其识、告之以难而观其勇、醉之以酒而观其性、临之以利而观其廉、期之以事而观其信。

其八，采辩去讷

"鼓天下之动者存乎辞"，世间没有比人的舌头更锐利的武器了，但孔老夫子却提醒道"君子欲讷于言而敏于行"，又直截了当地补充"巧言令色，鲜矣仁"，因此用人不但要听其言，更要观其行。

当然，我们识人用人不能求全责备，因为"尺有所短，寸有所长"，我们的原则是：适当的人做适当的工作。如果我们能够拨开表象的迷雾，更全面、客观地辨别人才，在用人时就会游刃有余、得心应手，就能缔造一个有效的团队，达成团队的目标和使命。

领导者六大素质能力

领导者，是一个团队中最高和最前面的领导方向者。在军队里，带队独立作战的部队首长就是领导者，不管是班长、排长，还是师长、军长，只要是带队独立作战、负胜败之最终责任，就属于领导者。在行政系统中，担任一定公职的人员都被称为"干部"。"干部"一词其实来自日语，字面意思是"骨干部分"；汉语的"干"字，则有"十中取一"的意思。全中国的干部约4000万人，其中县处级以上约70万人被称为"领导干部"，剩下的属于"普通干部"。

在企业中，我们把公司的董事长和总经理，以及作为利润中心的事业部负责人、作为利润中心的分公司总经理，称为"领导者"；不对利润负责的班组、车间、职能部门的负责人，只能称为"管理者"。在企业里，领导者一定是管理者，但管理者不一定是领导者。领导者更多地承担了"决策、用人"的权责，而管理者更多地承担了"落实、执行"的权责。

领导者在决策、用人时，面临巨大的不确定性。对环境的辨识、对人的认识、分析与谋划、决断与协调等等，需要领导者具备优秀的内在素质和高超的外在能力。雍正皇帝对大臣有六字要求——清慎勤、广深远。前三字是基本要求，后三字是进阶要求。在笔者看来，领导者要成功担负决策、用人的责任,综合起来,应具备六大素质能力:预见能力、思辨能力、谋划能力、决断能力、协同能力、总结能力。

预见能力的标准是先知、先觉

事物发展虽然没有绝对的确定性,但有先兆可循,有端倪可察,有前后现象可供思索,这就构成了一定程度的相对确定性。想要预见事物发展的先兆、趋势、节奏和强度,领导者要具备"旷野观天"的眼界,不能在密室里观天、在井底观天。

毛泽东认为,领导者在组织中是领路角色,没有预见就没有领导,并做了形象的比喻:"坐在指挥台上,如果什么也看不见,就不能叫领导。坐在指挥台上,只看见地平线上已经出现的大量的普遍的东西,那是平平常常的,也不能算领导。只有当还没有出现大量的明显的东西的时候,当桅杆顶刚刚露出的时候,就能看出这是要发展成为大量的普遍的东西,并能掌握住它,这才叫领导。"任正非预见到中国的通信技术终有一天会遭到西方打压,很早就启动了鸿蒙系统的开发。

有了准确的预见,谋划和决断就有了客观基础。

思辨能力的标准是辩证、理性

思辨能力涉及认识论。人类对世界的认识经过几千年的演进,从朴素唯物论,经过客观唯心论、主观唯心论,发展到今天的辩证唯物论。辩证唯物论在认识事物时,有两个非常重要的观点:一个是事物之间普遍联系的观点,一个是事物自身不断变化的观点。

相信普遍联系的观点，我们就会明白无风不会起浪，明白事物之间不完全是你就是你、我就是我。因为事物之间有着普遍联系，就要辨识现象与本质、原因与结果、偶然与必然、相对与绝对、内因与外因、局部与整体、主流与支流之间的关系。

相信不断发展的观点，我们的思想就要与时俱进，不能刻舟求剑。一切事物都在变化中，都有事物内部矛盾着的两个方面，既对立、排斥，又相互联系、依存，其结果，就是事物发生、发展和没落的过程。我们要厘清哪些是生长的力量，哪些是没落的力量，要积极依靠生长的力量；厘清哪些是生长的条件，哪些是没落的条件，要主动创造生长的条件。生长的力量，得到生长的条件，事物就会发展壮大。

有了正确的思辨，谋划和决断就有了主观基础。

谋划能力的标准是周详、精到

《孙子兵法》把谋划的内容总结为"五事七计"。当然，现代企业管理的谋划范围，要宽广得多，除了五事七计，还要对比技术、对比平台、对比供应链、对比网络声量等。总之，考虑越周详、对比越精到，才能做到"料胜"和"先胜"。

只有多谋，才能为善断提供可靠的选择。

决断能力的标准是果断、坚定

预见、思辨、谋划都是前提，如何做对决断才是对领导者的严峻考验。选人用人之时、重要行动之前，在众多方案中、在两可之间，总要明确选择其一。特别是在危机面前，需要快速决定止损措施。这时候需要领导者每临大事有静气，需要当机立断，因为当断不断，反受其乱。这体现的是领导者坚定的意志品质。

我们常说的意志品质，由四个要素构成，这四个要素中哪一个都有不足和太过两个倾向，我们需要的是"适度"，不足和太过都不好，如下表所示。

意志品质的四个要素				
意志品质的四个要素	解释		不足的表现	太过的表现
独立性	对行动的目的和意义认识明确，并主动调节自己的行动		易受暗示	独断性
果断性	明辨是非，迅速决定并执行		优柔寡断	草率
自制性	善于控制与支配自己的行动		任性	怯懦
坚韧性	在困难面前坚持行动、不松懈		见异思迁	顽固／执拗

协同能力的标准是一致、沟通

决策之后，能不能实现预期目标，需要组织内部的协调一致。协同能力是指：使员工行为、结果评价体系与组织目标三者之间保持一致性。当员工行为推动了组织目标的完成时，员工得到晋升和奖励，这样的结果评价体系才是有效的。组织目标与结果评价体系，对员工行为具有牵引作用，只有两者的方向一致，员工行为才有效率、有意义。如果结果评价体系的指引方向偏离了组织目标，员工的思想就会错乱，团队将变成"乌合之众"，被打得溃不成军。三个方面方向一致，才能把组织的力量发挥到极致，这有些像西方社会"三权分立"，立法、行政、司法虽各自独立，但又都指向自由、民主这个大方向。大家想想，如果立法、行政、司法各行其是，且价值观不一致，这个国家会变成什么样子？

为了达到这个一致性，领导者要甘当组织的"首席解释官"，做充分的沟通工作。组织的使命和需要的行动谈一次就可以吗？不行！每一次会议和谈话都要谈到这些。这种过度沟通是必要的，以便让下属更好地理解，让下属认识到所从事工作的意义。领导者如果不能通过书写、口头语言与下属充分沟通组织使命和目标，就不可能成为成功的领导者。

组织目标与结果评价体系，两者的一致性必须保证，所以，确立组织目标时既要高远，又要具体；制订结果评价体系时要瞄准组织目标，职务晋升与奖金多寡，要看员工的行动对组织使命是正面推动还是负面牵绊。

总结能力的标准是扼要、深刻

大家都知道"失败乃成功之母"这句话。不错，大凡成功的人，都是从失败的阴影中走出来的，但从失败到成功，不会有必然的转化。成功者的特质有很多方面，比如坚持、灵活、努力、机遇等，其中更重要的一个特质是勤于反思、善于总结。

勾践的卧薪尝胆是表象，总结失败原因、反思得失过程才是他卧薪尝胆的实质。没有总结反思做引领的一味蛮干，只能收获一次又一次的失败，只能离成功越来越远。失败是成功之母，总结是成功之父。只有母体不可能孕育生命，母体与父体结合才能开花结果；总结过去的成败得失后再前进，必将一步步接近成功的彼岸。总结，就是总结规律，找出事物的本来面目。著名数学家华罗庚先生说："读一本书要越读越薄。"不会学习的人，书越读越厚；善于学习的人，书越读越薄。青源惟信禅师讲到自己修佛悟道的历程时说:"老僧三十年前未参禅时,见山是山,见水是水;及至后来亲见知识,有个入处,见山不是山,见水不是水;而今得个休歇处,依前见山还是山,见水还是水。"

领导者在决策、用人时,面临巨大的不确定性,必须练就优秀的内在素质和高超的外在能力。生而知之是天才,学而知之是英才,困而知之是雄才,困而不知是庸才。有些人的优秀是天生的,但绝大多数人的优秀是后天练就的。

领导者的素质能力是可以后天修炼的。在持续学习和不断实践中,挫折、思考、经验、教训,都会潜移默化地成为领导者的素质能力。艰难困苦,玉汝于成。

凤凰涅槃五年路

2014年12月末,集团的一纸任命,使多年来想极力躲避的一个可能成了避不开的现实,阔别15年,我从北京又来到了浦江,负责经营集团所属的一个有20年历史的小企业——浦江芝田机电制造有限公司。这个公司创立之初,我曾经为它服务过5年。当然,这一次到来与之前有所不同的是,前次的兴奋、胆怯,变成了此次的平静、自信。造化弄人,难道我与芝田的缘分未了?

打起行囊,2015年1月3日,我带领几个选拔出的助手来到浦江。陈旧的办公室、凋敝的院落、可怜的业务量、神情冷漠的员工。陪同的助手中有一位以前来过芝田,开玩笑地说,体会到了"浦江芝田20年不变的情怀"。

2015:稳定与调整

没有集团领导明确的指示,没有总部分派的指标,集团到底需要这个企业做什么?不知道!也好,那就先摸家底。找尚留任的总经理谈,找20年前的老相识谈,找技术、财务、销售、生产、人事的主管谈,查账、查资产负债表、查现金流量表、查应收款明细表、查历史订单明细表。我发现问题严重：应收款杂乱、业务单一、盈利能力低下、技术积累不足、人才流失严重。

发展才是硬道理。快刀斩乱麻，一周内首先提出经营策略——做强现有业务，恢复传统业务，开发新兴业务，明确业务增长点，明确开源增收的方向。经营是天，管理是地，其次明确管理思想——销售是龙头、技术是核心、质量是生命、资金是血脉。有了天和地，就要搭建四梁八柱，挑选长期在集团服务、具备真抓实干精神的助手为总经理，各部门主管留任，把流失的技术骨干找回来。

民以食为天。食堂已经关闭多年，致使员工午休时到处觅食，既费时又不安全。短期内解决不了污水达标问题，就先不开厨房，找信誉好的餐饮店定点供应，饭菜送到餐厅分发，员工吃到免费的午餐，有些小感动。

8个月之后，我由外行变成了入门汉，一口气争取了5个总包项目，彻底稳住了人心。随着每月盈利，员工们第一次拿到了月度绩效工资，有些小激动。

心气有了，但缺少方法。2015年11月，以教学相长为宗旨的"传习大讲堂"揭牌。技能的切磋、知识的分享、文化的传播，使这个徘徊、迷茫20年的公司，有了昂扬向上的氛围。

队伍要开拔了，思想和行为落伍的坚决调整，吃里扒外、恶习不改的开除，因循守旧的调离管理岗位。从人治到法治，重新制定各部门各岗位的职责，修订关键业务的流程。

2016：巩固

2015年一年，除把多年累积下来的几百万元坏账和废旧物资处理干净之外，盈利还翻了两番。年终晚会上，大家分享了成功的喜悦。

到2016年年初，80后精英挑起了各部门业务的大梁，组成了"八大金刚"。两名退伍军官的加盟，使这支以技术型人才为主的队伍，增添了军营的阳刚之气。

到2016年下半年，总包项目的成果接二连三落地。江苏EPC项目一次性通过验收，实现了芝田在新时期EPC项目上从0到1的突破，得到行业专家的高度评价，我也忍不住激动的心情，为项目部写了热情洋溢的贺信。

2016年8月，承载"对外展示形象，对内提升士气"责任的《机电之美》创刊，成为继"传习大讲堂"之后的又一个企业文化窗口。

2016年年终联欢会上，管理团队自豪地向广大员工汇报，年初拟定的10件大事全部完成；利润同比增长50%，员工收入同比增长10%。特别让员工有感的是，公司第一次组织部分员工去国外旅游，他们领略了异国绚丽的风景，增加了自豪感。

"扎硬寨，打死仗。"两年艰苦卓绝的奋斗，使芝田公司在人才梯队、企业文化、业务领域、业务量、盈利能力、技术能力等诸多方面，都得到巩固，应该不会再出现颠簸和倾覆的风险。

2017：能力建设年

《孙子兵法》曰："胜兵先胜而后求战。"2017年，随着公司业务量的快速增长，队伍能力成了发展的瓶颈。企业要实现长久的成功，练好内功、加强能力建设迫在眉睫。2017年"传习大讲堂"系列讲座的主题便聚焦在能力建设方面。我把企业的能力，按照九个环节、三个层面、两个维度进行了分解，如下表所示：

2017年各业务群能力评价表

能力分解		各项能力	A业务群	B业务群	C业务群
能力是可分解、可测量的	九个环节（横向）	市场销售的能力	8	7	7
		技术开发的能力	8	7	8
		加工制造的能力	5	8	7
		供应链整合的能力	9	7	6
		现场施工的能力	8		
		售后服务的能力	6	5	5
		人才培养的能力	8	6	6
		盈利赚钱的能力	9	6	5
		资金运筹的能力	7	9	7
	三个层面（纵向）	高层主管的科学决策能力	7	6	6
		中层主管的高超指挥能力	7	5	5
		基层员工的良好执行能力	7	6	6
	两个维度（径向）	单兵作战的能力	7	6	6
		团队制胜的能力	8	7	7
		综合能力评估	104（74%）	85（65%）	80（61%）

2018：多角化成长

经过前3年的稳定、调整、巩固和能力建设，公司聚集了一定的内能，于是，我将2018年定位成"多角化成长年"。所谓"多角化成长"，就是充分利用公司的各种资源，在保留原有业务的情况下，用新的产品和服务去开发新的市场，以培育新的竞争优势和扩大现有业务量，保证企业的长期生存和稳健发展。

这一年，我们建立了海外销售网络，组建了电控研发中心，成立了建筑工程分公司，建成了流水线生产的车辆改装工厂，成立了与美国五百强企业的合资公司，引进了日本食品机械业务。2018年的多角化成长是裂变式的，这些新成长起来的业务，看起来突兀，实际上是水到渠成，奠定了浦江芝田八大业务群的基础。

2019：内部价值链整合

企业经营活动，是一个价值创造的链条，各个链节都应紧密相扣，不重叠、不拧巴、不松懈，这样整个链条才能承担拉力。2019年，公司推出了"内部价值链整合"活动，以加强各部门之间的协作、产供销之间的协作、各种投入要素之间的整合、人力资源的整合、作业单元之间的整合。通过整合与协作，优化了不产生价值的环节、不产生价值的人、不产生价值的制度和流程、不产生价值的思想和情绪。

为了全方位满足客户需求，销售队伍也进行了整合，几个业务线的销售人员合并后再分区管理。国内市场被划分为八个战区，每个战区拥有全产品系的销售能力，为客户提供一站式服务，既解决了客户的烦恼，也锻炼了销售人员，使他们不再"单打一"，而成为真正的职业化销售人员，具备综合的客户服务能力。

在2018年年初的销售会议上，我和销售骨干们交流销售工作的心得，传授自己关于成功销售的"道法术"。道是普遍原则，法是基本方法，术是应变技巧。

销售员的成功之道：让人接受你，让人喜欢你，让人离不开你。

销售员的成功之法：四情——敌情、我情、人情、事情；四有——手中有物、心中有数、脚下有路、身后有助；四千万——走遍千山万水、道尽千言万语、吃够千辛万苦、排除千难万险；四个P：Product（产品）、Price（价格）、Place（通路）、Promotion（推广）。

销售员的成功之术：除了基本方法，还要准备一些针对性的技巧；成功的销售人员，在说服客户时，要有一个观点、一个故事、一个算盘；在客户面前的表现，要自信、饱满、灵活、意志；在内部沟通方面，要做好工作日志、例行报告、主动请示。

凤凰涅槃

传说古代埃及有一种名叫Phoenix的不死鸟，每隔500年它就要背负着积累于人世间的所有不快和仇恨恩怨，投身于熊熊烈火中自焚为灰烬，再从灰烬中重生，在肉体经受巨大的痛苦和磨炼后获得永生。这种不死鸟的浴火重生，被我国近代文豪郭沫若先生称为"凤凰涅槃"，象征着不屈不挠的奋斗精神和坚强的意志，也比喻一个人或一个团体，经历漫长的苦痛后，从浮躁、消沉、死灰一般，变得成熟、稳重而坚强。

5年艰难历程，浦江芝田就像那只不死鸟一样，在浴火中得以重生。这次重生会是永生吗？发展道路上还会有波折甚至倾覆吗？我在2019年年中经营会议上，提出"两个务必"，给大家敲响了警钟：务必保持谦虚谨慎、不骄不躁的工作作风；务必保持求真务实、艰苦奋斗的工作作风。

芝田虽小，却关系着300多名员工及成千上万关联者的生息，关系着投资人20多年的期望，关系着上下游产业链上众多人的利益。吉姆·柯林斯在其名著《从优秀到卓越》中，为我们描述过一个企业发展的"飞轮效应"："企业从优秀到卓越的跨越，是一个累积的过程，是一种进化，有连贯性、一致性，而不存在起决定作用的单一行动，不是剧烈的变革，不是一了百了的创新，没有瞬间的奇迹；当你做事的方式和一次次成功可以使人们看得到，人们就会怀着极大的兴趣站在你身边支持你，不管是外部投资人还是内部员工。"企业的发展就像一个飞轮一样，有了初始的转动之后，就会有越来越多的人加盟助推，飞轮的动量便越来越大，任何阻力都无法让它停止，企业才会实现基业长青。

企业文化激发善意

一个组织、一个企业存在的社会意义是什么？这么多人以一个企业为载体，聚集在一起，企业能为大家带来什么？这些问题涉及企业管理的本质问题。企业管理大师彼得·德鲁克认为，企业管理的本质，其实就是激发和释放每一个人的善意。回首浦江芝田凤凰涅槃的五年路，我对德鲁克的伟大思想深信不疑。

吸引海盗的不是金银财宝，而是广阔的海洋；吸引绿林响马的不是大鱼大肉，而是山川大河。最优秀的人才，是会被组织的愿景、使命、价值观和行为准则所吸引、所激励的。

企业的愿景、使命、价值观、行为准则，构成企业文化的内核，是企业每次做重大决定的依据；而经营管理思想、策略、组织、制度、方法，则是企业文化内核的外在体现。二者组成完整的企业文化体系，作为企业发展的指导性纲领，相辅相成，既能保持企业经营政策的连续性，也为全体员工的行为提供指引，使员工在潜移默化中增强团队凝聚力，实现企业和个人的发展。

一个企业崇尚什么文化，决定这个企业能走多远。"仁者见仁，智者见智"，每个企业都应该立足自身的条件、行业、历史，探求保持企业不断健康发展的"永动机"。浦江芝田的各级主管和广大员工，通过2015年到2019年共5年的实践，结合学习古今中外各种企业管理著作和管理人物传记，有了自己知行合一的心得，逐渐形成了我们自己的企业文化体系。在这个体系的形成过程中，吸取营养最多的是五个方面的思想理论：以孔子为代表的儒家刚健有为的人文精神、开国领袖毛泽东的领导理论、现代管理学之父彼得·德鲁克的企业管理思想、全球第一CEO杰克·韦尔奇的管理思想及其《商业的本质》、华为公司创始人任正非的管理思想及其《华为基本法》的精髓。

浦江芝田公司使命：我们为客户提供高性价比的设备和服务，帮助客户实现经营生产的高效益；我们致力于中国肉类食品产业链向环境友好、资源节约方向快速良性发展。

浦江芝田公司愿景：做肉类食品产业链的一流设备供应商和服务商。

浦江芝田公司价值观：客户第一、和谐共荣、变革创新、止于至善。

浦江芝田公司员工行为准则，如下表所示：

浦江芝田公司员工行为准则		
序号	员工行为准则	解读（正面清单）	戒律（负面清单）
1	做人有原则，做事有底线	有原则不乱，面对是与非、荣与辱、得与失、取与舍时有所判断，有所敬畏；有底线不败，不用原则做交易。	与恶势力、坏习气同流合污；故意损害公司或同事的利益；拉山头搞宗派。
2	遵章守纪，爱惜公司声誉	熟悉公司的规章制度并自觉执行，特别是独处之时；对有损公司声誉的言行坚决抵制；商务活动时端正自己的言行。	无故迟到、早退、旷工；不按照制度和流程工作；散播不利公司的消息；面对客户时不讲求商务礼仪。

（续表）

3	求真务实，有一技之长	不断培养自己的专长，善于发挥自己的专长，并努力达成公司给予的任务和目标。	讲空话、骛虚名、做表面文章；不钻研本职业务。
4	目标坚定，不轻言放弃	有明确的工作目标和人生目标，并为达成目标而坚持不懈；工作目标与公司目标保持协同。	工作中得过且过，遇到困难就投降。
5	支持上级，关心同事	上级看的是全局，自己看的是局部，懂得站在上位思考，努力完成上级安排的工作；为同事包括下属提供无私支援。	轻视上级，阳奉阴违；嫉妒别人的努力，为下属的发展设置障碍。
6	持续学习，不断创新	向书本学习、向身边人学习，不断总结实践经验；不满足于现状，并不断用新思路、新方法改变现状。	自以为是、墨守成规，看不到问题。
7	适应变革，与时俱进	支持公司的改革，愿意接受变化，并为改革提供正能量，在变化中求成长。	发牢骚、向后看，为改革和变化设置障碍。
8	朝气蓬勃，敢于担当	阳光、正气、敏捷；主动担当重任，不为错误找理由。	拈轻怕重、畏首畏尾、揽功诿过。

我们往往只看到一个行为的结果而忽略这个行为背后的驱动力，其实这个驱动力才是产生结果的源泉。用企业文化传递善意、激发员工的善意，便增强了员工行为背后的驱动力，这是效率最高的方法。使命，表述的是"我们要贡献什么"；愿景，表述的是"我们要成为什么"；价值观，是实现愿景和使命的思想保证；行为准则，是实现愿景和使命的行动保证。企业文化的这些内核，要传递善意、激发善意。资源是会枯竭的，只有文化才会生生不息。

战略、战术、战法

回首凤凰涅槃 5 年路，芝田公司的发展，是芝田员工像战士在战场上一样，按照高超的战略、灵活的战术，捕捉稍纵即逝的战机，通过一次次的战役，积累的一个个战果。正如北宋大政治家、文学家王安石的诗句"看似寻常最奇崛，成如容易却艰辛"。

回首凤凰涅槃5年路，我们在不断总结、不断完善中，把成功的经验固化，使其成为一定时期的企业精神、战略、战术、战法，我将它概括为"一二三四"。

一条企业精神：以奋斗者为本。

"人"是企业最宝贵的资源，"人的需求"是企业应该关注的重点。那么，以人为本是以"什么人"为本？华为公司给出了很好的答案——以奋斗者为本。芝田公司也尊崇"以奋斗者为本"的企业精神。我们坚持以奋斗者为本，这不仅是对奋斗者的尊重，也是对事业的尊重，对生命的尊重。要奋斗就会有牺牲，牺牲时间，牺牲享乐，天道酬勤，商道酬勤，劳动光荣，多劳多得，公司要用报酬和升迁，对奋斗者的牺牲进行补偿和奖励。"猛将必发于卒伍，宰相必取于州郡"，一线经历和成绩是选拔与晋升的必备条件，没有一线经历者、缺乏斗志者，不能占据重要的岗位。

二轨并行战略：保增长、谋发展。

"增长是王道"，"发展是硬道理"，企业既要保证现有业务的持续增长，又要追求新业务的不断发展。保增长为谋发展提供经济保障，谋发展为保增长提供新的动能。为了保增长，就要聚焦主航道，凝心聚力，一方面要抓住主营业务中的机会点，持续扩大战果；另一方面也要通过延伸服务、价值营销和服务营销，提高既有客户的购买量和忠诚度。为了谋发展，就要实行多角化经营，向上下游产业链延伸，做渠道领袖。

三大制胜法宝：追求三个满意，保持行业领先，催发内生动力。

我们总结了芝田公司的"三大制胜法宝"——追求三个满意，保持行业领先，催发内生动力。追求三个满意，就是客户满意、员工满意、投资人满意。这三个满意是有内在逻辑的，顺序不能颠倒，必须以客户满意为原点。保持行业领先，是芝田每项业务的基本定位，有的是创意领先，有的是设计领先，有的是质量领先，有的是成本领先，有的是供应链领先；而且要通过新材料新工艺新理论的吸收，通过集中力量干大事，通过技术嫁接弯道超车，通过内外价值链整合，不断深化领先优势。催发内生动力，就是通过企业文化、能力建设、制度建设、传习大讲堂、以奋斗者为本的企业精神，激发员工的善意和激情，发挥显能，挖掘潜能。

四条战术思想：销售是龙头，技术是核心，质量是生命，资金是血脉。

销售是龙头。企业价值链的原点在于客户需求，企业经营活动的本质就是为客户创造价值，销售部门和销售人员最贴近客户，最了解客户的需求，最清楚客户需要的价值所在。没有销售，工厂就会停工；没有销售，货物就不会流通；没有销售，社会就不会进步。所以说销售员是企业发展的动力。

技术是核心。客户买的其实并不是产品，而是产品中蕴含的技术和功能。我们要注重加强技术队伍建设，加大研发投入，加强各专业的协同，开展广泛的技术创新活动，在产品迭代升级和新产品研发两个领域常态化、持续化，做到"人无我有、人有我优、人优我新"。

质量是生命。客户购买的产品，外观是有形的，内在无形的其实是质量，质量是产品的生命，也是企业的生命。我们不断深化全面质量管理，在设计、原料、加工、操作各个环节综合治理，广泛开展QC小组活动，追求"四零"成果——设计缺陷为零、原料缺陷为零、生产缺陷为零、工序漏检为零，使质量之树水土丰沃、根深蒂固、躯干坚实、枝繁叶茂。

产品质量树

生产质量
原料质量
设计质量
员工培训

水土丰沃、根深蒂固、躯干坚实、枝繁叶茂

生产质量是枝叶——
按图生产、工序正确、操作水平、设备精度、工装完备、辅料质量、作业环境、工作情绪、奖罚得当、吊装搬运、工序检验、出厂检验、外协控制、QC小组活动

原料质量是躯干——
材质、加工手段、均匀度、入厂检测、时效性

设计质量是根本——
选材、结构、尺寸、工艺、公差、光洁度、热处理、三化审核（标准化系列化通用化）、工艺审核

员工培训是水土——
企业文化、作业流程、专业技能、质量意识、创新意识

产品质量树

资金是血脉。企业经营活动中贯穿始终的有几个流——物流、人流、信息流、价值流、资金流，其中资金流就像人体中的血液流动一样，缺血、失血、血管堵塞，都会使人体瘫痪以至于死亡。资金的盈余、融贷、回流、节流、流动性、周转效率都正常，满足企业合理的资金需求，才能保证企业这个有机体运转顺畅。

未来发展之路

5年下来，浦江芝田的营业收入增长了5倍，业务群由两个增加到8个，并且组建了能适应未来5年到10年发展的80后、90后主管团队。早在2017年年末，在前3年的稳定、调整、巩固、能力建设初见成效之时，芝田公司就谋划了后5年的发展之路。2018年开启多角化成长模式，2019年实行内部价值链整合，接下来的2020年到2022年，年度发展主题依次是产业链整合、确立领先优势、目标冲刺。到2022年，营业收入比 2019 年要再增加两倍，劳动生产率比行业平均水平高出一倍。

兵无常势，水无常形。管理政策是长效的、稳定的，而经营战略则应是能动的、灵活的。没有稳定的政策只有灵活的战略，那是盲动的；没有能动的战略只有长效的政策，那是因循守旧的。浦江芝田的发展之路，要依托于稳定与能动的结合，奇正相生，永续发展。

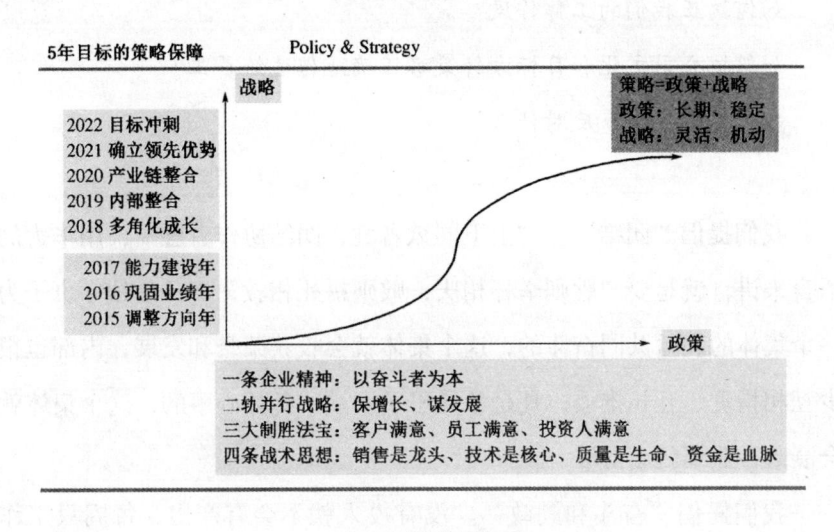

5年目标的策略保障　　　　Policy & Strategy

战略

- 2022 目标冲刺
- 2021 确立领先优势
- 2020 产业链整合
- 2019 内部整合
- 2018 多角化成长

- 2017 能力建设年
- 2016 巩固业绩年
- 2015 调整方向年

策略=政策+战略
政策：长期、稳定
战略：灵活、机动

政策

一条企业精神：以奋斗者为本
二轨并行战略：保增长、谋发展
三大制胜法宝：客户满意、员工满意、投资人满意
四条战术思想：销售是龙头、技术是核心、质量是生命、资金是血脉

5 年目标的策略保障

对主管队伍的忠告

在浦江芝田，我曾经把自己定位成三位一体的角色——构建者、布道者、清道夫，构建公司文化和组织，不断传导和解释公司文化，清除年轻主管面临的思想、业务和人事障碍。在接下来的几年，我会更侧重于扮演"清道夫"的角色，这是我在退休之前愿意为这个公司、这个团队做的主要贡献。

谈到团队，我便想起毛主席那句话，"正确的路线确定后，干部就是决定性因素"。浦江芝田的中高层主管已经占到员工总数的10%以上，这个主管队伍的管理水平和工作作风，对于达成下一个5年发展目标将会起到90%的作用，所以我一再请大家想清楚、讲清楚下面几个问题：

如何提高我们的管理水平？
如何端正我们的工作作风？
如何把公司文化和目标方针策略正确地传达给员工？
我们提倡什么？反对什么？

我们提倡"团结"。"上下同欲者胜，团结协作者胜"，用华为的语言来讲，就是要"胜则举杯相庆，败则拼死相救"。凡是领导班子为一个集体的利益共同奋斗的，这个集体就会收获荣誉和发展，内部也很少互相指责、互相推诿；凡是领导班子涣散、各怀心事的，这个集体就会衰落，业绩就会滑坡。

我们提倡"奋斗和勤政"。没有投入就不会有产出，每周只工作40小时是成不了专家的；要大力弘扬以奋斗者为本、与奋斗者为伍的企业精神，政策上要通过差异化考核，利益分配继续向努力奋斗者倾斜。

我们提倡"利他"。职场中人形形色色，但归纳起来无外乎三类：损人利己者、事不关己者、利人利己者。缺乏自立立人、集体主义精神的主管，不配做队伍的领头人。

我们提倡"谦虚谨慎"。因为公司前五年取得了成绩，来自集团的支持越来越多，来自客户的订单越来越多，关注度也随之越来越高，人们会用放大镜来审视我们。千里之堤溃于蚁穴，我们要有临渊履冰的警惕心。

我们提倡"空杯心态"。主管队伍的素质能力是公司发展的天花板，要通过不断学习来提高业务能力、思辨能力、表达能力（写作与演讲）。对于企业里的实干家而言，读书是提高素质能力最有效的途径，因为我们今天遇到的问题，前人都经历过了，成功人士已经把处理这些问题的经验都写到书里了。磨刀不误砍柴工，主管团队应该不断共同学习、讨论一些经典著作，读透、分享，形成共同的观念和共同的工作语言，就不会出现鸡同鸭讲对方听不懂的尴尬，避免了低效循环。

我有一个"动车理论"：现在已经不是"火车跑得快，全靠车头带"的时代了，现在的动车没有车头与车身之分，每一节车身都有动力，都有正能量，所以才叫"动车"，才能上高速铁路。企业里也一样，每一个主管都应成为你所负责部门的动力之源，不仅带动你的车厢，也为整列火车提供动能。

以上几条，既是我的倡导和要求，也应该成为组织原则和组织纪律，主管队伍中不允许有负能量和"绝缘体"存在，中高层主管要成为传播企业文化和方针策略的"超导体"。

每个人都需要完成对自己的革命，让自己的品质真正变得优秀，之后才是为家庭、集体、国家和社会的进步、为他人的幸福做出贡献。我建议主管队伍熟读三篇关于水的经典文章：《秋水》《岳阳楼记》《水五则》[①]，不断提升做人的智慧、情怀与志向。

以奋斗者为本，与奋斗者为伍，奋斗者兼具目光远大和求真务实两个核心特质，希望浦江芝田公司以创造客户价值为宗旨，铢积寸累、步步为营，积小胜为大胜，通过我们的成功，推动行业和社会的进步。这就是我们芝田人的追求，这就是奋斗者的逻辑。

---

① 编者注：《秋水》《岳阳楼记》《水五则》，见本书第二辑文章《水三篇》。

我行我述

万涓成水,我们欢迎志同道合者一起汇聚成奋斗者的滚滚洪流,而永葆其不变的初心——上善若水。

士不可以不弘毅

2017年集团愿景的宣传材料已经下达，今天我想结合我个人对2017年愿景的理解，阐述我们事业群的五年规划和2017年工作的方针策略。

个人对集团愿景的理解

集团的事业已经发展到16个国家和地区，员工超过30万，服务范围涵盖36亿人口，是名副其实的超级跨国公司。多种语言、多种文化、老中青几代人的团队，靠什么实现方向一致、步调一致？集团董事长在每个岁末年初发布他的愿景，实际是为全集团指引前进的方向。凭借高瞻远瞩和审时度势，集团董事长的愿景实际上已经成为集团这艘超级航母的源动力。如果我们不能深刻领会其要旨，我们各项事业的小船就有偏离航线甚至折戟沉沙的风险。

集团董事长提出开启集团事业的4.0时代。我个人理解，集团4.0的核心思想就是让创新来驱动集团的发展、让各项事业之间通过协同来增效、让实体经济插上互联网的翅膀、让青年才俊担当重任，是集团业务由销售导向的1.0，到生产导向的2.0，到市场导向的3.0，到由新零售来拉动的全产业链协同发展的4.0。我认为，集团事业4.0更要结合世界强国刚刚兴起的工业4.0的思维，利用移动互联网、大数据、云计算、物联网等信息技术，实现工业化与信息化的"两化融合"，在智能制造与电子商务两端提升我们的竞争力。

集团董事长非常重视人才，特别是青年人才。我个人理解，集团的愿景是"做世界的厨房"，中国区十年发展规划主线是"四王计划"，能不能实现这个计划，人才是最关键的因素。我们培养了大批的青年才俊，但只有给青年人展示自己的舞台，才能增长他们的才干。中国文化讲"相马以舆，相士以居"，要想知道这匹马的能力大小，就要让他拉上车去跑一跑；要想知道这个人的能力如何，就要让他在岗位上去施展一下。集团董事长反复强调"协同"，我个人理解，协同的目的是增加集团整体效益。我们在平时工作中也意识到各部门需要协同，但想到的只限于"你有余力时来帮我一下，我有余力时也愿意帮你一下"；而对协同实现双赢、增加集团整体效益的认识还不足。集团董事长今天把协同提升到集团政策层面，正当其时，这是一个里程碑。战略战术上讲"分进合击"，"分进"的目的是"合击"，集团各行各业发展到今天，都初具规模，是"合击"的时候了。经济学上讲要发挥"全要素生产效率"，就是要把投入的各项资源如人才、资金、物资、技术、市场等，效率最大化。

集团董事长非常重视高科技与建筑工业化，认为用机器代替人工、通过高科技等先进技术手段，集团到哪个国家投资都会成功。我们装备事业群所提供的各类机械产品、电气产品、智能化产品、运输车辆、模具、建筑工程，要不断消化吸收最新的科技成果，比如GPS、自动控制、建筑材料工厂化、物联网技术等，为集团主营业务的发展保驾护航。

装备事业五年规划

中国当前的农牧食品行业正处在一个深度整合与快速转型的时期。从经营模式方面观察：养殖行业正在由千家万户小规模饲养向社会资本大量涌入带来的规模化饲养方式转变；饲料行业正由商品饲料完全竞争模式向与养殖场配套专业化生产方式转变；食品行业正由传统的地方风味佐餐向工业化、安全化日用消费品方式转变；物流行业正由传统运输公司配货向专业化车辆加上专业化物流方式转变。从市场规模方面观察：中国广大农村从基本温饱向小康社会快速迈进，必然带动肉食品消费的大幅提升。在此背景下，我们集团为未来十年的发展提出了"四王计划"，每一个"王"都是一条完整的产业链。原料、饲料、育种、养殖、屠宰、食品、环保、物流各环节有机衔接，追求"资源节约型、环境友好型"事业，实现可追溯化管理，保证食品安全。

农牧食品业经营模式的变革和市场规模的扩张，为农牧食品机械行业的发展提供了广阔的舞台。"海阔凭鱼跃，天高任鸟飞"，作为中国农牧食品机械行业的一员，我们绝不能在这场伟大的变革中缺席或落伍，我们要乘势而为，通过充分挖掘现有人才和技术资源，通过整合世界资源，兼收并蓄，实现跨越式发展！

我们这届管理班子已经组建两年，应该说基本达成了当初集团领导对我们的期望。但我们也要清醒地认识到，我们的事业还很弱小，与集团整体发展形势相比，还有很多不足。从表层看：两年来，销售收入翻一番，利润增加两倍，制度建设、梯队建设取得长足进展，客户满意度明显好转，员工福利大幅改善，公司内部充满正能量。但向深层看：我们在行业中的影响力还不足，还缺少行业内公认的专家；管理团队的敬

我行我述

业程度参差不齐，还存在得过且过的现象；有些部门的业务能力还欠缺。欠缺不可怕，怕的是不自知，怕的是面对困难而投降。

自身的不足惕厉我们不能放松，外部严峻的现实更不允许我们稍有懈怠。一方面，经济全球化、技术换代加快、信息传递无时差、供需矛盾突出，逼迫我们不能停下发展的脚步；另一方面，企业竞争的规律逃不过赢者通吃的马太效应。没有吨位就没有地位，没有平台就不会有精彩，所以我们不能沾沾自喜，必须负重前行。为此，我们做了装备事业未来五年的规划，并得到集团董事长的认可。为什么要做这个五年规划，是好高骛远吗？是好大喜功吗？不是，是为了这个事业不再走弯路，是为了大家统一步调，是为了使大家有一个好的前程。毛主席说："主义譬如一面旗子，旗子立起了，大家才有所指望，才知所趋赴。"我个人理解，所谓主义，就是主张和理想！方向明确，目标明确，路线明确，队伍才有奔头。

我们的愿景已经明确：做中国农牧食品业投资项目的整体解决方案供应者。

我们的目标已经明确：成为"机电加工＋工程施工＋物流服务"三位一体的产业群。到2022年，我们的年产值要达到今年的7倍，人均年产值300万元。如果做到这一步，我们就会占领行业技术的制高点，成为本行业的一流企业。

我们为达成这个目标制定的策略已经明确。投资策略方面，通过轻资产并购、吸引行业领先企业参股，来扩充我们的产品线；产品策略方面，通过嫁接国际最先进技术，实现跨越式发展；经营策略方面，通过整合资源，做行业领导者，对产品实行全寿命周期服务；人才策略方面，用上海的城市名片和集团在行业中的口碑来吸引高端人才，确立高素质、高待遇、高效率、低成本的"三高一低"竞争优势。

接下来，我们要实现"大协同"，我们将结合紧密合作的大学、科研机构、欧美一流公司，以及集团内外的设备专家、工艺专家、材料专家，共同打造我们的核心能力，丰富我们的产品体系和服务体系，使我们成为行业领跑者，实现客户、集团、公司、员工多赢目标。

如何打好五年规划的开局战役

2017年是五年规划的开局年，这场战役怎么打？希望大家要统一思想，按照装备事业五年规划的目标、方针、策略、路线图来走！各公司都要结合装备事业五年规划，制定翔实的工作计划。做工作计划离不开目标、策略、措施、人才，这是环环相扣的一套体系，不能只谈目标不谈策略，也不能只谈措施不谈人才。企业经营工作，就像盖一座大楼，目标就是楼顶，它的高度代表我们的追求；策略是维持大楼坚挺的支柱；措施是实现大楼功能的墙体；人才是承接大楼载荷的基础。这是一套系统，相互之间要匹配。因此，做经营计划时至少要自问四个问题：我所定的目标能否体现团队的最高价值？我所定的策略能否支撑我的目标？我所列的措施是否匹配我的策略？我的人才能否托起我的目标、策略和措施？

说实话，目前我们的能力还跟不上我们的目标，我们的行动还跟不上我们的愿望。前两年的成绩，我们是靠付出超常的努力才取得的。记得2015年年终总结会上，我送了大家曾国藩的六个字——"扎硬寨，打死仗"，那是在被动局面下依靠精气神的战法，这种精气神今后我们当然还要继续发扬，但我们要清醒地认识到，光靠一股气，发展是不可持续的。所以，今天我想再送给大家《孙子兵法》中的八个字——"胜兵先胜而后求战"，就是要建立和依靠我们的能力优势，而不能把我们的成功建立在集团政策性倾斜之上，不能把收获建立在天上掉馅饼之上。两种战法，前一种战法强调"气"，后一种战法强调"力"，这两种战法是相辅相成的，不可偏废，我们既要有精气神，也要建立能力优势，"有气无力"不能长久，"有力无气"坐失良机，希望大家认真体会这个道理。

我建议把2017年定位为我们机电事业的"能力建设年"，努力建设我们可持续的能力优势。它至少包括市场销售的能力、技术开发的能力、供应链的能力、加工产品的能力、现场施工的能力、售后服务的能力、人才培养的能力、盈利赚钱的能力；同时，我们既要重视团队出击的能力，也要增强单兵作战的能力。

到2017年下半年，我们将检验这些能力是不是得到了提升。"庸者下，能者上"，到时候我们可能不得不调整一些主管的岗位，我们一定要给想干事、能干事的人干成事的机会。所以，从今天开始，如果你的"剑"不够长，请向前跨上一步；如果你还不能驾轻就熟地履行你的岗位职责，请用学习、勤奋和奉献精神来弥补。

行成于思毁于随

行成于思，要建立我们可持续的能力优势，除了上面谈到的那些实战能力，更重要的是提高我们主管的思维能力。人类一切活动的目的都是认识世界、改造世界，而正确认识世界又是成功改造世界的前提。正确认识世界需要良好的思维能力，这是因为每一个事物都有多重属性，其中只有一个或几个是它的本质属性，本质属性决定了这个事物有别于其他事物，使它成为"这一个"。人的正确认识从哪里来？是从天上掉下来的吗？不是。是自己头脑里固有的吗？不是。人的正确认识只能从实践中来。但是，有了实践就一定会有正确认识吗？也未必！

实践中，人们通过眼、耳、鼻、舌、身等器官从事物中得到的是感性认识，感性认识是局部的、片面的、肤浅的，它不能反映事物的本质属性。就像盲人摸象，不同的盲人，摸到的分别是大腿、尾巴、象牙，都不是大象的本质属性，所以他们也必定不会解决盲人与大象之间的关系问题。可见，如果人的认识只停留在感性认识层面，根据感性认识去办事，就会事倍功半，甚至南辕北辙。感性认识必须经过一系列去粗取精、去伪存真、由此及彼、由表及里的抽象思维活动，上升到理性认识，才能探寻到事物的本质属性。抽象思维的重要理论主要有三个：系统论、形式逻辑、辩证法。系统论着重于功能分析、结构分析、系统最优化。形式逻辑强调概念、判断和推理，通过大前提、小前提、结论的三段论来推理。辩证法的核心思想是事物在矛盾双方的对立统一运动中实现发展，由此派生出共性与个性、主流与支流、对立与对抗、量变与质变、否定与肯定等多对研究范畴。

人的思维能力不同，决定了人的认识水平不同，进而决定了人的成就大小，所以大家要通过学习和实践，不断提高自己的思维能力。

凡事预则立，不预则废

做任何事情都要掌握三个原则——情况明、决心大、方法对，情况明是基础。"凡事预则立，不预则废。"要善于预测事物发展的趋势、速度和强度，进而根据事物发展的趋势、速度和强度，来及时调整方向，跟上节拍，投入资源（人、机、料、法、钱、时间、信息），从而保证"做正确的事"，以及"正确地做事"。

商场如战场，形势瞬息万变，结果此消彼长，所以说，"兵者，诡道也。"我最近又读了一遍《孙子兵法》，以前只记住了"知己知彼，百战不殆""不战而屈人之兵"等，这次重读加深了理解。我把《孙子兵法》的核心思想归结为两点：一是惜战，不轻启战端；二是战之必胜，胜兵先胜而后求战。惜战和战之必胜是一枚硬币的正反两面，其前提是"知己知彼"。大家说，要"知"的是什么？孙武给出的答案是要知"五事七计"——要求指挥员要了解五件事：道、天、地、将、法。要计算战争双方在七个方面的孰优孰劣：主孰有道、将孰有能、天地孰得、法令孰行、兵众孰强、士卒孰练、赏罚孰明。对"五事七计"做到心中有数，战争的胜负也就了然于胸了。

我们要善于"集中优势兵力打歼灭战"，快速实现从 0 到 1 的突破；要善于进行正反两方面的经验总结，从实战经验中提炼出具有普遍意义的规律，通过典型引路，迅速扩大战果，实现从 1 到 N 的飞跃。我们要不断提高认识问题的水平、解决问题的能力，从感性认识的此岸，上升到理性认识的彼岸；从不自觉的必然王国，迈向具有主体意识的自由王国。

士不可不弘毅，任重而道远

愿景、目标、策略、路线图确定后，各级主管就是决定性因素。没有一个卓越的主管团队，一切目标和计划都是空谈，所以我们要持续推动以"三个梯队建设"为核心的人才建设工程，着力塑造企业的"三个能力"：高层主管的科学决策能力、中层主管的高超指挥能力、基层员工的良好执行能力。"火车跑得快全靠车头带"，这句话其实已经过时，火车头马力再大，如果每节车厢都是负担，整列车跑得不会太快也不会太平稳。新型动车为什么更快？是因为每一节车厢都有动力。希望我们在座的每一位都有动力而不是负担！散发正能量，摈除负面情绪！

为凝聚共识，我们在集团核心价值观的框架下，提出机电事业8项用人标准：

① 做人有原则，做事有底线；
② 遵章守纪，爱惜公司声誉；
③ 求真务实，有一技之长；
④ 目标坚定，不轻言放弃；
⑤ 支持上级，关心同事；
⑥ 持续学习，不断创新；
⑦ 适应变革，与时俱进；
⑧ 朝气蓬勃，敢于担当。

上风下草，有什么样的主管就会有什么样的队伍，主管随心所欲，下属就自由散漫；主管以权谋私，下属就损公肥私。其实，做一名称职的主管也不难，大家都不笨，都有足够的水平，关键在于心思用在哪儿。我认为，遇事想自己少一点儿，想集体多一点儿，就是好主管。

士不可不弘毅，任重而道远。实现装备事业五年规划的目标，需要我们这个管理班子识量宏远，果敢坚毅。毛主席为延安中国人民抗日军

我行我述

政大学题词:"坚定正确的政治方向、艰苦朴素的工作作风、灵活机动的战略战术。"请大家记下来并好好消化。我也再一次提醒大家,这里不是因循守旧者的舞台,不是自私自利者的舞台,也不是个人英雄主义者的舞台,这里是锐意进取者的舞台,是为集体谋利益者的舞台,更是团结协作者的舞台。

士不可不弘毅,任重而道远。实现装备事业五年规划的目标,需要大批青年才俊,培养人才不仅是人事部门的责任,更是每个部门主管的第一责任,我们要启动"人才聚变工程",建立主管培养接班人的责任制。美国人约翰·奈斯比特在他的著作《中国大趋势》一书中,把中国经济快速发展的深层动因归结为"八大支柱"理论,其中一条是"规划森林,让树木自由成长",希望大家借鉴其中的做法,为年轻人创造良好的成长条件。同时,也要广纳人才,不做《水浒传》中的白衣秀士王伦,妄想把武松、林冲等优秀人才拒之门外,自己最后也落得个人头落地的下场。

士不可不弘毅,任重而道远。我要送给外勤部门各位主管12个字:形在江海之上,心存魏阙之下。希望你们时刻牢记,公司靠你们取得订单才能维系运转,是你们所在的岗位赋予了你们这个崇高的责任。我要送给内勤部门各位主管5个字:客户是上帝。希望你们在工作中急顾客所急,想客户所想,只有超出客户所期望的才能感动上帝。这里所说的客户,当然包括公司经营链条中的上下游部门。我也要送给总揽全局的各位总经理8个字:周公吐哺,天下归心。希望你们爱惜人才,尊重下属,尽量满足下属合理的需求,并不断提出更高的目标,以激发下属新的斗志。

士不可不弘毅,任重而道远。人的一生最珍贵的是什么?尊严!孟子所谓"富贵不能淫,贫贱不能移,威武不能屈",讲的就是做人的尊严。我希望通过大家的努力,使我们这个事业在行业内、在集团内取得应有的地位;我希望通过大家的努力,为集团发展多做贡献;我希望通过大家的努力,使我们的员工在社会上、在家庭中享有应有的尊严。

前途光明,道路曲折。伟大的思想家马克思说过:"在科学上没有平坦的大道,只有不畏劳苦沿着陡峭山路努力攀登的人,才有希望到达光辉的顶点。"

我对我们这个队伍充满期待,也充满信心!

我行我述

传与习

——在"传习大讲堂"开课仪式上的讲话

这是一个物质过剩的时代,看一个人是不是富有,不是看他在餐桌上吃什么,而是看他往垃圾桶里扔什么;这是一个知识爆炸的时代,看一个人能不能成功,不是看他的知识面有多宽,而是看他对知识的理解有多深。

大家都在追求"成功",我所理解的成功,可以是做人的成功,可以是做一件事的成功,可以是生意场上的成功,可以是个人职业生涯的成功,也可以是家庭幸福的成功。

我所理解的"成功人士",就是掌握了事物发展规律的人,掌握了正确思想的人。人的正确思想是从哪里来的?是从天上掉下来的吗?不是。是自己头脑里固有的吗?不是。人的正确思想只能从前人传授的经验中来,只能从自己的亲身实践中来。

所以我们要建立"学习型组织",形成"教学相长"的氛围;我把我们这个学习场所起名为"传习大讲堂",强调的是"传"和"习"。传,就是请老师来传授他们的经验;大家看这个繁体的"習",是象形文字,原意是小鸟反复地练习起飞,就是要求学员把学到的经验带到具体工作中去实践。

关于"传"和"习"的关系,我有三个注解帮助大家加深理解。第一个注解,"求知有三万"——读万卷书、行万里路、结交万友。

读书是把前人的经验传承下来,强调的是"传";交友是在朋友圈中把经验口口相传,强调的也是"传";行万里路不只是走路或旅行,还包含做事的意思,也就是实践,强调的是"习"。

第二个注解,《论语》中有曾子的"吾日三省吾身"。曾子强调每天需要反思的是哪三件事呢?"为人谋而不忠乎?与朋友交而不信乎?传不习乎?"老师讲的、别人讲的,你有没有在工作中去领会、去实践呢?

第三个注解,明代心学大师王阳明的《传习录》,它的中心思想是"致良知"与"知行合一"。知识光了解了不行,还必须用行动去体验,知道了什么是对的不够,还必须在日常生活中去改正自己的错误。这讲的也是"传"与"习"的关系问题。

学以致用,今天我们这个"传习大讲堂"的第一讲,由集团工程部的几位专家讲授工程项目管理经验。他们不是理论家,不是专业讲师,课件的理论性、逻辑性、系统性也许还不完备,一些观点也许存在可商榷之处,但他们是实干家,是工程项目管理的行家里手,他们的经验都来自多年的现场实践,都是第一手资料。我想,只要台上台下双方都能够用心,相信对在座的各位都会有很大的帮助,特别是即将从事工程项目管理的同事。

学习过程中有个"漏斗定律":老师讲了100%,学生听到了80%,领会了60%,能记住的只有40%,运用到实践中的只剩20%,这是知识传递过程中普遍存在的递减规律。我们能不能打破这个所谓的"定律",就看大家是不是用心了。只要用心,最后剩下的就不止是

我行我述

20%，可能是30%、50%、80%，这样你的学习效率就大大超过了一般人，你就会更快地接近成功。

历史上有许多"一字师"的故事。有一个故事，讲的是唐朝诗人贾岛，他写的新诗中有一句"鸟宿池边树，僧推月下门"，写完后总觉得这个"推"字不够传神，反复比划时碰到好朋友韩愈，韩愈思索后给他改为"僧敲月下门"，这一个"敲"字就把整首诗激活了：敲出来的清脆声音，比无声的"推"更能反衬出月色下庙宇的寂静。从此贾岛就称韩愈为"一字师"，"推敲"一词也就是从这个典故来的。

没有身体的静止，就谈不上思想的深刻。《大学》里怎么讲的？"知止而后能定，定而后能静，静而后能安，安而后能虑，虑而后能得。"我希望大家充分利用传习大讲堂这难得的学习机会、难得安静下来的时光，静下心来，有所思考，有所收获。在我们这个大讲堂上，哪怕你从每一位讲师那里学到一点，你就会受益多多；当然，如果能够端正态度，做到融会贯通、触类旁通，收获的何止一点。

我们下一期要讲制度，由各个部门的主管来讲。制度，是现代企业生产区别于手工业生产的最重要特征，手工业靠师傅的"手艺"，现代大机器制造业是建立在劳动分工基础之上，依赖科学技术与管理制度。一个是人为，一个是法制。制度就是企业的"法"，"法不健全、有法不依、执法不严"，企业就无法生存和发展。企业的制度，主要是核决权限、作业流程、岗位职责。据人事部门统计，我们的A公司现有岗位30个，各项制度63项；B公司现有岗位27个，各项制度42项。制度健全不健全？制度合理不合理？希望通过下一期的课程，大家形成共识，进而去完善，使公司全体员工都按制度去执行。

第六辑 诗词歌赋

文学即人学,诗词歌赋中的景趣、情趣、意趣、志趣,最能体现作者的趣味和情操。以文会友,以诗论道,只有相同的经历,才能产生心灵的共鸣。曲高者和寡,意浅者滥觞;惟旷野观天者,能和光同尘;惟胸有丘壑者,能笔走龙蛇。

我行我述

你是这样的人

在华亭，在松江，
在茸城，在云间，
在上海之上，在浦江之源，
有一方热土，有一群人，可歌可赞。
他们来自五湖四海，
他们有着同样的信念——
化腐朽为神奇，
让平庸变绚烂。

当大地和繁星还在沉寂，
你已悄悄告别熟睡中妻儿的缠绵。
不是去飞机场，
就是去车水马龙的高铁站。
推销、谈判、握手、签约，
你是值得信赖的人。

当前方的捷报传来,
你便开始了紧锣密鼓的穿针引线。
不是与客户沟通,
就是与各部门协调供应方案。
计划、组织、合同、清单,
你是有条不紊的人。

当餐桌旁的家人已经等得不耐烦,
你终于攻克了最后一道难关。
不是在构思工艺流程,
就是在进行复杂的力学计算。
刚度、强度、光洁度、配合度,
你是精益求精的人。

当经济进入新常态,
你已经掌握了价格的底线。
不是在钢材市场,
就是在供应商的谈判桌前。
招标、比价、砍价、成交,
你是胸有成竹的人。

当冬季的寒流来袭,
你仍在热情似火地加班。

我行我述

不是在装车发运,
就是在组装设备,或加工零件。
切割、折弯、焊接、检验,
你是一丝不苟的人。

当一座座厂房拔地而起,
你终于露出如释重负的笑脸。
不是在检查钢筋水泥,
就是在讨论质量进度和安全。
襄阳、湛江、邳州、榆树,
你是肩负重任的人。

当公司的发展战略确定,
你知道人才是我们的生命线。
不是在构思企业文化,
就是在编写广纳英才的文宣。
招聘、培训、考评、甄选,
你是编织未来的人。

当业务量不断扩大,
你已经准备了稳固的资金链。
不是在银行融资,
就是在做项目的成本核算。

资产、负债、收入、支出，
你是为公司守夜的人。

当新年的钟声敲响，
你关掉办公楼最后的灯盏。
八方湖山收眼底，
万家忧乐到心田。
利国、利民、利企业、利全员，
你是统筹兼顾的人。

没有华丽的语言，
没有耀眼的光环，
劳动光荣，默默奉献，
你是正直诚信的芝田人。

诚信仁义天赐宝，
慈爱和气地生金。
二十年，风雨之后见彩虹，
你是正直诚信的芝田人。

把所有的心装在你心里，
在你的胸前写下，
你是这样的人。

我行我述

把所有的爱握在你手中，
用你的眼睛诉说，
你是这样的人。
把所有的伤痛藏在你身上，
用你的微笑回答，
你是这样的人。

总会有一阵风

总会有一阵风，逼催树叶飘零，
总会有一场雪，平息万物纷争。

风走了，树叶混迹在浅水深坑，
雪化了，万物再一次欣欣向荣。

总会有一枕梦，沉迷蝴蝶庄生，
总会有一个人，让你骨刻心铭。

梦醒了，少年维特成东坡病翁，
你走了，留下满世界你的身影。

我行我述

同窗赋

天地君亲师，师恩天长地久，师爱严父慈母；同胞同志同窗，同胞者情也，同志者义也，同窗者有情有义更知心。

十年树木，百年树人；教化之德，实为甘霖；同窗之谊，最可珍惜。小学同窗，未开化而疏顽；大学同窗，渐老成而隔阂；唯中学同窗，情深义重最难舍。然挥别卅载，各以事牵，难有合并，实乃人生之憾事也。

时值仲夏，岁在庚寅；冒烈日之酷烤，踏千里之旅程，四十同窗欣然聚首一中。风月无今古，情怀自浅深；故园重游，一草一木皆情；绿荫围坐，千言万语难尽。欢声笑语，忆少年苦读之艰辛；把盏停箸，叙劳燕分飞之风雨。

想我昌黎，孤竹君之故土，韩文公之郡望；唐宗魏武，饮马赋诗于此；俊采飞扬，流芳百世。念我一中[1]，尊师重道，桃李天下；吾师达良[2]，高怀以穷物理；吾师德嘉[3]，潜心以演数学。数理化，政文外，众师竞技，后生得以脱颖。巍巍乎碣石，浩浩乎沧海，吾师之风，山高水长！今吾同窗，各安其所，科教文卫，上层建筑之倚重；商农工交，

---

[1] 指昌黎一中，河北省重点中学。
[2] 指作者的物理老师李达良。
[3] 指作者的数学老师邵德嘉。

经济基础之栋梁。

　　一别卅载，仍念合箸分粥之谊；情义永存，遑论咫尺千里之遥？行百里者半九十，我辈虽言不惑，终需究天命人事之精微；已近小康，更待伸民胞物与之大义。吾师教诲，常持而守之，曰诚，曰俭，曰天道酬勤。

　　呜呼！天高地迥，自古聚少离多；任重道远，更觉来日可追。苏子曰："谁道人生无再少？门前流水尚能西！"

我行我述

格律诗词（15首）

过鹳雀楼[①]

浓雾锁三晋，征尘下蒲州。

迷津失故道，铁牛守荒丘。

鹳雀非旧所，黄河已涸流。

欲说当年事，何必上层楼。

赠友人

春风江夫子，青云入九重。

殷殷杨柳意，念念手足情。

才高凌子建，德厚让管宁。

四方丈夫事，万里挂征蓬。

中秋节

相识三十年，情谊一线牵；

风月无今古，情怀自深浅。

[①] "白日依山尽，黄河入海流。欲穷千里目，更上一层楼"，唐人王之涣《登鹳雀楼》绝句，千古流传，妇孺皆知。

路远虽霜重,前行莫迟缓;
试问门前水,尚能复西还!

五十遣怀

秋风拨动五十弦,世事浮沉无有间。
回首忽惊黄雀后,闭目犹见蝴蝶前。
身无半亩忧天下,道生万物法自然。
名利两船凭它去,坐看白云走青天。

五五自状

求知欲望像少年,

工作热情像青年,

身体状况像中年,

生活需求像老年,

不忘初心像童年。

山中一夜

——赠祥云山庄主人怀谷居士

中台寻幽处,云上有山庄。
翠鸟鸣深树,紫雾绕禅床。
山高雨来急,书厚墨留香。
怀素卧空谷,东君探晓窗。

我行我述

山间闲居（二首）

其一

山衔落日去，灯摇树影来；

春寒一壶酒，静候梨花开。

其二

岭秀春烂漫，晦明起尘烟。

桃李随风舞，浮云锁青山。

银川会间有感

将军半百白发生，眼角眉间纵与横。

跑马驱车结网络，称斤夸两辨雌雄。

但需后浪拍前浪，也或秋红胜春红。

浊酒一杯情未了，贺兰山月塞上风。

细雨问师

桂子飘香花满径，雨丝拂草碧如春。

惊喜忽闻亲切语，等闲已证菩提身。

经纶三教通愚智，吞吐八荒贯古今。

有幸青牛初闻道，鸿蒙紫气照东门。

临江仙·访西山脚下饲料博物馆[①]

文圣羲皇开牧种，

[①] 中国饲料博物馆是由中国工程院院士、中国农业大学教授李德发博士牵头筹建的，李院士80年代留学美国，将西方现代动物营养科学引进中国，助推中国的三农工作。

天人和谐共融。
现代科技讲效能，
五谷肥六畜，
营养重平衡。

短柏修竹斜阳外，
临水观照西东。
推新温故谈复兴，
德被三农事，
发愿济苍生。

山阴夏日

兰渚山下兰亭游，林茂竹修似画图。
天光云影迷人眼，书韵墨香曲水流。
奇文吟咏心慷慨，斜日去留意踟蹰。
山阴道士来相送，黄庭白鹅一并收。

秋意浓

秋意浓，雨霖铃；
铅华摇落满帝京。
银杏黄，地锦红；
秋色不让三春景。

和韵然所题

千里风行春信至,万家喜报天蓬来。
红泥火炉窗无雪,且就梅香浮一白。

西双版纳植物园

南国美色真绝伦,傍花拾翠入园深。
梅开三角临水秀,凤展半空漫天春。
紫薇身旁蝎尾动,菩提树下旅人吟。
欲和婉转花城曲,恐扰迷离莲上人。

西域短章

天地大美,如画新疆。
花繁草绿,祥云拂冈。
千峰堆雪,万壑风飏。
登高怀远,神清气爽。
呼朋唤友,牵牛宰羊。
大快朵颐,频举斛觞。
马放南山,客醉毡房。
幸甚至哉,遂成短章。

八十年代作品选（13首）

引子

  20世纪80年代，是我从少年走向青年的转折期，求学、就业、婚恋、为人父。大学四年，理工科总成绩名列前茅的同时，我广泛阅读文学作品。有一段时间，我特别钟情于郭小川的"小川体"和苏联马雅可夫斯基的"楼梯诗"，写过几首上百句的长诗，可惜本子不知在哪一次搬家中丢失了，甚感痛惜，只记得在1984年和1985年作的两首长诗的名字——《放歌江南》《中国，迎着朝霞》，分别仿照了小川体和楼梯诗。

  青年时期的诗作，多的是激情和文采，少的是底蕴和从容，今择其代表作13首，算作对自己的青春留影。

毕业初酒[①]

（1984年6月）

江山代有才人出，吾辈今朝意何如？

醉里乾坤凭指点，书生劲气壮如虎。

[①] 满纸不成熟的自信，可贵！（作者注）

锦绣

（1985年3月30日）

我家小妹学深宅，锦绣抽出纵横才；

垂钓却嫌渔子唱，躬耕总怨梁父哀。

周伐汉荡浑不见，雪打霜催未肯开；

为有桃花飞作柬，千呼万唤始出来。

忆江南·沈城春意

（1985年1月18日）

春何处？

依稀窗前树。

霜条雪枝风作柬，

荧光秀汽地为炉。

春意总踟蹰。

春夜[1]

（1985年4月）

人说三月春光媚，

流水高山不得归。

风弄瑶琴空对月，

落英和泪漫酒杯。

---

[1] 辛弃疾有词"少年不识愁滋味，为赋新词强说愁"，22岁的韶华，真的也有离愁别绪吗？（作者注）

迟到的歌声

（1985年）

一

山峦青了，人衣薄了，
田野上的草木变绿变娇了。
河水涨了，人语嘈了，
柳林中的鸟鸣更甜更巧了。

一切都像熟睡后的孩子，
撒着娇扑向春妈妈的怀抱。

一切都像久囚樊笼的小鸟，
扇动呆笨的翅膀冲入迢迢云霄。

十万万人民的华夏国度啊，
你也舜尧，我也舜尧，人人舜尧。

九百万平方公里的山川沃野啊，
你也放歌，我也放歌，歌声如潮。

二

我曾想用沙哑的喉咙，
唱一曲愁苦凄惨的歌。

我行我述

我曾想用孤独的沉默,
封闭住心灵深处的自我。
醉心于才子佳人的风流泪,
任生命之舟在缠绵悱恻中漂泊。

但在这春歌一片的季节,
我的嗓音是那么的微弱。
在这奋发进取的年代,
我的愁思却无处寄托。

三

面对这大好春光春色,
谁不雀跃谁不乐?
谁的心头没有一团火?
谁的脑海不翻腾着激荡的绿波?

我不得不沉思,为什么?
我的双鬓吹过阵阵灼热。
我不得不寻觅,怎么样?
才能握住那登天的绳索。

却原来我的七尺身躯,
也已升腾起胸襟开阔的烈火。
却原来我沉默的心田,

也已经孕育了一支崭新的歌。

啊,我逾越了思想的禁区,
啊,我冲破了心中的自我。

高亢的战歌啊打破了心灵的沉默,
沙哑的喉咙飘出一串热血沸腾的歌!

女神

(1986年3月8日)

太阳落山时惊醒了多情的你,
你从晚霞里走来充满着忧虑,
忧虑的脚步拍打着崎岖山路,
山路旁的野花向你匆匆耳语。

我期待的是死神而绝不是你,
你追不回太阳却自柔声问询,
问询的瞳仁里铺着一张温床,
温床上我感到一阵爱的战栗。

太阳不在世界也不再只有你,
只有你使我清醒中神志眩迷,
眩迷中的夜空睁着无数冷眼,
冷眼中你擦干我如潮的泪滴。

黄金海岸

（1986年7月5日）

天天厮守在一起的并不就是真的了解
常常相互说着悄悄话的并一定知心
我那童年的寂寞的父亲般苦难的海岸啊
却原来每一粒沙子
每一粒苦水凝结的沙子
都！是！黄金！

再也没有栅栏

（1986年9月11日）

再也没有栅栏，
一阵微风掀过一张日历一个纪元。

自从香山的烈日烤不焦我们的欢乐，
自从那山顶的微风吹拂过心的海岸，
我便撤掉了所有的防卫，
一种久久的期待铺成广袤的大草原。
我的心从此只生长春草，
——茸茸的春草。
我每时每刻都期待一种声音，
期待你爱的黑骏马出现在地平线，
叩响足音。
我每一个晚上都枕着思念，

梦着你睡的仲夏夜，笑的艳阳天。

我曾以冰冷的锁链锁住千帆竞发的渴望，
是你温柔的潮音拍醒我的情感，
我终于放出成千上万的风帆勇敢地，
踏海的波浪踏海的波浪。

我说过我是船，
只有海我只有在海上扬帆，
我学会宽容积蓄力量获得充实，
你使我变成一股旋风变成真正的男子汉，
大漠算什么？戈壁算什么？
我有足够的勇气和力量闯过风刀霜剑。

再也没有栅栏，
一阵微风掀过一张日历一个纪元。

我知道我的名字从此将连着你的呼唤，
你的呼唤是杜鹃声声啼打我的心扉，
每时每刻只要你在心中轻轻地唤一声，
我便会变作大鹏鸟穿过风暴，
翔进你温柔的江南梅子雨般的思念。

独鹤

（1986年11月15日）

圆月下的独鹤

梁园虽好，不是久恋之家，
你这翘首远眺的独鹤呦，
你这身处异乡的游子，
你的思绪便是那天边的浮云吗？
你热烈的赤子之心与日月同辉。

也许，你将展翅，
渡过迢迢银汉，
去寻找你永恒的归宿。
也许，你将永远伫立，

化作大自然刻刀下的雕塑,

告诉人们——这,就是乡思!

夜晚的栈桥

(1987年9月5日)

站在这里我才明白,

海浪并不是笑口常开的贝齿。

海风也不是柔情蜜意的缠绵,

浪,一次次撞击着桥墩,

  一次次撞成碎片,

    仿佛撞碎的不是自己的童年。

风,一阵阵吹拂着头发,

  发出一阵阵呼啸,

    仿佛要吹走夜的梦幻。

闭上眼睛,

即刻大厦倾倒天崩地陷,

那就睁开双眼吧!

让浪凝成一锋锋利刃,

让风吹起一阵阵狂澜,

把这坚固的桥墩拦腰劈开,

把这搁浅的栈桥吹成小船。

夜色浓重,

乘着小船远航,

我行我述

我们去祈求每一阵风浪，

我们去追寻每一个梦幻。

十八岁的男子汉

（1987年7月11日）

你从极目的东天走来，

那里曾孕育过火红的太阳；

你从一波万顷的大海走来，

那里总是编织着蓝色的梦幻；

你从挂着露珠的田野走来，

那里的绿色凝聚着万物的生命。

红日，蓝涛，绿野，

这一切属于你，

属于你十八岁的男子汉。

一夜之间光洁的唇周变得模糊，

吮吸过乳汁吹过肥皂泡的双唇，

再不轻易开启；

沙哑而低沉的嗓音，

再没有了童音没有了啜泣；

眼神中总渗出一丝疑虑，

脚步中却震响着不成熟的自信。

沉默，怀疑，自信，

这一切属于你，

属于你十八岁的男子汉。

十八岁的年华是火红的,
演奏着一曲"火红的第五乐章";
十八岁的年华是湛蓝的,
像"蓝色的多瑙河"涤荡人的肺腑;
十八岁的年华是碧绿的,
向人们讲述着"维也纳森林的故事"。
热情,幻想,活力,
这一切属于你,
属于你十八岁的男子汉。

白杨树

(1986年1月30日)

高大的白杨树直挺挺地立在严冬的旷野上,抖落了繁茂的叶子,更显庄严、冷静、峻拔。闪着青灰色光泽的,是它过冬的寒衣,不知是岁月老人的慷慨恩赐,还是它自己在深秋中亲手赶制而成的。总之,它无畏地挺立在凛冽的严冬之中了。

天边刮起了阴风,白杨树向宇宙发出"嗖嗖"的警号;雪花飘舞时,白杨树比孩子们更早地得到瑞雪的温存。他时时竖着满身的耳朵,听那天穹深处隐隐的雷鸣,听那太平洋中心遥远的惊涛,听纯真的恋人心底醉人的笑声,听丛林中百兽悚人的低音。它最先看到北归的大雁,身上伸出无数娇嫩的小手来欢呼;它最先接到春姑娘的喜讯,换上一件嫩绿的舞裙,在温馨的春风中翩翩起舞。

啊，白杨树，你是田野的卫士，时刻注视着四海的烟云；你是大地的触角，你有着一身异常敏感的神经。

秋天是我的

（1989 年 8 月 20 日）

我爱秋天，并非为那萧瑟的秋风吹落枝头的败叶，如上帝的弃儿一样无处栖息；也不为那清冷的月光倾泻在高耸的楼顶，如缥缈的希望一样令人在陶醉中周身战栗。

我爱秋天，爱他那空阔寂寥，爱他那博大精深。我曾倚在斗室的门前，看天高云淡，看大雁南旋。"自古逢秋悲寂寥，我言秋日胜春朝，晴空一鹤排云上，便引诗情到碧霄"，吟咏着这千古绝唱，我真切地理解了那位一生坎坷却决不向命运低头的乐天刘郎。不以物喜，不以己悲，对生活的钟爱，虽九死而不悔。

我爱秋天，在我眼里，他永远是一位父亲，一位实实在在而又高深莫测的伟大的父亲。我曾漫步在北京城铺满黄叶的白果林中，去倾听他那低沉的呼吸；我曾躺在平原上刚刚收割过的农田里，去感触他那脉脉的温情；我曾站在无边的旷野上，听任他那如雨的思绪，淅淅沥沥滋润我干渴的身心。这时，我感到有一双巨手，在抚摸我的头顶，那是一双多么宽厚而温暖的手啊！于是我热泪盈眶，心中升起一种神圣而肃穆的感情，好像在喊——秋天是我的！

孤竹诗话

——清词丽句对对碰（十则）

我国是诗歌的王国，写诗的人多，品诗评诗的也就不少。诗歌评论及创作理论，简称为"诗话"，是中国诗歌繁荣发展的产物，也促进了诗歌的普及与创作品质的提升。有重要影响力的诗话有：南北朝钟嵘的《诗品》、唐朝司空图的《二十四诗品》、北宋欧阳修的《六一诗话》、南宋严羽的《沧浪诗话》、清代袁枚的《随园诗话》、近代王国维的《人间词话》。

大凡作诗，必是有感而发。或状物摹景，或睹物思人，或触景生情，或托物言志，或格物明理，其中的景趣、情趣、志趣、理趣，耐人咀嚼，给人启迪。遇到境遇相近、景色相同时，其情、其志、其理，虽时空各异，但诗人们仍然能写出异曲同工之妙。正如南怀瑾大师所言："风月无今古，情怀自浅深。"有些诗人，他们虽地跨万里、时隔千载，但拿来他们的作品两相参照，却相映生辉。这样的清词丽句比比皆是，今摘取几对，与大家一起鉴赏。

我行我述

曹操的英雄气概

以曹操父子为代表的"建安文学",是汉末三国黑暗世界中的一抹亮色。作为代表人物的曹操,挟其大政治家、大军事家的恢宏气度,写出了许多传颂千古的诗作。今摘其两首欣赏。

观沧海

东临碣石,以观沧海。

水何澹澹,山岛竦峙。

树木丛生,百草丰茂。

秋风萧瑟,洪波涌起。

日月之行,若出其中。

星汉灿烂,若出其里。

幸甚至哉,歌以咏志。

《观沧海》写于曹操北征乌桓得胜返回的途中。曹操路过笔者的家乡河北昌黎,登碣石,望大海,用饱蘸浪漫主义情愫的大笔,描绘出天水一色、日月同辉的壮丽景象。句句写景却处处有情有志,可以说是"不著一字,尽得风流"。全诗语言质朴,想象丰富,苍凉辽阔,气势磅礴,张扬出作者气吞山河的英雄气概。

龟虽寿

神龟虽寿,犹有竟时。

腾蛇乘雾,终为土灰。

老骥伏枥，志在千里。
烈士暮年，壮心不已。
盈缩之期，不但在天；
养怡之福，可得永年。
幸甚至哉，歌以咏志。

《龟虽寿》的创作时间稍晚于《观沧海》，当时曹操大约53岁。1800年前的人们，年过半百大都已经有英雄迟暮之感了，作者写的这匹老马，胸中却仍然激荡着驰骋千里的豪情壮志。整首诗在状物明理之中，传达给读者的是昂扬的志向，有着一种强烈的感情力量，催人奋进。

《三国志》中有曹操讲给刘备的关于"英雄"的几句话："夫英雄者，胸怀大志，腹有良谋，有包藏宇宙之机，吞吐天地之志者也。"曹操在《观沧海》和《龟虽寿》这两首诗作中，一首写景，一首状物，对他的英雄观又做了文学化的诠释。

李白的口服心不服

"此处有景道不得，崔颢题诗在上头"，诗仙李白登上长江之畔的黄鹤楼，应该是触景生情、感慨万端吧。看滚滚长江东逝，思关山暌隔之乡，感壮志难酬之遇，这些情愫如果倾之笔端，以诗仙的才华，本应留下旷世佳作，正要构思，抬头看到墙壁上崔颢的题诗，便发出上面的两句感叹。崔颢的诗好到什么程度，竟然令诗仙无奈罢笔？大家一起鉴赏一下：

黄鹤楼

昔人已乘黄鹤去,此地空余黄鹤楼。

黄鹤一去不复返,白云千载空悠悠。

晴川历历汉阳树,芳草萋萋鹦鹉洲。

日暮乡关何处是?烟波江上使人愁。

此处道不得,但总有道得的景观吧,李白对崔颢的诗才还是口服心不服。终于,他在金陵的凤凰台上找到了感觉。

登金陵凤凰台

凤凰台上凤凰游,凤去台空江自流。

吴宫花草埋幽径,晋代衣冠成古丘。

三山半落青天外,二水中分白鹭洲。

总为浮云能蔽日,长安不见使人愁。

这首诗模仿崔颢的痕迹明显,虽然也格律规整,也是一个"愁",但终归在意境、气魄、淳朴、生动等方面略逊一筹。崔诗写得风景如画、意境开阔、情真意切,而且淳朴生动,一如口语,"悠悠""历历""萋萋"几个叠字尤为使人动容,不能不令人叹为观止。

李白的友情诗

其实李白留给黄鹤楼的也不是空白,七言八句的"七律"已经被崔颢占先,那就另辟蹊径,拿出自己七言四句"七绝"的绝活吧。他的《送孟浩然之广陵》也流传至今。

送孟浩然之广陵

故人西辞黄鹤楼，烟花三月下扬州。

孤帆远影碧空尽，唯见长江天际流。

这是李白在黄鹤楼送别好朋友孟浩然时所作，对朋友的情深意长跃然纸上。李白交友广泛，除了在文坛上留下大名的孟浩然、贺知章、杜甫之外，还有一些萍水相逢却一见如故的小人物，也与李白情深义厚。李白游历到安徽泾县，便交上这么一位当地朋友，一首《赠汪伦》，令汪伦文史留名。

赠汪伦

李白乘舟将欲行，忽闻岸上踏歌声。

桃花潭水深千尺，不及汪伦送我情。

字面上说的是汪伦对作者的深情，读者领会到的却是李白与汪伦这对朋友之间相互的情深意长。与孟浩然送别，今后还会在长安或者洛阳相见，与生活在安徽乡下的汪伦离别，恐怕就是今生的诀别。千年以后，汪伦和乡亲们的踏歌声仍然不绝于耳，幽静的桃花潭水仍然是一面窥测人性的镜子。

"诗仙"与"诗圣"

李白和杜甫,是中国诗词的两座高峰,一个诗风飘逸狂放,有神仙气,被誉为"诗仙";一个诗风顿挫老辣,有圣贤风,被赞为"诗圣"。杜甫比李白小11岁,他们的人生轨迹自然不同,但自从他们在东都洛阳见面之后,便惺惺相惜,彼此牵挂一生。李白擅长七言绝句,杜甫工于七律五律,他们又都是古风长诗的行家。因古风篇幅太长,今各截取四句来对比鉴赏。

古风·其十五(节选)
李白

珠玉买歌笑,糟糠养贤才。

方知黄鹤举,千里独徘徊。

自京赴奉先县咏怀五百字
杜甫

朱门酒肉臭,路有冻死骨。

荣枯咫尺异,惆怅难再述。

天宝年间的唐朝,已经出现了由盛转衰的迹象,一边是京城繁华光环下的社会不公,一边是藩镇拥兵自重的隐忧。李白的"珠玉买歌笑,糟糠养贤才",用激愤的语气抒发出怀才不遇的不平之声;杜甫的"朱门酒肉臭,路有冻死骨",抨击了贫富差距的社会不公。李白顾影自怜,杜甫悲天悯人。

李白确实是天纵英才,入仕愿望也很强烈,为了实现自己的人生目标,他宁愿暂时委屈自己,为杨贵妃写艳词。只有在醉后的世界里,他才在有意无意间展露出自己的狂放不羁,"天子呼来不上船,自称臣是酒中仙"。醉里也称"臣子"的李白,终因求功心切而进退失据,导致最后愿望落空,窘迫之中在安徽当涂因捉水中月亮而溺亡。

　　杜甫也是青少年时期就游历四方,中年时期在京城为官却遭逢"安史之乱"的变故,目睹百姓流离失所的凄惨,作"三吏三别"留下诗史。之后,他避乱四川,筑成都草屋,《茅屋为秋风所破歌》即他生活的真实写照。可贵的是,他虽身处逆境,却仍然呐喊"安得广厦千万间,大庇天下寒士俱欢颜",充分体现出中国士大夫忧国忧民的传统道德情操。后辗转湖南,客死寓所。

　　都说"国家不幸诗人幸",体察了诗仙和诗圣人生中的苦闷与困顿,你还会这么说吗？每一个伟大作品,都饱含着作者的苦水和泪水！正如俄罗斯小说《苦难的历程》中说的:"在清水里泡三次,在血水里浴三次,在碱水里煮三次,我们就会纯净得不能再纯净了。"

明月何年初照人

望月怀远
张九龄

海上生明月,天涯共此时。
情人怨遥夜,竟夕起相思。
灭烛怜光满,披衣觉露滋。
不堪盈手赠,还寝梦佳期。

月夜

杜甫

今夜鄜州月，闺中只独看。

遥怜小儿女，未解忆长安。

香雾云鬟湿，清辉玉臂寒。

何时倚虚幌，双照泪痕干。

这两首脍炙人口的唐诗，其中的句子很容易被我们混淆。今天拿来两相对照，才发现真的是有很多的异和同。

同的是，张九龄和杜甫都是唐代开元天宝时期的人，虽然张九龄大杜甫34岁，两人素未谋面。他们都是在窘境中思念远方的妻儿，张九龄这首是被贬出长安时写的，杜甫这首是在被安史之乱叛军拘禁在长安时写的。看起来，只有在失意之时才会出好作品，只有天各一方才能懂得彼此的深情。二人都是通过描摹月光之中的肢体动作来衬托思念之情，同样明白如话、浑然天成，却又深情隽永。

异的是，张九龄官至宰相，受到皇帝和大臣的尊重；杜甫进士不第，官职卑微，又遭逢安史之乱的苦难。张九龄为"开元盛世"做出了很大贡献，被誉为"一代贤相"；杜甫用诗歌为底层百姓鼓与呼，被称为"诗圣"。张九龄的《望月怀远》主要写"我"的行与思，杜甫的《月夜》入笔的视角是远方的"她"；一个以近怀远，一个以远思近，一纵一收，相得益彰。

不知道杜甫写《月夜》时，有没有读到过张九龄的《望月怀远》，进而有所启发，但杜甫对张九龄这位前辈的敬仰确实是真挚的。杜甫的《八哀诗》中就有一首哀悼张九龄的，诗中后悔自己年轻时，没有鼓起勇气去向张九龄请教做人与作诗的道理。

虽然未能谋面，但用诗句神交，这种情谊应该更牢固、更长久吧！

盖棺才能定论

识人之难，难的不是如何辨识一个人的才干，而是如何看透一个人的德性、操守。有时我们自己怀抱利器而不能发达，便慨叹世无伯乐，无人识别自己的良苦用心。有时我们选贤任能，却苦于忠奸难辨、良莠难分。

文学即人学，唐诗宋词中，不只是风花雪月，也不仅有金戈铁马；不都是形象思维，也有理性思维。大部分唐宋诗人同时也是政治家、思想家，有些著名的诗句便提出了对人的辨识方法，很有哲理。这些对人性和事物的理性认识，构成诗词中的理趣，与景趣、情趣、志趣一起，形成诗词艺术的永恒魅力。

放言

白居易

赠君一法决狐疑，不用钻龟与祝蓍。
试玉要烧三日满，辨材须待七年期。
周公恐惧流言日，王莽谦恭未篡时。
向使当初身便死，一生真伪复谁知？

我行我述

众人
王安石

众人纷纷何足竞，是非吾喜非吾病。
颂声交作莽岂贤，四国流言旦犹圣。
唯圣人能轻重人，不能铢两为千钧。
乃知轻重不在彼，要之美恶由吾身。

白居易和王安石，都拿周公和王莽来讲道理。被后人敬仰的大圣人周公姬旦，在他辅佐幼王执政时，被谣言中伤，不明真相的人怀疑他有谋篡之心。汉代的大奸臣王莽，在篡位时机未到之前，言行举止表现得谦恭忠诚。

白居易为诗坛领袖，气定神闲之时总结辨识人才的道理，告诉人们，使用人才要经过长期观察，不要为流言蜚语和外在假象所迷惑。王安石是改革家，这位身处舆论旋涡中的"拗相公"，为了富国强兵，不计个人毁誉，诗中表达出改革家坚强的意志和坚定的信心。

人心叵测。因为道德修养不够的人，都是机会主义者，喜欢投机取巧，他们的行为，很容易受周围人和事的影响，所以人们才给出悲观的结论——盖棺才能定论。

集中十九从军乐

对历代诗人的称呼，有"伟大诗人""杰出诗人""著名诗人""爱国诗人""诗人"之分。谈爱国诗人，首推南宋陆游。陆游号放翁，生逢偏安江南的南宋时代，虽一介书生，却长期力主北伐，希望收复中原国土。陆游学识渊博，笔耕不辍，传世诗词近万首，远超古往今来其他诗人。因为有在西北大散关八个月的军旅生涯，他的诗作中常有金戈铁马之声影，选他两首来赏析。

书愤

早岁那知世事艰，中原北望气如山。
楼船夜雪瓜洲渡，铁马秋风大散关。
塞上长城空自许，镜中衰鬓已先斑。
出师一表真名世，千载谁堪伯仲间。

十一月四日风雨大作

僵卧孤村不自哀，尚思为国戍轮台。
夜阑卧听风吹雨，铁马冰河入梦来。

从衰鬓、僵卧，可以看出这两首诗是他晚年的作品，在铁马、冰河、秋风的回忆中，仍然"气如山"，仍然"尚思为国戍轮台"。即使在他临终之时，仍然告诉儿子"王师北定中原日，家祭无忘告乃翁"，真是"有心杀敌，无力回天"。近代大家梁启超，通读陆游的《剑南诗稿》后，慨叹道："集中十九从军乐，亘古男儿一放翁。"

特立独行梅花痴

梅花以它高洁、坚强、谦虚的品格，受到中国人的喜爱，与松、竹并称为"岁寒三友"。在严寒中，梅开百花之先，独天下而占春。这样的品格，自然受到文人学士的青睐。咏梅、画梅、以梅花品格自期的，大有人在。最被人津津乐道的两位，当属宋代的林逋和元代的王冕。

林逋和王冕都是浙江人，一位是奉化人，一位是诸暨人。他们生活的年代虽然相隔300多年，但在特立独行、不慕功名、隐居独处并擅长诗书画等方面，是一脉相承的。他们最大的共同点便是痴爱梅花。

山园小梅·其一

林逋

众芳摇落独暄妍，占尽风情向小园。

疏影横斜水清浅，暗香浮动月黄昏。

霜禽欲下先偷眼，粉蝶如知合断魂。

幸有微吟可相狎，不须檀板共金樽。

林逋终生不仕不娶，隐居在西湖孤山，自称"以梅为妻，以鹤为子"，人称"梅妻鹤子"。他的这句"疏影横斜水清浅，暗香浮动月黄昏"，把梅树优雅天放的风姿写得传神，把梅花清幽香逸的品格状得如梦。

墨梅

王冕

我家洗砚池头树，朵朵花开淡墨痕。

不要人夸好颜色，只留清气满乾坤。

林逋之后300多年的元代末期，像林逋一样，王冕也是遗世独立，不慕功名，隐居在家乡诸暨的乡村。王冕一生爱好梅花，种梅、咏梅，又画梅，自号梅花屋主。这句"不要人夸好颜色，只留清气满乾坤"，醉倒了多少正直耿介之士，使多少明清之后的失意者得到心灵的慰藉。

　　山明水秀的浙江，像林逋和王冕一样的高标风骨的文人辈出，真是地灵出人杰。

落日寒鸦游子意

天净沙·秋
白朴

孤村落日残霞，

轻烟老树寒鸦，

一点飞鸿影下。

青山绿水，

白草红叶黄花。

天净沙·秋思
马致远

枯藤老树昏鸦，

小桥流水人家，

古道西风瘦马。

夕阳西下，

断肠人在天涯。

　　两首元代小令，孤村、老树、绿水、黄花、小桥、昏鸦、瘦马、断肠人。这是秋天的代表画面，是失意者的心情渲染；一幅秋晚山水画，一帧秋暮游子贴，清新隽永，相映成趣，深得唐诗宋词遗风。

马致远的这首《天净沙·秋思》流传甚广，提起元人小令，不能不首先想到这一首。而白朴的《天净沙·秋》，虽亦独具特色，却知之者甚微，何也？从中可得出启示：诗词忌空发议论，也忌单纯写景，诗中必须有人的感情，必须有充满感情的人！

多情自古伤离别

送别

李叔同

长亭外，古道边，芳草碧连天。

晚风拂柳笛声残，夕阳山外山。

天之涯，地之角，知交半零落。

一壶浊酒尽余欢，今宵别梦寒。

长亭外，古道边，芳草碧连天。

问君此去几时来，来时莫徘徊。

天之涯，地之角，知交半零落。

人生难得是欢聚，惟有别离多。

李叔同的歌词清空寂寥，融儒、道、释、俗于一体，虽格调高远，却又雅俗能赏，意境回味无穷，非大家手笔无能为之。作为近代中国文化先锋的李叔同，后来皈依佛门，成为一代律宗大师——弘一法师，从绚烂归于沉寂。这首《送别》是大师给自己俗世人生的送别曲吗？

教我如何不想她

刘半农

天上飘着些微云，地上吹着些微风。

啊！微风吹动了我的头发，教我如何不想她？

月光恋爱着海洋，海洋恋爱着月光。

啊！这般蜜也似的银夜。教我如何不想她？

水面落花慢慢流，水底鱼儿慢慢游。

啊！燕子你说些什么话？教我如何不想她？

枯树在冷风里摇，野火在暮色中烧。

啊！西天还有些儿残霞，教我如何不想她？

这首诗是整整 100 年前刘半农创作的。当时诗人远在英国，白云、微风、海洋、月光……触发了诗人的情愫。这首诗一唱三叹，伤感中带着甜蜜。久别的恋人、梦中的故乡，都可以成为异乡游子心中的"她"。作为第一位有意识地使用"她"的语言学家，现代女性应该感谢刘半农，因了新文化运动，因了这首诗，因了这个"她"。

结尾的话

文学即人学，中国诗词即中国哲学。中国的文化精神，自从战国时期孟子之后，便移植到了诗词的骨骼之中。我们学习唐诗宋词元曲，学的不是平仄、韵律和辞藻，而是中国文化的精神。"腹有诗书气自华"，诗中自有花如海，诗中自有颜如玉，诗中自有豪气干云。